*Andreas Haldimann: Kamerun
Vainsteins und die vermisste Frau*

Andreas Haldimann, 1966 in Zürich geboren, ist ein Radsport begeisterter Mathematiker und ehemaliger Langstreckenläufer. Der Liebhaber von Raymond Chandlers Werk und des Film noir schreibt seit zehn Jahren Krimis und lebt in Zürich.

Andreas Haldimann

Kamerun
Vainsteins und die vermisste Frau

Verlag Hans Schiler

Bibliographische Information der Deutschen Bibliothek
Die Deutsche Bibliothek verzeichnet diese Publikation
in der Deutschen Nationalbibliographie;
detaillierte bibliographische Daten sind im Internet
über *http://dnb.ddb.de* abrufbar.

Alle Rechte vorbehalten.
Kein Teil dieses Buches darf in irgendeiner Form (Druck, Fotokopie
oder einem anderen Verfahren) ohne schriftliche Genehmigung des
Verlages reproduziert oder unter Verwendung elektronischer
Systeme verarbeitet werden.

©2013 Verlag Hans Schiler, Berlin/Tübingen
Originalausgabe
Erstauflage 2013
Lektorat: Patricia Ober
Redaktion und Umschlag: *textintegration.de*
Umschlagfoto: A. Haldimann
Druck: Akaprint, Budapest
Printed in Hungary

ISBN 978-3-89930-353-7

1

»Kamerun!«, sagte Sandino. »Es geht um eine Frau aus Kamerun. Sie ist verschwunden und mich würde interessieren, wie Sie als Detektiv die Suche angehen würden.«

Es war erst drei Uhr am Nachmittag und schon fast dunkel. Eine heftige Windböe peitschte den Regen gegen mein Bürofenster. Ich schaute hinaus und beobachtete, wie auf der andern Straßenseite ein protziges Auto hielt und eine schwarze und sehr grazile junge Frau ausstieg. Sie beeilte sich, und es machte den Eindruck, als wäre sie froh, das Auto endlich verlassen zu können. Draußen drehte sie sich nochmals kurz um, wechselte mit dem Fahrer einige wenige Worte und schlug danach die Tür zu. Mit drei schnellen Schritten lief sie unter das Vordach des Spielsalons, und das Auto verschwand, ohne dass sie ihm nachgeschaut hätte.

»Herr Vainsteins?« Sandino war bemüht, es nicht vorwurfsvoll klingen zu lassen. »Kann ich weitermachen?«

Ich nahm seine Stimme nur ganz entfernt wahr. Die grazile, junge Frau unten vor dem Spielsalon gefiel mir. Ein Windstoß wehte ihren leichten Regenmantel zur Seite. Darunter hatte sie eine enge schwarze Hose und ein hellblaues T-Shirt mit der Aufschrift *Rosebud* an. Darüber trug sie eine goldene Halskette mit einem Anhänger, den ich von meinem Büro in der ersten Etage aber nicht genau erkennen konnte. Für einen kalten und verregneten Tag Anfang Dezember hatte sie wenig an. Es sah aus, als hätte sie nach einer Party unvorhergesehen an einem fremden Ort übernachtet.

»Cherchez la femme«, murmelte ich vor mich hin, während ich mich wieder zu Sandino drehte.

»Wie bitte?«

»Nichts«, winkte ich ab und warf nochmals einen Blick zum Spielsalon hinunter. Mit ihren langen, schlanken Fingern knöpfte sich die grazile, junge Frau den Regenmantel zu und setzte ein weißes, gehäkeltes Käppchen auf. Sie trug ihre Haare ganz kurz, so dass die sanft geschwungene Linie ihres Hinterkopfes deutlich erkennbar wurde. Dann lief sie unter den Vordächern der Häuser Richtung Helvetiaplatz davon.

»Ist die Frau schön?«, fragte ich Sandino.

»Welche Frau?«

»Die Frau aus Kamerun, von der Sie mir eben erzählt haben.«

»Ja, natürlich.« Sandinos Augen begannen zu leuchten. »Sie war eine Schönheit. Ihre feine, dunkle Haut ...«

»Sie *war* eine Schönheit? Ist sie tot?«

»Sie ist eine Schönheit!«, korrigierte sich Sandino leicht gereizt.

Manuel Sandino war jung, vielleicht 25, schlank, hatte dunkle, kurze Haare und auf seiner schmalen, geraden Nase saß eine randlose Brille mit elliptischen Gläsern. Einen Kaschmirschal hatte er leger um den Hals geschlungen, aber die Lässigkeit, mit der er diesen trug, färbte nicht auf ihn ab. Er saß mir verkrampft gegenüber, starrte an die Wand oder fixierte irgendeinen Gegenstand auf meinem Pult. Auch wenn er mit mir sprach, schaffte er es nicht, mich anzuschauen. Es war, als würden sich unsere Blicke abstoßen wie gleiche Magnetpole.

»Waren Sie schon einmal in Kamerun?«, fragte ich mehr aus Verlegenheit als aus Interesse und rieb mir das Ohrläppchen.

»Nein!«

»Wie kommen Sie dann ausgerechnet auf Kamerun? Kennen Sie jemanden von dort?«

»Niemanden!«, antwortete Sandino schnell. »Mein Vater ist Chirurg. Nach seinem Studium hatte er ein Jahr in einem Spital in Kamerun gearbeitet. Als ich ein Kind war, hat er mir oft davon erzählt. Seitdem interessiere ich mich für Afrika im Allgemeinen und für Kamerun im Speziellen.«

Wie geschwollen das klang: *im Allgemeinen und im Speziellen*. Solche Phrasen hätte ich in einer drittklassigen Krimiserie im Vorabendprogramm erwartet, aber nicht in einem real existierenden Detektivbüro.

»Sie wollten wissen, wie ich diese Frau aus Kamerun suchen würde?«

»Genau.«

»Bevor ich damit überhaupt anfangen würde, bräuchte ich mehr Informationen. Andernfalls hätte die Suche keinen Sinn.«

»Ja, natürlich.« Sandino griff umständlich in die Innentasche seines wollenen Wintermantels, den er sorgfältig über die Stuhllehne gelegt hatte, und nahm einen zusammengefalteten Zettel und einen Stift heraus. »Ich habe mir das Wichtigste aufgeschrieben. Ich möchte keine Fehler machen.«

»Ist die Handlung Ihres Romans so vertrackt?«

»Ja ... ja, das kann man sagen! Also, ein Mann kehrt nach einem einjährigen Auslandsaufenthalt in die Stadt zurück, in der er zuvor gelebt hat. Ich muss vorausschicken, dass der Roman in einer fiktiven Stadt irgendwo im Süden Europas spielt. Vor seiner Abreise hatte der Mann eine junge Frau kennen gelernt, eben diese Frau aus Kamerun, von der wir vorhin gesprochen haben. Es war nur eine flüchtige Bekanntschaft gewesen, keine Liebesbeziehung. Trotzdem möchte der Mann die Frau wiedersehen. Er will sie anrufen, doch als er den Hörer in der Hand hält, zögert er ...«

»Gingen die zwei im Streit auseinander?«

»Nein, nein, ich erwähnte doch, dass es keine Liebesbeziehung war. Der Mann musste für ein Jahr ins Ausland. Geschäftlich. Das ist alles. Sie trennten sich ganz normal.« Sandino rückte nervös seine Brille zurecht. »Ein Jahr ist eine lange Zeit. Da kann man nicht einfach anrufen und so tun, als wäre nichts gewesen. Es verstreichen zwei Wochen, bis der Mann sie anruft. Doch ausgerechnet in diesem Moment sitzt die Frau aus Kamerun in der Kanzlei ihres Rechtsanwalts. Sie meldet sich kurz, verspricht zurückzurufen und hängt wieder auf.«

»Ist die Frau in Schwierigkeiten?«

»Wie kommen Sie darauf?«

»Sie sagten, sie sei bei *ihrem* Rechtsanwalt. Das tönt, als wäre sie nicht das erste Mal bei ihm.«

»Schwierigkeiten kann man nicht sagen ... die Aufenthaltsbewilligung! Es ist etwas mit ihrer Aufenthaltsbewilligung nicht in Ordnung«, fügte Sandino schnell an. »Das ist aber völlig bedeutungslos. Der Punkt ist, dass die Frau aus Kamerun sich nicht mehr meldet. Über eine Woche lässt sie nichts von sich hören. Als der Mann die Ungewissheit nicht mehr erträgt, greift er zum Telefon und ruft sie an. Doch der Anschluss ist nicht mehr in Betrieb. Er glaubt zuerst, sich verwählt zu haben, und versucht es ein zweites und ein drittes Mal, doch immer bekommt er nur die automatische Ansage der Telefongesellschaft zu hören: ›Dieser Anschluss ist nicht mehr in Betrieb.‹ Weshalb ist der Anschluss der Frau aus Kamerun abgeschaltet worden? Ist ihr etwas zugestoßen? Ist sie tot? Gequält von dieser Vorstellung setzt sich der Mann in seinen Wagen und fährt zu ihrer Wohnung. Die liegt im Parterre auf der linken Seite und ist von der Straße her gut einsehbar. Die Wohnung steht leer. Kein einziges Möbelstück ist zu sehen. Die Frau aus Kamerun ist nicht mehr da, wie vom Erdboden verschwunden. Der Mann ist verzweifelt und wie benommen!« Sandino warf mir einen nervösen Blick zu und schaute danach sofort wieder weg. »Aber das können Sie nicht verstehen.«

»Wenn ich das nicht verstehen kann, weshalb erzählen Sie es mir dann?«

»Der Mann will die Frau aus Kamerun suchen. Doch da wird ihm bewusst, dass er ihren Familiennamen vergessen hat. Nur der Anfangsbuchstabe ist ihm geblieben: ein B.« Sandino begann schneller und hektischer zu sprechen.

»Verzweifelt, fast fieberhaft versucht sich der Mann zu erinnern. Immer und immer wieder steht er in Gedanken vor dem Haus, in dem die Frau aus Kamerun gewohnt hat und versucht die Namensschilder zu lesen. Er muss daran denken, wie unpassend er diesen Schweizer Namen für sie immer gefunden hat, doch der Name selbst will ihm nicht einfallen. An jedes Detail erinnert er sich: an die stark befahrene Straße, die vor dem Haus durchführt, den gekachelten Eingang mit den Sprayereien rechts davon, die defekt flackernde Lichtröhre und an den Sprung in der Scheibe der Haustüre.

Einmal, in einem Traum, steht er wieder vor dieser Haustür und tatsächlich gelingt es ihm, den Namen auf dem Schild neben der Klingel zu lesen. Er ist überglücklich und kann sich nicht erklären, wie er ihn je vergessen konnte. Jetzt würde ihm das nie mehr passieren, ist er überzeugt. Er merkt sich eine Art Formel, mit der er den Namen aus dem Anfangsbuchstaben herleiten kann. Doch als er am nächsten Morgen erwacht, weiß er nur noch diesen Anfangsbuchstaben. Der Name und auch die Formel ist weg. Nur dieser verfluchte erste Buchstabe ist ihm geblieben und der steht ihm mehr im Wege, als dass er ihm etwas nützt. Es ist zum Verrücktwerden!«

Außer Atem hielt Sandino plötzlich inne und blickte erschrocken zu mir herüber. Ich sagte nichts.

»Der Mann geht schließlich zu einem Detektiv und lässt die Frau aus Kamerun suchen. Das ist der Anfang meines Romans.«

»Und jetzt möchten Sie wissen, wie ich einen solchen Fall angehen würde?«

»Ich möchte keinen Fehler machen. Der Roman soll so realistisch wie nur irgendwie möglich werden. Das brachte mich auf die Idee, einen Fachmann wie Sie um Rat zu fragen.«

Ich nickte.

»Selbstverständlich nur, wenn Sie Zeit haben!«

Eigentlich hätte ich schon seit einigen Tagen einen neuen Fall anpacken müssen. Herr Dr. Albert F. Keiser, ein reicher, verheirateter Wirtschaftsanwalt mit zwei Kindern und einer Villa am Zürichsee wollte, dass ich seine Geliebte etwas unter die Lupe nahm. Er war davon überzeugt, dass sich in der luxuriösen Wohnung, die er ihr finanzierte, noch andere Männer mit ihr vergnügten. Immer wieder, so erzählte er mir ganz verzweifelt, hätte er seltsame Geräusche gehört, wenn er mit seinem Liebchen telefonierte. Und als wäre das nicht schon Grund genug, misstrauisch zu werden, sei sie in letzter Zeit auch sehr kühl und abweisend gewesen.

Angesichts von Keisers Leid konnte ich mir ein schadenfrohes Lächeln nicht verkneifen. Wie schön, dachte ich, dass ein erfolgreicher Wirtschaftsanwalt, der, egal ob Hochkonjunktur oder Depression, seine Schäfchen immer ins Trockene bringt, ausgerechnet über ein so banales Gefühl wie Eifersucht strauchelt. Keiser war, um es anständig auszudrücken, kein Sympathieträger, und am liebsten hätte ich seinen Auftrag zurückgewiesen. Aber wie es so ist, man arbeitet fürs Geld, und wenn einem genügend davon geboten wird, schraubt man seine Tugendhaftigkeit ein paar Windungskehren zurück und modifiziert seine Grundsätze. Spätestens wenn man mit der Arbeit beginnen soll, fragt man sich reuevoll, wie man nur so dumm sein konnte, sich von so wenig Geld verführen zu lassen.

So gesehen kam mir Sandinos Besuch gerade recht. Ich konnte Keisers Fall noch etwas länger hinausschieben und meine moralischen Verfehlungen weiter in den Hintergrund drängen.

Erneut ließ eine Windböe den Regen gegen die Fensterscheiben prasseln. Es tönte, als hätte jemand Kieselsteine dagegen geworfen.

»In Kamerun ist es jetzt schön und warm.« Sogar Sandino war nicht entgangen, dass ich mich mit diesem Wetter nicht anfreunden konnte. »Haben Sie auch schon daran gedacht, in ein wärmeres Land auszuwandern?«

Ich nickte. Wenn Zürich im Winter während Tagen unter einer dicken Nebeldecke liegt und vor Kälte fast zu erstarren droht, hatte ich mir manchmal überlegt, wegzuziehen. Aber das waren Gedankenspiele, zu denen ich nur in äußerster Not Zuflucht nahm. Ich konnte mir nicht ernsthaft vorstellen, in einer andern Stadt zu leben. Normalerweise tröstete ich mich mit der Vorfreude auf den Frühling und den Beginn der Radrennsaison über düstere Wintertage hinweg. Ich liebte den Radsport in all seinen Facetten auf und neben der Straße. Den ersten großen Rennen der Saison fieberte ich allerdings nicht nur aus sportlichem Interesse entgegen. Die Übertragungen der Fernfahrt Paris-Nice und des Klassikers Milano-Sanremo gefielen mir auch wegen des südlichen Sonnenlichts und der mediterranen Vegetation. So bekam ich bereits Mitte März einen Vorgeschmack auf den bevorstehenden Frühling und Sommer. Ich stand auf und knipste das Licht an. Auf dem Rückweg zum Schreibtisch schloss ich die Tür zu meinem Wohnzimmer. Wenn Klienten bei mir waren, tat ich das immer, sonst ließ ich die Tür meist offen stehen. Mein Büro befand ich in meiner Wohnung in einem Zimmer mit separatem Zugang.

»Wenden wir uns wieder Ihrem Roman zu. Wenn ich Ihr Detektiv wäre, würde ich versuchen, die Frau aus Kamerun über ihre Telefonnummer ausfindig ...«

»Der Mann hat nur ihre Mobiltelefonnummer und die steht in keinem öffentlichen Verzeichnis!«

»Das erschwert die Suche in der Tat«, sagte ich und setzte mich wieder. Es war nicht mein Tag. Ich hatte keinen brauchbaren Einfall. »Erfinden Sie doch einfach eine Figur, die Ihnen alle Probleme vom Hals schafft«, meinte ich spaßeshalber. »Es liegt buchstäblich in Ihrer Hand!«

Lächelnd schaute ich zu Sandino hinüber, aber er schien mich nicht zu verstehen. Verlegen zog er an seinem Schal herum und sagte hilflos: »Ich kenne niemanden ...«

»Sie brauchen niemanden zu kennen. Sie sind doch der Autor!«, erklärte ich ihm die Pointe. »Ihr Detektiv könnte beispielsweise einen Freund bei der Telefongesellschaft haben, bei der die Frau aus Kamerun ihr Abonnement hat. Dieser Freund begeht eine kleine Indiskretion und Ihr Detektiv ist einen Schritt weiter.«

Sandino versuchte zu lächeln. Als er merkte, dass ihm das nicht gelingen wollte, sagte er schnell: »Ich will einen realistischen Roman schreiben. Und da ich, wie erwähnt, niemanden kenne, der in einer Telefongesellschaft arbeitet, müsste ich die Figur erfinden. Mit diesem Vorschlag kann ich nichts anfangen.«

»Dann kommt Ihr Detektiv wohl nicht darum herum, die ehemaligen Mitbewohner der Frau aus Kamerun einen nach dem andern abzuklappern. Vielleicht erinnert sich jemand an ihren Namen, oder möglicherweise gibt es Leute, die noch Kontakt zu ihr haben.«

»Das könnte klappen«, sagte Sandino. Es tönte nicht besonders enthusiastisch. Ich weiß nicht, was er erwartet hatte. Ein Detektiv ist nun mal kein Hellseher.

»Etwas anderes fällt mir im Moment nicht ein. Für diese Sorte von Nachforschungen gibt es eigentlich nur ein Rezept: Geduld und Ausdauer.«

»Klar«, meinte Sandino nüchtern, kritzelte etwas auf seinen Zettel und steckte ihn anschließend in die Tasche seines wollenen Wintermantels zurück. Die Distanz zwischen uns schien noch größer geworden zu sein.

»Entschuldigen Sie meine Neugier, aber wie geht Ihre Geschichte weiter?«

»Das kann ich noch nicht definitiv sagen«, entgegnete Sandino und für den Bruchteil einer Sekunde trafen sich unsere Blicke. »Zuerst will ich die Detailfragen klären, bevor ich den Verlauf genau festlege.« Und als hätte ich seine Erklärung angezweifelt, ergänzte er hastig: »Ich habe viele Ideen, konnte aber noch keine so ausbauen, wie ich mir das vorgestellt habe. Das ist mein erster Roman.«

»Wird die Frau aus Kamerun ermordet?«

»Wahrscheinlich.«

»Wahrscheinlich?«, fragte ich irritiert. »Wie wollen Sie einen Krimi schreiben, wenn Sie nicht wissen, wer das Opfer, und wer der Täter ist?«

»Ich mag das Wort Krimi nicht. Es wird dem, was mir vorschwebt nicht gerecht. Ich habe eine neue Form im Kopf.« Sandino kam ins Schwärmen. »Ich will eine Liebesgeschichte mit einem Verbrechen verknüpfen. Einen Mord und dessen Aufklärung zu schildern, kann zwar interessant sein, aber es fehlt ein Aspekt. Ich glaube, dass dieser Mangel behoben werden kann, wenn man den Mord oder generell ein Verbrechen mit einer absoluten Liebe verbindet. Verstehen Sie? Ich möchte die Gefühle um ein Verbrechen herum genau darstellen und zeigen, wie und warum es zu der Tragödie kommen musste. Wenn mir das gelingen würde, hätte ich etwas wirklich Gutes gemacht.«

»Beabsichtigen Sie, Ihren Roman zu veröffentlichen?«

»Nein! Das heißt, ich weiß es nicht. Mir geht es nicht um Geld oder Ruhm. Mir geht es wohl letztlich darum, den Tod zu verstehen. Es gibt doch nichts Traurigeres, nichts Schrecklicheres, nichts, was wir weniger akzeptieren oder verstehen könnten, als den Tod eines Menschen, den wir sehr geliebt haben. Die Leere, welche entsteht, können wir kaum fassen. Auch wenn wir uns einzureden versuchen, dass wir diese Frau«, er setzte kurz ab, »oder diesen Mann nie mehr sehen, so sind wir doch vom Gegenteil überzeugt.« Mit einer Bestimmtheit, wie ich es nie von ihm erwartet hätte, schaute er mir in diesem Moment direkt in die Augen. »Es ist doch so!«

Ich sagte nichts, obwohl ich fand, dass er Recht hatte. Mein bester Freund war seit 18 Jahren verschollen und vermutlich längst tot. Noch immer fällt es mir schwer, das zu akzeptieren und jedes Mal, wenn ich ein Cabriolet sehe, wie er eins gefahren hat, glimmt in mir die Hoffnung auf, ihn am Steuer zu sehen.

»Ich habe doch Recht?«, hakte Sandino nach.

»Ist in Ihrem Umfeld kürzlich jemand gestorben?«

»Gestorben? Wie kommen Sie ... Ich meine, wie haben Sie das gemerkt?«

»Wer ist gestorben?«

»Meine Schwester«, sagte Sandino schnell und schaute zu Boden.

»Das tut mir Leid. War sie krank?«

Sandino nickte, ohne aufzuschauen, und verharrte für einige Sekunden in dieser Position.

Ich war etwa genauso alt wie er gewesen, als meine Mutter gestorben war. Knapp zwölf Monate, nachdem eine seltene Herzkrankheit bei ihr diagnostiziert worden war, war sie tot. Das hatte mich mit einer solchen Wucht getroffen, dass ich nicht weiß, was mit mir geschehen wäre, hätte meine damalige Frau Geny mir nicht über diese schwere Zeit hinweggeholfen.

Plötzlich stand Sandino auf und zog seinen wollenen Wintermantel an. »Nun habe ich Ihre Zeit aber genug in Anspruch genommen. Wie viel schulde ich Ihnen?«

»Nichts!«, winkte ich ab. »Ich glaube, ich konnte Ihnen nicht wirklich helfen. Dafür Geld zu verlangen, liegt mir nicht.« Wir verabschiedeten uns, und ich wünschte ihm viel Erfolg beim Schreiben seines Romans.

»Vielen Dank, dass Sie sich Zeit genommen haben. Sie haben mir ...«

Ein kräftiges Klopfen an die Bürotür ließ Sandino verstummen. Ich stand auf, um zu öffnen, aber Sandino kam mir zuvor. Ein sehr großer, schwarzer Mann stand im Treppenhaus.

»Salut! Je m'appelle Fabrice Mboma«, sagte er mit einer unglaublich tiefen Stimme und spazierte mit einer Selbstverständlichkeit in mein Büro, als wäre es seines. Er steuerte direkt auf mich zu, gab mir die Hand und wiederholte nochmals seinen Namen.

Ich ließ meinen Blick an ihm emporgleiten. Der Mann war mit Sicherheit zwei Meter groß und hatte den kräftigen Körper eines Schwergewichtsboxers. Seine Haare waren kurz geschnittenen und links hatte er sich eine feine Scheitellinie einrasieren lassen.

Mit seiner Statur und seinem Auftreten erinnerte er mich an Jack Johnson, den ersten, schwarzen Schwergewichtsweltmeister. Der hatte Anfang des 20. Jahrhunderts in Los Angeles zum großen Missfallen vieler Weißer deren Hoffnungsträger niedergekämpft und den Titel durch einen klaren K.o.-Sieg errungen. Hass und Missgunst waren die Folge, und die Zeitungen geizten nicht mit giftigen Kommentaren. Sie rieten dem ›schwarzen Mann‹, seine Nase nicht zu hoch zu tragen, und erinnerten ihn daran, woher ›Neger‹ kamen und auch hingehörten. Jack Johnson aber ließen diese Anfeindungen kalt. Er lebte wie ein Superstar, liebte exklusive Kleidung, weiße Frauen und schnelle Autos. Als er für zu schnelles Fahren einmal mit 50 Dollar gebüßt wurde, hielt Jack Johnson dem verdutzten Polizisten 100 hin und sagte, der Rest sei für den Rückweg. Weil ein solches Benehmen allenfalls weißen Stars zustand und weil er im Ring unbesiegbar war, musste man ihn anderswie beseitigen. Mit einer heimtückischen Intrige brachten weiße Rassisten den Boxer hinter Gitter und zerstörten damit sein Leben.

»Ich will Sie nicht länger aufhalten«, sagte Sandino. »Auf Wiedersehen, Herr Vainsteins.« Er drehte sich zu Fabrice Mboma, nickte ihm kurz zu und ging.

Die Bürotür fiel ins Schloss, und Fabrice Mboma schaute zu mir herüber. »Il est Italien?«

»Peut-être«, entgegnete ich und zog die Achseln etwas in die Höhe.

Ich ging ums Pult herum, setzte mich und bot Fabrice Mboma einen Stuhl an. Er wollte lieber stehen bleiben und so fragte ich, was ich für ihn tun könnte.

»Je suis du Cameroun«, entgegnete er mit seinem sonoren Bass, während er seinen Kopf nach allen Richtungen drehte und jeden Zentimeter meines Büros mit seinen Blicken betatschte. Ganz beiläufig erwähnte er, dass jemand eine Beule in den silbernen Mercedes seiner Schwester gemacht und er gerne gewusst hätte, wer das gewesen sei. »Je paye bien!«

Gute Bezahlung hin oder her, aber einen solchen Auftrag nahm ich nicht an. Da brauchte ich keine Sekunde zu überlegen. Die Wahrscheinlichkeit, das Auto und seinen Lenker zu finden, war gleich Null! Also viel Arbeit für nichts! »Je ne suis pas intéressé! Je suis désolé.«

»J'ai pensé que tu sois détective?«

Schon wieder einer, der den Unterschied zwischen einem Detektiv und einem Hellseher nicht kannte.

»Tu sais combien de voitures il n'y a que dans le canton

de Zurique?«, versuchte ich ihm meine Ablehnung klarzumachen. Aber er hörte nicht einmal richtig zu. Überhaupt hatte ich den Eindruck, dass der Grund für seinen Besuch ein ganz anderer war.

»Même si je sais qu'il était un BMW bleu!«, sagte er so nebenher.

»Même dans cette situation!« Eigentlich hätte ich ihn fragen sollen, woher er diese Information hatte. Aber der Fall interessierte mich nicht.

»C'est dommage!« Mehr hatte Fabrice Mboma dazu nicht zu sagen. Dann wollte er wissen, ob ich die Langstraße und die Leute, die sich in diesem Quartier herumtrieben, kenne, und ob ich eine Ahnung hätte, was hier tagtäglich ablaufe. Ich erklärte ihm, dass ich seit acht Jahren in dieser Detektei arbeitete und sicher nicht alles wisse, aber mir einbilde, im Bild zu sein.

»Et ce garçon, qu'est-ce qu'il voulait?«

Diese Frage schien Fabrice Mboma wirklich zu interessieren. Denn im Gegensatz zu vorhin schaute er sich nicht in meinem Büro um, sondern blickte mir direkt in die Augen. Es kostete mich einige Überwindung, ihm klar zu machen, dass ihn das nichts angehe. Er sah das glücklicherweise ein und entschuldigte sich für sein übermäßiges Interesse. Danach verabschiedeten wir uns, und er ging.

Ich wusste nicht, was ich von diesem Fabrice Mboma halten sollte. Der Zeitpunkt seines Auftritts fiel exakt mit Sandinos Abgang zusammen. War das wirklich Zufall? Und obwohl Sandino die Bürotür aufgemacht hatte, wusste Fabrice Mboma sofort, dass ich der Detektiv war. Stand Fabrice Mboma schon länger vor dem Büro und hatte unser Gespräch belauscht? Die Holztreppe hatte ich zuvor jedenfalls nicht knarren gehört und im Treppenhaus brannte kein Licht, als er mein Büro betrat. Ging es Fabrice Mboma wirklich um den zerkratzten Mercedes seiner Schwester oder galt sein eigentliches Interesse Sandino? Um einfach nur neugierig zu sein, war er mir zu neugierig.

Aber Manuel Sandino und Fabrice Mboma gingen mich nichts mehr an. Jetzt musste ich mich endlich um Keisers Auftrag kümmern.

2

Allerdings verstrich noch eine Woche, bis ich mit der Observierung von Brigitte Obermeyer, so hieß Keisers Liebchen, begann. Denn gerade als ich mich durchgerungen hatte, mich an die Arbeit zu machen, wurde die Frau krank, und Keiser bestand darauf, dass ich den Fall erst in Angriff nahm, wenn sie wieder vollkommen genesen war.

Am Montag, den 14. Dezember, war es dann soweit. Wie mit Keiser vereinbart, positionierte ich mich um neun Uhr morgens, wenn Brigitte Obermeyer aufstand, vor ihrer Wohnung in der Bellariastraße und überwachte sie den ganzen Tag, bis sie wieder ins Bett hüpfte, was in der Regel so gegen Mitternacht der Fall war. Eine Überwachung rund um die Uhr war Keiser zu teuer.

Eigentlich mochte ich solche Aufträge nicht besonders. Ich arbeitete allein und das bedeutete, dass ich jeden Tag 15 bis 16 Stunden im Einsatz war. Ich konnte nie richtig essen oder einfach mal einen Spaziergang machen. Dennoch, die Arbeit gefiel mir. Brigitte Obermeyer war eine hinreißend schöne Blondine. Sie zog sich perfekt an, war tadellos geschminkt und bewegte sich mit der Eleganz und Vornehmheit einer Prinzessin. Wenn sie sich in ihrer Wohnung aufhielt, konnte ich sie mühelos von meinem Wagen aus beobachten. Nachts stolzierte sie oft kaum bekleidet und einmal sogar ganz nackt durch ihre Wohnung, und ich durfte diese vollkommene Frau dabei beobachten, von Berufs wegen. Kurz gesagt: ich hatte den perfekten Job, denn ganz nebenbei brachte mir dieses Vergnügen auch ein hübsches Sümmchen Geld ein.

Der erste Tag verging denn auch wie im Fluge und der zweite ließ sich ebenfalls ganz gut an. Doch schon in der folgenden Nacht begannen die Stunden lang zu werden, und die Kälte in meinem Wagen trug auch nicht gerade dazu bei, dass die Zeit schneller verging. Seit Stunden saß ich, meinen grauen Regenmantel bis zum letzten Knopf geschlossen und den Kragen nach oben geschlagen, hinter dem Steuer meines Fiat 128. Mein Rücken fühlte sich inzwischen wie ein Brett an. Ich versuchte, meine Sitzposition etwas zu ändern, indem ich die Rückenlehne verstellte. Es brachte nicht den gewünschten Erfolg. Also fuhr ich mit dem Autosessel nach hinten. Dadurch konnte ich zwar meine Beine etwas strecken, aber die Rückenschmerzen blieben. Ein Autosessel ist nun einmal nicht dafür gemacht, dass man ganze Tage darin verbringt. Als ich nicht mehr wusste, wie ich sitzen sollte, die Rückenschmerzen immer unerträglicher wurden und meine Hände so klamm waren, dass ich den Kugelschreiber und meinen Notizblock kaum mehr halten konnte, stieg ich aus und lief verstohlen einmal die Straße hinauf und hinunter. Wieder in meinem Wagen, fühlte ich mich für einen Moment etwas besser, aber nach zehn Minuten war alles wie zuvor.

Mich diese Qualen vergessen zu lassen, dafür reichte Brigitte Obermeyers perfektes Äußeres nicht aus. Und überhaupt fand ich, dass sie die Ausstrahlung einer Schaufensterpuppe hatte. Was gingen mich ihre Beine, ihr Hüften oder ihr Gesicht an. Sie waren mir so gleichgültig wie der Sieger des großen Preises der Volksmusik. Das einzige, was mich noch interessiert hätte, war, ob ihre großen, vollen Brüste echt waren. Aber eben, auf solch abwegige Gedanken kommt man, wenn einem sterbenslangweilig ist. Denn von einem Liebhaber war weit und breit keine Spur. Einzig Keiser stellte sich am Mittwochabend für ein Schäferstündchen bei ihr ein. Für mich bedeutete das Feierabend, denn ihn nackt zu sehen, dass wollte ich mir auf keinen Fall antun.

Sonst führte Brigitte Obermeyer das schwere Leben einer Frau, die sich um Geld keine Sorgen zu machen braucht. Am Tag verließ sie das Haus so gegen zwölf Uhr. Für gewöhnlich ging sie mit ihrer Freundin, einer ebenso perfekten Frau ihres Alters, ins Fitnessstudio, zur Kosmetikerin oder ließ sich von einem schwulen Masseur durchkneten. Nach einer kleinen Mahlzeit standen dann die Einkäufe an. Die zwei Frauen dabei zu verfolgen, war Schwerstarbeit. Sie ließen kein Modegeschäft aus, das ihren Ansprüchen genügte, und spielten darin das immer gleiche Ritual durch. Missgelaunt zogen sie Kleider aus den Regalen, hielten sie sich gelangweilt vor den Körper, um sie kurz darauf kopfschüttelnd und naserümpfend irgendwo hinzuwerfen. Hatte ein Kleidungsstück den ersten Test bestanden, landete es auf einem Haufen und wurde, wenn der Kleiderberg groß genug war, nochmals unter die Lupe genommen. Es entstanden endlose Diskussionen über Schnitt, Farbe, Kombinationsmöglichkeiten und zu welchem Anlass betreffendes Stück womöglich passen könnte. Zu guter Letzt blieb meistens nichts übrig, und die Frauen verließen den Laden mit leeren Händen oder mit einem Kleidungsstück, das sie eigentlich nicht wollten, aber aus irgendeinem unerklärlichen Grund trotzdem kaufen mussten. Dass Brigitte Obermeyer oder ihre Freundin etwas sahen und es begeistert kauften, konnte ich nie beobachten.

Juweliere lagen bei den beiden Frauen nicht so hoch im Kurs. Vermutlich waren ihre Geldquellen doch nicht unversiegbar, oder sie wollten die Aussicht auf ein großes Weihnachtsgeschenk nicht durch einen unüberlegten Gelegenheitskauf schmälern.

Dagegen waren Parfümerien sehr *en vogue*. Das erste Mal, als ich Brigitte Obermeyer auf einen Einkaufsbummel begleitete, folgte ich ihr, ohne zu überlegen, in einen solchen Laden am Paradeplatz. Ein großer Fehler! Ein schlecht rasierter Mann, der nicht gerade in einem Maßanzug steckte, musste an einem solchen Ort einfach auffallen. Ich störte die vertrauliche Atmosphäre in dem Laden empfindlich und so vergingen keine zehn Sekunden, bis eine Verkäuferin in einem steifen, weißen Kittel vor mir stand und ziemlich bestimmt fragte, was ich suche. Ich musste etwas kaufen, wollte ich nicht ganz aus dem Rahmen fallen und damit die Aufmerksamkeit von Brigitte Obermeyer auf mich ziehen. Aber was kaufte man in einem solchen Laden? Ich war mir nicht einmal sicher, ob es hier auch Produkte für Männer gab. Und da ich nicht gut sagen konnte: ›Geben sie mir den billigsten Artikel, den sie führen‹, fragte ich nach dem einzigen Parfüm, das ich beim Namen kannte: Chanel No. 5. Marilyn Monroe konnte nicht ohne einige Tropfen dieses Duftes schlafen.

Die Verkäuferin führte mich an Brigitte Obermeyer vorbei zum Regal, wo sich die kostbaren Wässerchen befanden, und wollte wissen, ob ich ein großes oder kleines Flakon wünschte. Angesichts der wirklichen Größe dieser Fläschchen fand ich ihre Wortwahl reichlich übertrieben. Klein und winzig klein wäre zutreffender gewesen. Ich entschied mich für das Kleinere und tönte an, dass ich damit bedient sei.

»Das macht dann hundertzwanzig Franken«, sagte die Verkäuferin und tippte den Betrag ein. Ich nickte und hoffte, dass ich genug Geld bei mir hatte. Ich hätte wissen müssen, dass ein Hollywood-Star wie Marilyn Monroe nicht mit irgendeinem dahergelaufenen Parfüm ins Bett geht. Das Geld reichte, und ich verließ erleichtert den Laden.

Nicht nur ich war erleichtert, auch Keiser. Er allerdings in einem andern Sinn: Seine Freundin ließ es sich auf seine Kosten gut gehen, und ich machte Spesen. Mein Fauxpas hatte allerdings auch sein Gutes, denn wenn ich mich bei dieser Aktion schon nicht gerade mit Ruhm bekleckert hatte, so hatte ich geistesgegenwärtig wenigstens daran gedacht, das Parfüm als Geschenk einpacken zu lassen. Auf diese Weise kam Keiser, und das ohne sich den Kopf zerbrechen zu müssen, zu einem Weihnachtsgeschenk für seine Ehefrau. Brigitte Obermeyer hätte sich damit wohl kaum zufrieden gegeben.

Von da an wartete ich bei Wind, Regen, Schnee und Kälte auf der Straße und verfluchte dutzende Male die Ausdauer von Brigitte Obermeyer und ihrer Freundin bei ihren Gesprächen über Düfte und Schminke.

Mir gefielen schöne, gepflegte und elegante Frauen. Mehr noch, ich hatte eine Schwäche für sie. Nie hätte ich mir aber träumen lassen, dass schön zu sein mit so viel Arbeit verbunden war. Ich fragte mich, ob die grazile, junge Frau mit dem Rosebud-T-Shirt, die ich vor einiger Zeit vor dem Spielsalon gegenüber meines Büros gesehen hatte, auch so einen Aufwand betreiben musste. Ich konnte es mir nicht vorstellen. Sie war schön.

Nach ihren Einkäufen setzten sich Brigitte Obermeyer und ihre Freundin üblicherweise in ein Café am Paradeplatz und besprachen die Themen, für die sie bis dahin keine Zeit gefunden hatten. Auch dabei legten sie eine Beharrlichkeit an den Tag, die mich fast zur Verzweiflung trieb. Zwei Stunden und mehr dauerte ihr Geschwätz. Wieso investierte Brigitte Obermeyer diese Energie nicht in ein wildes Liebesabenteuer? Dann wäre die Situation geklärt gewesen, und ich hätte den Fall abschließen können.

Am Freitagmorgen, dem fünften Tag, an dem ich Brigitte Obermeyer beschattete, machte ich mich, gut ausgeschlafen und von den Strapazen der letzten Tage etwas erholt, auf den Weg in die Bellariastraße. Ich ließ die letzten Tage noch einmal Revue passieren und versuchte, bei der Beurteilung der Ereignisse ganz objektiv zu sein. Bis zu diesem Zeitpunkt gab es nicht die geringsten Anzeichen dafür, dass Brigitte Obermeyer ihren Keiser betrog. Natürlich bewies das noch lange nicht, dass sie es nicht trotzdem tat. Sie hätte sich beispielsweise im Fitnessstudio mit ihrem Personaltrainer vergnügen können, denn dorthin konnte ich ihr nicht folgen. Oder sie hätte sich zu ihrem Liebhaber schleichen können, nachdem ich gegangen war. Das hätte allerdings vorausgesetzt, dass sie von meiner Anwesenheit wusste, und davon ging ich nicht aus. Nein, ich konnte mir nicht vorstellen, dass Brigitte Obermeyer ein Verhältnis mit einem andern Mann hatte. Wer sägt sich auch schon den Ast ab, auf dem er sitzt. Mir war klar, dass fünf Tage Beobachtung zu wenig waren, um die Frage nach Brigitte Obermeyers Treue abschließend beantworten zu können. Dennoch stellte ich mir an diesem Morgen zum ersten Mal die Frage, ob es überhaupt noch Sinn machte, die Observierung fortzusetzen.

Vor Brigitte Obermeyers Wohnung angekommen, parkte ich meinen Wagen und wartete, bis sie aufgestanden war. Es regnete und schneite abwechslungsweise, und so ließ sie sich damit bis um elf Uhr Zeit. Offensichtlich hatte sie beschlossen, den Tag zu Hause zu verbringen, denn nachdem sie ihre Morgentoilette gemacht und gefrühstückt hatte, legte sie sich in einem Trainingsanzug in eine warme Decke gehüllt aufs Sofa und schaute sich Magazine an. Zwischendurch stand sie einmal auf, um sich einen Tee zu machen. Am frühen Nachmittag holte sie sich eine Frucht aus der Küche und aß sie, während sie sich eine Gerichtsshow im Fernsehen anschaute. Sonst ereignete sich nichts. Die Zeit schien stillzustehen. Hätte ich nicht jede Stunde meinen Wagen umparkiert, um nicht aufzufallen, ich wäre eingenickt. Ich verstand immer weniger, was ich hier tat.

Je länger diese elende Warterei andauerte, umso mehr kam ich zu der Überzeugung, dass es für alle Beteiligten das Beste wäre, die Observierung abzuschließen. Ich überlegte mir, wie ich Keiser von meinem Vorhaben überzeugen konnte. Dabei musste ich wohl etwas unachtsam geworden sein, denn als ich wieder aufschaute, war Brigitte Obermeyer verschwunden. In keinem der Zimmer, die von meinem Wagen einsehbar waren, konnte ich sie entdecken. War sie doch noch ausgegangen? Ich warf einen Blick zum Hauseingang und den Weg, der davon wegführte. Aber auch da war sie nicht. Stattdessen kam ein athletisch gebauter, junger Mann Richtung Hauseingang gelaufen. Er sah sehr gut aus, war braun gebrannt, und seine dunkelblonden, gewellten Haare fielen ihm bis auf die Schultern. Er trug eine ausgewaschene Jeans und darüber ein weißes, tailliertes Hemd. Die Ärmel hatte er hochgekrempelt, als wäre es Sommer. Beim Hauseingang schaute er sich die Namensschilder an und klingelte. Fast gleichzeitig kam Brigitte Obermeyer aus ihrem Schlafzimmer gerannt, schaute kurz auf die Uhr und öffnete dem jungen Mann die Tür. Sie hatte ihn erwartet und sich für ihn umgezogen. Sie trug eine enge Bluejeans mit schwarzen Stiefeln und eine lilafarbene, abgesteppte Daunenjacke. So sportlich gekleidet hatte ich sie zuvor noch nie gesehen. Kaum hatte der junge Mann ihre Wohnung betreten, umarmten und begrüßten sie sich überschwänglich. War das Brigitte Obermeyers heimlicher Liebhaber? Wie auch immer, sie verschwanden nicht im Schlafzimmer, sondern verließen die Wohnung. Es war fünf Uhr abends.

Brigitte Obermeyer hängte sich bei dem jungen Mann ein, und er führte sie zu seinem Auto, einem schon etwas in die Jahre gekommenen blauen Renault Laguna, in dessen Heckfenster der farbige Schriftzug *Hawaii Surfing* klebte. Das Auto hatte ein deutsches Kennzeichen. Sie stiegen ein und fuhren los. Ich startete den Motor und folgte ihnen nach Wipkingen, wo sie in einer Querstraße der Rosengartenstraße parkierten. Was führte die zwei in diese Gegend? Hier gab es weder Läden noch Restaurants, die Brigitte Obermeyers Ansprüchen genügt hätten. Das Quartier war heruntergekommen und wurde durch die Rosengartenstraße, eine vierspurige Transitstraße, regelrecht entzwei geschnitten. Durch dieses Quartier wollte man in der Regel möglichst schnell durch, aber ganz bestimmt nicht hin.

Brigitte Obermeyer und ihr Begleiter stiegen aus und liefen etwa hundert Meter die Rosengartenstraße entlang nach unten. Ich hatte meinen Wagen unweit von ihrem Auto geparkt und folgte den beiden mit gebührendem Abstand. Sie betraten einen Surf-Shop. Um das Geschehen darin besser beobachten zu können, wechselte ich durch eine Unterführung auf die andere Straßenseite. Ich kam gerade die Treppe hoch, als der Verkäufer die zwei begrüßte. Zu meiner Überraschung war dabei nicht Brigitte Obermeyer als erste an der Reihe, sondern ihr Begleiter, der braun gebrannt junge Mann. Freundschaftlich klopfte er dem auf die Schultern und erst nachdem er einige Worte mit ihm gewechselt hatte, reichte er auch Brigitte Obermeyer die Hand. Schnell zeigte er ihr die Neoprenanzüge und kehrte anschließend zu dem jungen Mann zurück, um sich weiter mit ihm zu unterhalten. Brigitte Obermeyer suchte sich zwei Neoprenanzüge aus und verschwand damit in einer Umkleidekabine.

Ein eisiger Wind wehte die ansteigende Rosengartenstraße herauf und der Lärm des Verkehrs war kaum auszuhalten. Um mir die Zeit etwas zu vertreiben, schätzte ich die Zahl der Fahrzeuge, die innerhalb einer Minute an mir vorbeifuhren und zählte dann nach. Nach dreißig Sekunden und 86 Fahrzeugen fiel mir plötzlich eine flackernde Lichtröhre über einem Hauseingang auf der andern Straßenseite, etwa 200 Meter oberhalb des Surf-Shops, auf. Ich ließ die Zählerei sein und ging etwas näher. Der Eingang war gekachelt und rechts daneben gab es Sprayereien. Ich warf einen Blick auf die Hausnummer: Rosengartenstraße 23. Eine flackernde Lichtröhre über einem versprayten Eingang und dazu die stark befahrene Straße: Dieser Eingang war genau wie jener, den Sandino mir beschrieben hatte. Ich wechselte auf die andere Straßenseite zurück, um ihn mir etwas genauer anzuschauen. Jedes Detail stimmte, sogar der Sprung im Glas der Eingangstür war da. Diente Sandino dieses Haus als Vorbild? Sein Roman spielt, wie er betonte, in einer fiktiven Stadt im Süden. Da dieses Haus aber so gar nichts Südliches an sich hatte, wurde ich den Verdacht nicht los, dass der Roman etwas mit Sandinos wirklichem Leben zu tun haben könnte. Existierte diese Frau aus Kamerun genauso wie dieses Haus? Ich schaute in die linke Parterrewohnung. Vor den Fenstern hingen Gardinen und dahinter brannte Licht. Sehen konnte ich niemanden. Ich ging die Namen an den Briefkästen durch, fand aber keinen, der mit einem B begann.

»Sind Sie Dimitri?«, hörte ich plötzlich eine Stimme in meinem Rücken. Ich drehte mich um.

Ein junger Mann, etwa in Sandinos Alter, stand mir gegenüber und starrte mich durch eine mächtige Hornbrille mit schwarzem Gestell an. Er hatte ein kantiges Gesicht mit einer scharfen, langen Nase, an der sich kaum Nasenflügel abzeichneten.

»Mein Name ist Roger König«, sagte er sichtlich nervös, als ich nicht sofort antwortete. »Ich glaube, wir sind miteinander verabredet. Sie sind doch Dimitri?« Er zog seine rechte Hand zögernd ein Stück weit aus der Tasche seines grau schimmernden Fischgratmantels, ließ sie auf halbem Weg aber wieder zurückgleiten.

»Ich bin nicht Dimitri«, sagte ich.

»Aber Sie sind einer von Marquardts Leuten?«

»Auch da muss ich Sie enttäuschen. Ich kenne niemanden, der so heißt.«

»Dann habe ich Sie verwechselt«, sagte der junge Mann hastig und lief davon, ohne sich verabschiedet oder entschuldigt zu haben. Nach etwa 50 Metern drehte er sich nochmals nach mir um und machte sich dann endgültig aus dem Staub.

Als ich mich wieder Brigitte Obermeyer und ihrem Begleiter zuwandte, verließen die gerade den Surf-Shop. Brigitte Obermeyer hatte eine Plastiktasche mit dem Signet des Ladens in der Hand. Anscheinend hatte sie sich für einen Neoprenanzug entscheiden können. Sie kamen die Rosengartenstraße herauf und bogen in die Querstraße ein, in der ihr Auto stand. Sie stiegen ein und fuhren los. Ich rannte zu meinem Wagen und folgte ihnen. Diesmal ging es geradewegs ins Stadtzentrum. Ein blaues Auto bei Nacht im dichten Feierabendverkehr nicht aus den Augen zu verlieren, war eine echte Herausforderung. In der Nüschelerstraße, einer schmalen Parallelstraße der Bahnhofstraße, parkierten sie, stiegen aus und gingen zu Fuß weiter. Ich stellte mein Auto ebenfalls ab und folgte ihnen bis zum Paradeplatz. Als ich merkte, dass sie auf das Café zusteuerten, das Brigitte Obermeyer nach ihren Einkaufstouren jeweils mit ihrer Freundin besucht hatte, blieb ich stehen. Nochmals in dieses Café wollte ich auf keinen Fall, zu viele Stunden hatte ich dort totschlagen müssen. Ich überlegte, ob ich nicht einfach nach Hause gehen sollte, als plötzlich Keiser über die Bahnhofstraße Richtung Café gerannt kam. Hatte er Wind vom Treffen seiner Geliebten mit dem athletisch gebauten, jungen Mann bekommen? Wollte er sie zur Rede stellen? Keiser wirkte gehetzt. Vor dem Eingang zum Café blieb er kurz stehen und betrachtete sich in der Glastür. Hastig fuhr er sich mit einem Kamm zweimal durchs Haar und zog seine Krawatte und sein Jackett zurecht. Man sollte ihm seine Aufregung nicht ansehen. Dann betrat er scheinbar ruhig das Café. Jetzt würde sich herausstellen, wer Brigitte Obermeyers Begleiter war. Das wollte ich mir nicht entgehen lassen und ging Keiser nach. Was ich zu sehen bekam, hätte nicht besser zu diesem blutleeren Fall passen können. Anstatt dass Keiser seinen Nebenbuhler in einer melodramatischen Szene zur Rede gestellt hätte, schüttelte er ihm ehrfurchtsvoll die Hand und hätte dabei seine Geliebte fast vergessen. Erst als sie ihm ihren neuen Neoprenanzug zeigte, schien er sie richtig wahrzunehmen. Wer immer Brigitte Obermeyers Begleiter war, ihr Liebhaber war er offenbar nicht.

Damit war dieser Fall für mich endgültig abgeschlossen. Unbemerkt von den dreien verließ ich das Café. Irgendwann in den nächsten Tagen würde ich Keiser meinen Bericht übergeben. Vielleicht sollte ich bei dieser Gelegenheit erwähnen, dass die Verdächtigungen und Betrügereien, von denen er mir erzählt hatte, sich in seinem Kopf abspielten, und er gelegentlich bei einem Psychiater vorbeischauen sollte.

3

Es regnete, als ich wieder auf den Paradeplatz hinaus trat. Ich atmete einmal tief durch, schaute in den schwarzen Nachthimmel und ließ die kalten Regentropfen auf mein Gesicht fallen. Es war fantastisch, und obwohl der Paradeplatz um diese Zeit sehr belebt war, vergaß ich alles um mich herum. Dann wurde ich von einem Typen angerempelt, der wie ein Banker aussah. Er hatte sich gerade das goldene Buch mit den 300 reichsten Schweizern am Kiosk gekauft und ganz gedankenverloren darin geblättert. Er entschuldigte sich und ging weiter.

Ich schlenderte über den Paradeplatz und bog in die weihnachtlich geschmückte Bahnhofstraße ein. Endlich konnte ich wieder gehen, wohin ich wollte. Vor einem der glitzernden und funkelnden Schaufenster eines Modegeschäftes sang ein Viererchörchen der Heilsarmee den Choral *Ein feste Burg ist unser Gott*. Ich zog mein Portemonnaie hervor, kratzte zusammen, was noch drin war und steckte es in ihre Topfkollekte.

Nur wenige Schritte weiter befand sich das mächtige Eingangsportal der Bank, in der ich vor über zehn Jahren einmal gearbeitet hatte. Ungewollt blieb ich stehen und ließ meinen Blick an der Fassade emporgleiten. Da waren sie wieder, die Erinnerungen an jene Zeit, so klar und deutlich, als wäre es erst gestern gewesen. Dabei hatte ich gehofft, sie für immer aus meinem Gedächtnis gelöscht zu haben. Aber so sehr ich mich auch bemühte, sie zu vergessen, sie drängten immer von neuem an die Oberfläche, wie Korken, die man unters Wasser zu drücken versucht.

Die Stelle bei der Bank war die erste nach meinem Studium und eigentlich hätte ich sie nach der Probezeit gleich wieder aufgeben sollen. Meine Arbeit sagte mir nichts, und in meinem Team fühlte ich mich nicht wohl. Doch anstatt zu kündigen, lebte ich von der Hoffnung, es würde sich alles zum Guten wenden. Das tat es nicht. Im Gegenteil, meine Arbeit wurde immer eintöniger und wiederholte sich Monat für Monat. Ich kam mir wie ein Gefangener vor, und der Blick aus dem Fenster auf die belebte Bahnhofstraße hinunter ließ mich vor Sehnsucht nach einem Spaziergang fast krank werden.

Nachdem ich dort drei Jahre gearbeitet hatte, erschütterte eine geplatzte Immobilienblase in den USA das weltweite Wirtschaftssystem und brachte es an den Rand eines Zusammenbruchs. Diese Krise traf die Bank, bei der ich angestellt war, mit voller Wucht. Der Aktienkurs brach ein, was die nervöse Geschäftsleitung umgehend bewog, im Rahmen einer Umstrukturierung viertausend Mitarbeiter zu entlassen, zu denen auch ich gehörte. Ich nahm die Kündigung gelassen hin. Zum einen, weil ich überzeugt war, sofort etwas Neues zu finden, und zum andern, weil es nur noch besser werden konnte. Doch es kam anders. Auf meine Bewerbungen erhielt ich nur Absagen, und so rückte mein letzter Arbeitstag näher, ohne dass ich eine neue Stelle hatte.

Die anfängliche Gelassenheit war längst einer existenziellen Angst gewichen, denn während den zwei Jahren bei der Bank konnte ich nichts sparen. Ich hatte gerade geheiratet. Geny, meine Frau, war Brasilianerin und das erste Jahr brauchte sie, um etwas Deutsch zu lernen. Danach, so glaubten wir, könnte sie als Coiffeuse arbeiten, wie sie das in Brasilien getan hatte. Aber ihr Diplom wurde in der Schweiz nicht anerkannt. Und so dauerte es ein weiteres halbes Jahr, bis wir für sie eine Aushilfsstelle in einer Kantine gefunden hatten. Aber mit diesem Lohn hätte sie uns nie über Wasser halten können und Arbeitslosenunterstützung wollte ich nicht beziehen. Ich brauchte dringend eine Arbeit, sonst standen wir vor dem Nichts. In meiner Verzweiflung bat ich meinen Chef, die Kündigung rückgängig zu machen. Ich bot ihm an, in einer andern Abteilung für weniger Geld zu arbeiten. Aber er konnte oder wollte mir nicht helfen.

Dieser Belastungsprobe hielt meine Ehe nicht stand. Geny konnte nie verstehen, dass ich mich in der Bank nicht wohlfühlte. Und dass ich im Sommer früher nach Hause kam, um mir die Übertragung der Tour de France anzusehen, anstatt etwas länger im Büro zu bleiben, hatte sie mir bei jeder Gelegenheit vorgeworfen. Nach meiner Entlassung wurden die Spannungen zwischen uns immer größer, bis sie sich in einem heftigen Streit entluden. Wir warfen uns die hässlichsten Worte an den Kopf und schließlich sagte sie, dass ich sie nur geheiratet hätte, um über den Tod meiner Mutter hinwegzukommen. Daraufhin verließ ich wütend unsere Wohnung. Als ich spät nachts zurückkam, war Geny weg. Sie hatte ihre Kleider gepackt und war, ohne eine Nachricht hinterlassen zu haben, verschwunden.

Ich brauchte über ein Jahr, um herauszufinden, dass sie nach Brasilien zurückgekehrt war. Emilio Aimi, ein Detektiv mit einem Büro in der Langstraße, hatte mir bei der Suche geholfen und mich anschließend als Assistent eingestellt. Zwei Jahre, nachdem Geny mich verlassen hatte, traf ich sie noch einmal. Sie kam nach Zürich, um sich von mir scheiden zu lassen. Danach habe ich sie nicht mehr gesehen. Das war fast auf den Tag genau vor acht Jahren.

Ich ließ die Bank hinter mir und lief weiter. Auf der Höhe des Max-Bill-Denkmals bog ich nach links und kurz danach nach rechts in die Nüschelerstraße ab. Beim blauen Renault Laguna von Brigitte Obermeyers Begleiter blieb ich stehen. Ihr Liebhaber war er offensichtlich nicht. Wer aber war dieser Mann? Ich beugte mich zur Scheibe der Beifahrertür hinunter und warf einen Blick ins Innere des Autos. Vielleicht lag irgendwo etwas, das mir einen Hinweis auf seine Identität hätte geben können. Ich versuchte, etwas auf der Ablagefläche über den Armaturen und auf den Vorder- oder Rücksitzen zu erspähen, das mir weitergeholfen hätte. Die Miniatur-Flip-Flops am Rückspiegel taten dies definitiv nicht. Sie unterstrichen nur seine Vorliebe für Sonne, Meer und Surfen. Ich richtete mich wieder auf und wollte zu meinem Wagen gehen, als ich plötzlich Manuel Sandino durch die nächste Querstraße schlendern sah. Der Versuchung, ihn über seinen Roman und das Haus in der Rosengartenstraße 23 auszufragen, konnte ich nicht widerstehen. Ich lief ihm nach und holte ihn vor den Schaufenstern einer Kleiderboutique ein. Ausführlich betrachtete er die teuren Auslagen und schien mich nicht zu bemerken. Sandino trug keine Brille und erst jetzt fiel mir auf, wie ähnlich wir uns sahen. Meine Stirn war zwar etwas höher und auch die zehn bis zwölf Jahre Altersunterschied waren nicht zu übersehen. Aber unsere Statur, die Haare und Augen waren so ähnlich, dass ich mit etwas Phantasie als sein älterer Bruder durchgegangen wäre.

»Herr Sandino«, sagte ich.

Er zuckte zusammen, als hätte Frankenstein ihn angesprochen.
»Habe ich Sie erschreckt?«
»Ich war in Gedanken und habe Sie nicht kommen hören.«
»Dachten Sie über Ihren Roman nach?«
»Genau«, sagte Sandino schnell und steckte seine Hände in die Manteltaschen, obwohl er Handschuhe trug. »Ich dachte über das Konzept meines Romans nach. Zu mehr fehlt mir im Moment die Zeit. Ich hoffe, dass ich über Weihnachten etwas zum Schreiben komme.«
Der Regen wurde stärker, und ich schlug vor, in die Silberkugel, ein Schnellimbisslokal ganz in der Nähe, zu gehen. »Sie könnten mir dann Ihr Konzept etwas erläutern.«
»Das würde ich gerne«, entgegnete Sandino und schaute demonstrativ auf seine Uhr, »aber wie gesagt, ich bin unter Zeitdruck. Ich muss ...«
»Eben schienen Sie es nicht sonderlich eilig zu haben.«
»Im Moment ist meine Freizeit wirklich sehr knapp bemessen«, erwiderte Sandino ärgerlich. »Ich stecke mitten in meiner Lizenziatsarbeit. Diese Spaziergänge helfen mir, etwas abzuschalten. Danach muss ich wieder an die Arbeit.«
»Erzählen Sie mir von Ihrem Roman, auch das lenkt ab.«
Sandino verlagerte nervös sein Gewicht von einem Bein auf das andere. »Zehn, höchstens fünfzehn Minuten«, sagte widerwillig. »Dann muss ich gehen.«
Wir überquerten die Straße, betraten die Silberkugel und setzten uns an die erste der acht halbrunden Theken. Wir waren die einzigen Gäste. Das Lokal war überheizt und überall hing der Geruch von Frittieröl und gebratenem Fleisch. Eine behäbige Serviererin in einer viel zu engen, beigen Uniform, die schon einige Ketchup- und Saucenspuren aufwies, schlurfte schwerfällig von der Kasse zu uns. Ihre nackten Füße steckten in ausgetretenen Latschen und jedes Mal, wenn sie den Fuß anhob, hörte man, wie sich der Schuh von der Fußsohle ablöste. Anstatt einer Begrüßung machte sie uns darauf aufmerksam, dass um acht Uhr Schluss sei und wies mit einer Kopfbewegung auf die Uhr hinter ihr. Uns blieben noch 20 Minuten. »Wollen Sie trotzdem was?«

»Selbstverständlich!«, sagte ich unbeirrt und bestellte einen Orangensaft und eine warme Suppe.

»Die Suppe ist alle!«, erwiderte sie und klopfte genüsslich mit dem Kugelschreiber auf ihr Notizblöcklein. »Wenn Sie unbedingt etwas essen wollen, es hat noch Pommes-Frites und Hamburger.«

Ihre Worte waren noch nicht verklungen, da rief ihre Kollegin vehement dazwischen, dass die Fritteuse bereits geputzt sei.

»Sie haben es gehört. Hamburger gibt es noch. Sonst nichts!«

Diese Superkapitalistinnen schienen geradezu beseelt vom Gedanken, ihren Gewinn durch Eigeninitiative zu maximieren. Das machte sie mir halbwegs sympathisch, allerdings nicht so, dass ich ihretwegen einen Hamburger gegessen hätte. Ich begnügte mich mit einem Orangensaft, und Sandino bestellte eine Coca-Cola mit viel Eis.

Eis bei diesem Wetter? Irritiert schaute ich zu ihm und fragte mich, ob er unempfindlich gegen die Kälte war. Ich verkniff mir eine Bemerkung dazu und sprach ihn stattdessen auf das Schicksal der Frau aus Kamerun an.

»Wie gesagt, die Belastung durch das Studium ist momentan sehr groß.« Sandino nahm einen der Salzstreuer, die auf der Theke herumstanden und begann, ihn langsam von einer Hand in die andere zu schieben. »Ich bin noch nicht entscheidend weitergekommen. Der Teil, in dem der Detektiv erste Nachforschungen anstellt ... Darüber habe ich mir einige Gedanken gemacht. Wie Sie vorgeschlagen haben, hört er sich bei den ehemaligen Nachbarn der Frau aus Kamerun um, und stößt dabei auf eine interessante Spur. Sie ist ...« Sandino zögerte.

»... tot?«

Sandino schaute mich erschrocken an. Doch genau in diesem Moment brachte die behäbige Serviererin unsere Getränke, was Sandino Zeit gab, sich eine passende Antwort zurechtzulegen. Er ließ den Salzstreuer los, nahm das Glas und trank es in einem Zug leer.

»Das ist nicht klar!«, sagte er selbstbewusst, nachdem er einen Eiswürfel zerbissen und geschluckt hatte. »Aber es freut mich, dass ich Ihnen diesen Eindruck vermitteln konnte. Die Geschichte lebt davon, dass der Leser immer hin- und hergerissen ist. Muss er in diesem Moment annehmen, dass die Frau aus Kamerun tot ist, so spricht in der nächsten Szene wieder alles dagegen. Dieses Spannungselement zieht sich durch den ganzen Roman.«

»Und wie endet er?«

Sandino starrte stumm auf das leere Glas vor ihm auf der Theke und griff wieder nach dem Salzstreuer.

»Kennen Sie das Ende?«, fragte ich nach.

»Natürlich!«, fuhr er mich in giftigem Ton an und schlug dabei den Salzstreuer so heftig auf die Theke, dass sich die Serviererinnen nach uns umdrehten. »Aber das geht Sie nichts an. Ich bin niemandem Rechenschaft schuldig!«

»Was haben Sie zu verbergen?«

»Nichts!«

»Ich war heute in der Rosengartenstraße. Der Hauseingang von der Nummer 23 sieht genauso aus wie der, den Sie mir beschrieben haben.«

»Und jetzt?« Sandino begann erneut den Salzstreuer von einer Hand in die andere zu schieben.

»Sie sagten Ihr Roman spiele in einer fiktiven Stadt im Süden. Das passt nicht zusammen: Rosengartenstraße und fiktive Stadt im Süden.« Ich wartete einen Moment und schaute zu Sandino hinüber. Er saß da, ohne etwas zu sagen und verfolgte mit seinen Blicken den Salzstreuer, wie er auf der Theke hin und her glitt. »In diesem Roman geht es nicht um eine Fiktion, sondern um *Ihre* Geschichte.«

»Was Sie nicht sagen!«, entgegnete Sandino und verzog sein Gesicht zu einem höhnischen Grinsen. »Absolut lächerlich! Ich schreibe einen Roman, und der hat nichts, aber auch gar nichts mit meinem Leben zu tun. Oder glauben Sie vielleicht, auch Stevenson *war* Dr. Jekyll und Mr. Hyde?«

»Weshalb dann die exakte Beschreibung dieses Hauseingangs in der Rosengartenstraße 23?«

Sandino schob den Salzstreuer immer schneller hin und her.

»Ich bin Schriftsteller. Der Charakter der Rosengartenstraße passt zu meiner Geschichte: Laut. Heruntergekommen. Die Straße der Unterprivilegierten. Es ist doch klar, dass ich die Motive dort suche, wo ich lebe, und das ist nun mal in Zürich.«

»Weshalb spielt Ihre Geschichte dann nicht in Zürich?«

»Weil sie nichts mit Zürich zu tun hat!«

»Und ob sie das hat!«, entgegnete ich scharf. Eigentlich hätte mir seine Geschichte egal sein können. Aber ich lasse mich nicht gern für dumm verkaufen. »Sie sind der Mann, der diese Frau aus Kamerun sucht. Sie wohnte einst in der Rosengartenstraße 23, und jetzt wissen Sie nicht, wo sie ist. Deshalb kamen Sie zu mir, und deshalb waren Sie auch so enttäuscht, als ich Ihnen nicht weiterhelfen konnte. Sie können keinen Roman schreiben, denn Ihnen fehlt der Schluss.«

»Ich kann nur wiederholen, was ich zuvor schon gesagt habe: Das ist absolut lächerlich!«

»Wie lautet der Nachname der Frau aus Kamerun?«

»Den soll der Detektiv ja gerade herausfinden!«

»Sie sind der Schriftsteller«, sagte ich, nachdem ich einen Moment gewartet hatte. »Sie müssten den Namen eigentlich wissen.«

Das monotone Geräusch des ewigen Hin und Hers des Salzstreuers ging mir langsam auf die Nerven. Doch bevor ich Sandino dazu auffordern konnte, diese Spielerei endlich sein zu lassen, stand die behäbige Servierin da und entriss ihm den Salzstreuer mit einem bösen Blick. Sie stellte ihn auf ein Tablett zu anderen Salz- und Pfefferstreuern, die nachgefüllt werden mussten.

»Etwas würde mich noch interessieren.«

»Etwas im Zusammenhang mit dem Roman?«

»Nicht direkt. Es geht um den Mann, der mein Büro betreten hatte, als Sie gerade gehen wollten. Erinnern Sie sich?«

»Was ist mit dem Mann?«

»Er ist aus Kamerun. Sie hätten ihm schon einmal ...«

»Nun lassen Sie endlich diese blöden Anspielungen!«, fuhr mich Sandino wütend an. »Diese Frau aus Kamerun ist Fiktion. Ich kenne sie ...«

Plötzlich verstummte Sandino und sein Gesicht erstarrte. Das Einzige, was sich bewegte, waren seine Augen. Sie verfolgten etwas. Ich drehte mich zu dem Fenster in meinem Rücken und schaute hinaus. Was hatte Sandino entdeckt? Ich konnte es nicht erkennen und wollte ihn danach fragen. Doch noch während ich mich ihm wieder zuwandte, stürzte er wie ein Besessener, seinen wollenen Wintermantel in der Hand haltend, zur gläsernen Drehtür.

»Was ist los? Wohin gehen Sie?«, rief ich ihm nach. Doch er hatte mich nicht mehr gehört und rannte Richtung Sihlporte davon. Ich wollte ihm folgen, aber die behäbige Serviererin hatte etwas dagegen.

»Sie wollen doch nicht gehen, ohne zu bezahlen«, sagte sie und hielt den Zeigefinger auf einen Knopf. »Soll ich die Tür verriegeln?«

»Der junge Mann schuldet mir noch eine Antwort.«

»Und Sie schulden mir noch 8.55! Wir sind doch hier nicht bei der Heilsarmee!«

Wo sie Recht hatte, hatte sie Recht.

Ich legte einen Zehnfrankenschein auf die Theke und rannte nach draußen. Aber da war Sandino längst verschwunden. Verärgert ging ich in die Silberkugel zurück, um meinen grauen Regenmantel zu holen.

»Hat Ihr Kollege Sie versetzt?«, fragte die behäbige Serviererin und räumte unsere Gläser weg.

»Nein, ihm kam plötzlich in den Sinn, dass er einen Termin beim Zahnarzt hatte!«

»Deshalb müssen Sie nicht gleich so schnippisch werden. Ich kann schließlich nichts dafür.« Sie wischte mit einem schmutzigen Lappen über die Theke. »Ihr Kollege ist mit einer schwarzen Frau ins Tram gestiegen.«

»Mit einer schwarzen Frau! Wie sah sie aus?«

Die behäbige Serviererin zog gleichgültig die Schultern in die Höhe.

»War sie jung, alt, schlank oder fest?«, fragte ich ungeduldig.

»Meinen Sie, ich werde hier fürs Aus-dem-Fenster-schauen bezahlt. So genau habe ich nicht hingeschaut.«

»Wären Sie nicht so ...« Ich ließ es bleiben. Es hatte keinen Sinn, mit der Serviererin zu streiten. Die Sache war gelaufen. Ich verließ wortlos das Lokal und ging nach Hause.

Hatte Sandino die Frau aus Kamerun gefunden?

4

Wo wir fahren, lebt Zürich! In dem überfüllten Bus war mein Blickfeld so eingeschränkt, dass ich nur diesen Slogan auf einem Plakat der Zürcher Verkehrsbetriebe, das unmittelbar vor meiner Nase hing, anstarren konnte. Es war der letzte Sonntagsverkauf vor Weihnachten. Die Läden hatten vor einer knappen Viertelstunde geschlossen und nun war jedermann vollbepackt mit Taschen und riesigen Paketen auf dem Heimweg. Es herrschte ein Verkehr und ein Gedränge in der Stadt wie an einem Werktag. Hätte ich daran gedacht, hätte ich mich etwas später auf den Weg zur Rosengartenstraße gemacht.

Das gesamte Wochenende hatte ich an dem Bericht für Keiser geschrieben und war immer noch nicht fertig. Normalerweise benötigte ich dafür ein Viertel, höchstens die Hälfte dieser Zeit. Aber diesmal konnte ich mich nicht konzentrieren. Ständig musste ich an Sandinos Geschichte von der vermissten Frau aus Kamerun denken. Seit seinem Besuch in meinem Büro hatte sie eine überraschende Entwicklung durchgemacht. War sie zuerst nur eine Romanfigur, so zeichnete sich mehr und mehr ab, dass es sie wirklich gab. Spätestens seit letztem Freitag war diese Vermutung mit Sandinos fulminantem Abgang aus der Silberkugel für mich zur Tatsache geworden. Denn wer rennt schon einer Romanfigur nach?

Am Bucheggplatz kämpfte ich mich gegen den Strom der einsteigenden Fahrgäste aus dem Bus und lief zur anderen Seite des Platzes, wo es kaum Leute gab. Ich verschnaufte einen Moment und ging anschließend die Bucheggstraße bis zur Rosengartenstraße hinunter. Selbst an einem Sonntag wälzte sich eine endlos lange, lärmige und stinkende Blechlawine durch diese farblose Häuserschlucht. »Wir leben, wo Zürich fährt!«, war auf eine Betonmauer gesprayt. Die Straße der Unterprivilegierten.

Vor dem Hauseingang in der Rosengartenstraße 23 blieb ich stehen. Die flackernde Lichtröhre war noch immer nicht ersetzt worden. Ich klingelte in der Parterrewohnung, in der die Frau aus Kamerun gewohnt haben musste. Eine Familie mit einem portugiesischen Namen lebte nun darin. Vielleicht konnten sie mir weiterhelfen. Ich wartete eine Reaktion ab, aber es tat sich nichts. Da Licht in der Wohnung brannte, versuchte ich es ein zweites Mal. Möglicherweise hatte ich das Surren des Türöffners bei diesem Straßenlärm überhört. Doch auch diesmal geschah nichts. Ich trat unter dem Vordach des Eingangs hervor und sah zu der Wohnung hinüber. Eine Frau warf mir durchs Fenster verstohlen einen Blick zu und verschwand sogleich wieder. Sie hatte mein Klingeln gehört. Weshalb öffnete sie nicht? Ich versuchte erst gar nicht, nach ihr zu rufen, sondern nahm einen Kieselstein. Doch wie ich zum Wurf ausholen wollte, packte mich jemand von hinten am Arm und hielt mich zurück. Ich riss mich los und drehte mich um.

Ein kräftiger, untersetzter Mann stand mir gegenüber. Er atmete schnell, als wäre er gerannt. »Was machen Sie da?«, fauchte er mich mit einem ausländischen Akzent an.

»Hätten Sie mich in Ruhe gelassen, dann hätten Sie es gesehen.«

»Los, was machen Sie da?«, wiederholte er seine Frage energisch und schaute ganz grimmig aus der Wäsche. Ich sagte ihm, dass ich zuvor geklingelt hätte, und wollte ihm erklären, weshalb ich zu einem Kieselstein gegriffen hatte. Aber er ließ mich nicht ausreden. »Warum klingeln Sie hier?« Er beugte sich mit seinem Oberkörper zu mir und presste dabei seine Hände fest an die Oberschenkel. »Sie haben hier nicht zu klingeln!« Was brachte diesen Mann so in Rage? Ich konnte mir sein Verhalten nicht erklären und machte vorsichtshalber einen Schritt zurück.

»Ich suche eine Frau ...«

»Was Frau?« Er hatte noch etwas an Volumen zugelegt, und seine Stimme zitterte vor Erregung. »Sie sagen jetzt, was Sie wollen, oder ich rufe die Polizei! Also!«

»Also? Sie lassen mich ja nicht ausreden.«

»Ich will nicht mit Ihnen reden. Ich will wissen, was Sie hier verloren haben. Ich kenne Sie nicht!«

»Wenn Sie nur mit Leuten sprechen, die Sie kennen, dann müssen Sie mir verraten, wie Sie die Selbstgespräche überwunden haben!«

»Verschwinden Sie!«, schnauzte er mich an und machte

einen Schritt auf mich zu, als wollte er mich vertreiben. Ich versuchte, nicht zurückzuweichen, was angesichts seiner Drohgebärde nicht ganz einfach war. »Nichts Selbstgespräche!« Offenbar wurde mein philosophisches Argument nicht ganz verstanden. »Verschwinden Sie! Ich will nicht mit Ihnen reden!«

In diesem Moment öffnete sich das Fenster, und die Frau, die mir zuvor einen verstohlenen Blick zugeworfen hatte, schaute heraus. »Se acalme, Rui!«, sagte sie ganz aufgeregt.

Doch Rui beruhigte sich nicht.

»Raus mit der Sprache! Was wollen Sie von ihr!«, schrie er mich an.

»Nichts!«, schrie ich zurück. Das war anscheinend die einzige Möglichkeit, sich bei ihm Gehör zu verschaffen. »Ich will nichts von Ihrer Frau! Ich will wissen, ob Sie Ihre Vormieterin gekannt haben. Das ist alles!«

Mit einem Schlag wurde er still und überließ das Lärmmachen wieder den Autos auf der Rosengartenstraße. Er lief zu seinem Wagen, lud zwei große, voll gepackte Einkaufstaschen aus dem Kofferraum und trug sie ins Treppenhaus.

Als er wieder bei mir vorbeikam, sagte ich: »Die Frau war aus Kamerun.«

»Sind Sie deshalb hierher gekommen? Nur um mich das zu fragen?«

»Genau deshalb. Ich suche diese Frau aus Kamerun im Auftrag eines Klienten. Ich bin Detektiv! Können Sie sich vielleicht an ihren Namen erinnern?«

»Den Weg hätten Sie sich sparen können. Ich kenne keine Frau aus Kamerun.«

»Als Sie sich die Wohnung zum ersten Mal angesehen hatten, oder spätestens bei der Wohnungsübergabe müssten Sie sie doch gesehen haben«, versuchte ich seinem Gedächtnis etwas auf die Sprünge zu helfen. Er reagierte nicht und lief erneut zu seinem Wagen.

»Wir haben eine leere Wohnung besichtigt«, sagte der Mann, als er wieder zurückkam. »Und übergeben wurde uns die Wohnung vom Hausmeister. Eine Frau aus Kamerun habe ich nie gesehen.« Er trug abermals zwei große Einkaufstaschen ins Treppenhaus.

»Wann war das?«

»Ich wüsste nicht, was Sie das angeht.«

»Nichts. Aber es könnte mir helfen, die Frau aus Kamerun zu finden.«

»Am ersten November«, knurrte er widerwillig.

»Weiß Ihre Frau vielleicht ...«

»Sie weiß auch nichts!«, stellte er in unmissverständlichem Ton klar und sein aufbrausendes Temperament machte sich erneut bemerkbar. »Nochmals: wir kennen keine Frau aus Kamerun.«

»Dann höre ich mich noch bei den andern Hausbewohner um. Möglicherweise kann sich von ihnen jemand an die Frau aus Kamerun erinnern.« Ich wollte neben dem Mann vorbei ins Treppenhaus. »Hier kommen Sie nicht rein!«, sagte er mit Nachdruck und stellte sich breitbeinig vor den Eingang.

»Was soll das?«

»Klingeln Sie, oder machen Sie einen Termin mit dem Hausmeister.«

»Und wo finde ich den?«

Wortlos zeigte er auf einen Kleber an der Innenseite der Tür, auf dem Adresse und Telefon des Hausmeisters standen. Ich hatte kaum Zeit, sie mir zu notieren, da zog der Mann die Türe zu und ging zu seinem Auto, um es in einer Querstraße zu parkieren.

Was hatte er nur? Wieso fuhr er gleich die langen Messer aus, als wollte ich ihm etwas wegnehmen? Dabei hatte ich doch nur vernünftig mit ihm reden wollen. Aber so aggressiv und überreizt, wie er mir gekommen war, konnte man das vergessen. Leute wie er gaben einem wirklich das Gefühl, etwas Unrechtes oder Schlechtes zu tun. Wäre ich nicht ein abgebrühter Asphalt-Cowboy, ich wäre längst Stammgast in der Klapsmühle. Den Anruf beim Hausmeister verschob ich auf den nächsten Morgen, denn diese Berufsgattung stand nicht im Ruf, weltoffen, zuvorkommend und hilfsbereit zu sein. Abgebrühter Asphalt-Cowboy hin oder her: für diesen Tag hatte ich genug von schlecht gelaunten Gesprächspartnern.

Ich lief zum Wipkingerplatz hinunter. Dort nahm ich das Tram der Linie 13 und stieg am Limmatplatz in den 32er-Bus um. Gerade als mich gesetzt und beiläufig einen Blick aus dem Fenster geworfen hatte, sah ich Brigitte Obermeyers Begleiter zusammen mit Fabrice Mboma aus einer Bar auf der andern Seite des Limmatplatzes kommen. Die zwei Männer wechselten einige Worte und trennten sich, ohne dass sie sich die Hand gegeben hätten. Fabrice Mboma ging zu Fuß Richtung Hauptbahnhof, und Brigitte Obermeyers Begleiter setzte sich in ein Taxi.

Woher kannten sich die zwei Männer, und was hatten sie miteinander zu bereden?

5

Am nächsten Morgen rief ich den Hausmeister der Liegenschaft in der Rosengartenstraße 23 an und verabredete mit ihm ein Treffen am frühen Nachmittag.

»Sind Sie der, der heute Morgen angerufen hat?«, begrüßte er mich, als ich kurz vor zwei Uhr bei ihm eintraf. Er war kein Mann der vielen Worte. Wenn er sprach, bewegten sich seine Lippen kaum, und die angerauchte Zigarre blieb in seinem rechten Mundwinkel stecken, als wäre sie eingeschraubt. Wenn man bedachte, dass er an einem gewöhnlichen Tag höchstens fünf Sätze sagte, so musste das eine Ewigkeit gedauert haben, bis er dieses Kunststück draufhatte. »Was wollen Sie? Ich hab nicht viel Zeit.« Er werkelte an einer Dachrinne herum. Aber den Eindruck, als könnte er sich der Arbeit kaum erwehren, machte er nicht.

Der Hausmeister war etwas über sechzig, trug einen blauen Übermantel und auf seinem viereckigen Kopf hockte ein schwarzer Hut aus Kunstleder.

»Ich suche eine Afrikanerin«, sagte ich. »Eine Frau aus Kamerun, um genau zu sein. Sie hat bis vor kurzem hier gewohnt. Können Sie sich an sie erinnern?«

»Nein!«, entgegnete der Hausmeister, ohne aufzusehen. Er versuchte mit aller Kraft eine Flügelmutter zu lösen, jedoch ohne Erfolg. Sie hatte über die Jahre so viel Rost angesetzt, dass sie wie verschweißt mit der Dachrinne war. »Weiß nicht, wen Sie meinen!«, brummte er um die Zigarre herum und setzte seine Wasserpumpenzange ein weiteres Mal an. Aber auch dieser Versuch scheiterte, und er musste kapitulieren. Verärgert versetzte er der Flügelmutter mit der Zange einen Schlag und packte anschließend sein Werkzeug zusammen.

»Hier zieht ständig jemand aus und ein. Wird eine Wohnung frei, ist sie am nächsten Tag wieder besetzt. Ich kann mir die Leute nicht merken.«

»Die Frau aus Kamerun wohnte im Parterre links, dort wo jetzt die Familie aus Portugal lebt.«

»Ich sagte Ihnen doch, dass ich nicht weiß, wen Sie meinen.« Wir gingen ins Haus und in den Keller. Vor einer Tür blieben wir stehen, und er zog einen großen Schlüsselbund aus seinem blauen Übermantel. »Kann Ihnen nicht helfen.« Er schloss auf und wollte sich verabschieden.

»Ich arbeite für ein Kreditinstitut«, sagte ich schnell. »Es geht um ungedeckte Schecks in beträchtlicher Höhe.«

»Das habe ich mir gleich gedacht!«, kam plötzlich so etwas wie Leben in sein starres Gesicht. »Aber was will man von so einer schon anderes erwarten!« Der Hausmeister drehte sich zu mir und schon waren wir die besten Freunde, die täglich zusammen Karten spielen und dazu einen Kasten Bier leeren. »Aber so etwas darf man heute ja gar nicht mehr sagen, sonst ist man ein Rassist. Ist es nicht so!«

»Was haben Sie gleich gedacht?«

»Dass mit der etwas nicht stimmt. Woher hatte die das Geld für einen Mercedes ...?«

»Einen Mercedes! Welche Farbe hatte der?«

»Silbern, wenn mich nicht alles täuscht. Warum?«

Silbern war auch der Mercedes von Fabrice Mbomas Schwester. War sie die Frau aus Kamerun? Wurde sie nicht nur von Sandino, sondern auch von Fabrice Mboma gesucht? Dann hätte auch er, genau wie Sandino, den wahren Grund für seinen Besuch bei mir im Büro zu vertuschen versucht. Weshalb? War es so gefährlich, nach der Frau aus Kamerun zu suchen?

Diese angeblich erfundene Frau aus Kamerun gab mir einige Rätsel auf, und wenn ich an das Treffen von Fabrice Mboma mit Brigitte Obermeyers Begleiter von gestern Abend dachte, hätte ich diese Liste noch um einige Punkte verlängern können. Hatten sich die zwei Männer über die Frau aus Kamerun unterhalten?

»Was ist mit der Farbe?«, hakte der Hausmeister nach und schaute mich neugierig an.

»Nichts von Bedeutung«, winkte ich ab. »Ein Detail. Ist Ihnen sonst noch etwas aufgefallen?«

»Die Kleider! Sie hatte eine Unmenge davon! Ich kann mich nicht erinnern, die zweimal in demselben Kleid gesehen zu haben.«

»Sie hatten immer ein Auge auf sie?«

»Worauf Sie sich verlassen können! Und dann diese Reiserei. Vier-, fünfmal pro Jahr fuhr diese Dame nach Afrika

oder sonst wohin. Ich habe immer gedacht, dass die nicht sauber ist, denn gearbeitet hat diese Person nie!«
»Nie?«
»Jedenfalls nicht so, wie anständige Leute das tun.«
»Wie denn?«
Er drehte sich zu mir und sagte hinter vorgehaltener Hand: »Also, wenn Sie mich fragen, ging die auf den Strich.«
Er zündete das Licht in dem Raum, einer Art Werkstatt, an und verstaute den Werkzeugkasten in einem Gestell. »Das könnte mir ja gleich sein. Geht mich schließlich nichts an. Aber diese Negerin hatte eine Art sich aufzuspielen. Arrogant war die. Behandelte einen von oben herab, als wäre man der letzte Dreck. Aber mit uns Schweizern können sie es ja machen. Wir lassen uns von diesen Ausländern auf der Nase herumtrampeln und werfen ihnen das Geld noch nach. Dabei gibt es viele Schweizer, die es ebenso nötig hätten.«
»Nur um sicher zu sein, dass wir von derselben Frau sprechen. Wie hat sie geheißen?«
»Solche Namen kann ich mir nicht merken!«
»Merkwürdig. Die Frau, die ich suche, hatte einen Schweizer Namen!« Der Hausmeister reagierte nicht. »Können Sie mir sagen, ob die Frau Freunde hatte? Leute, die oft bei ihr zu Besuch waren.«
»Da gab es viele. Vor allem Männer!«, meinte er und zog seine buschigen Augenbrauen nach oben. »Gezählt habe ich sie natürlich nicht. Aber mehr als zehn waren das bestimmt.«
»War einer dieser vielen Männer öfter hier als die andern? Hatte sie gar einen Freund?«
Dem Hausmeister muss mein sarkastischer Unterton aufgefallen sein, jedenfalls fragte er mit unüberhörbarer Empörung, ob ich eine solche Lebensweise etwa gut heißen würde. Ich ging nicht darauf ein und fragte nochmals, ob die Frau aus Kamerun einen Freund gehabt habe.
»Woher soll ich das wissen«, gab er beleidigt zurück und begann auf seiner Werkbank etwas zu suchen.
»Beim Kreditinstitut geht man davon aus, dass die Frau nicht allein gehandelt hat. Sie muss also einen Komplizen gehabt haben. Für sachdienliche Informationen ist eine Belohnung ausgesetzt.«
»Da war einer ...«, begann er zögernd. »Ich möchte aber

betonen, dass ich ihn auf keinen Fall verdächtige. Mir ist nichts Negatives aufgefallen. Im Gegenteil, es war ein sehr ordentlicher junger Mann. Zog sich anständig an und war immer freundlich. Aber eben, was besagt das schon.«
»Wie sah er aus?«
Der Hausmeister überlegte einen Moment und schob dabei seinen Hut etwas nach hinten. »Er war schlank. Etwas größer als ich ...« Er versuchte die Größe mit der Hand anzuzeigen, was ihm nicht recht gelingen wollte. Dann schaute er mich an und sagte: »Etwa so wie Sie. Seine Haare waren dunkel.«
»Und sein Gesicht?«
»Er trug ein Brille.«
»Was für eine Brille.«
»Eine Brille eben. Ich weiß nicht mehr, was für eine es war.«
»Fiel zufällig einmal sein Name, als Sie gerade in der Nähe waren?«
»Er stellte sich mir vor, als er hier einzog. Er grüßte mich immer mit Namen. Wie gesagt, er hatte gute Umgangsformen.«
»Er wohnte hier?«
»Ja. Ist aber schon eine Weile her.«
»Aber an seinen Namen können Sie sich nicht mehr erinnern?«
»Doch, doch ... Er liegt mir auf der Zunge.«
»Hieß der Mann Sandino. Manuel Sandino?«
»Nein, nein. An einen solchen Namen würde ich mich erinnern. Ach, wie hieß er doch gleich?« Der Hausmeister nahm seinen Hut ab und kratzte sich am Hinterkopf. »Ich sehe den jungen Mann genau vor mir. Er wohnte im zweiten Stock.« Er setzte den Hut wieder auf. »Haben Sie sonst noch eine Frage? Wenn ich über etwas anderes spreche, fällt mir der Name bestimmt wieder ein.«
»Was arbeitete dieser Mann?«
»Er war selbständig. Arbeitete in seiner Wohnung. Etwas mit Computern. Mehr weiß ich nicht. Er arbeitete viel. Ich sah oft bis tief in die Nacht Licht bei ihm brennen. Er lebte ungesund und das sah man ihm auch an. Sein Gesicht war ...«

»... kantig?«, bot ich ihm ein Satzende an.

»Kantig, genau. Die Backenknochen standen heraus und seine Augen lagen ganz tief in den Höhlen.«

Ich musste an den Mann im Fischgratmantel denken, der mich letzten Freitag hier vor dem Eingang der Rosengartenstraße 23 angesprochen und sich nach Dimitri erkundigt hatte. Dass seine Augen so tief lagen, war mir allerdings nicht aufgefallen.

»Hieß der Mann vielleicht Roger König?«

Der Hausmeister schüttelte den Kopf und ärgerte sich, dass ihm der richtige Name nicht einfallen wollte.

»In welchem Verhältnis standen der Mann und die Frau aus Kamerun?«

»Ich sah die zwei oft zusammen.«

»Waren sie ein Liebespaar?«

»Weiß nicht. So genau habe ich die beiden nicht beobachtet. Aber ich sah sie oft gemeinsam aus seiner oder ihrer Wohnung kommen. Da macht man sich so seine Gedanken.«

»Ist der Mann vor oder nach der Frau aus Kamerun hier ausgezogen?«

»Kurz danach. Ich fragte mich noch, ob sie zusammen eine Wohnung genommen haben.«

»Hatten sie das?«

»Soviel ich weiß nicht.«

»Wann genau zogen die zwei aus?«

»Letzten Herbst. September oder Oktober. Ich führe nicht Buch darüber. Wenn Sie es genau wissen möchten, dann müssten Sie sich schon bei der Verwaltung erkundigen. Immoinvest heißt die Firma. Steht im Telefonbuch.«

»Wer könnte mir hier im Haus am ehesten Auskunft über die Frau aus Kamerun geben?«

»Bestimmt nicht viele. Die Leute kommen und gehen.« Der Hausmeister dachte einen Moment nach. »Hasler vielleicht. Der wohnt schon seit über zwei Jahren hier. Fragen Sie den. Gut möglich, dass er Ihnen weiterhelfen kann.« Der Hausmeister hielt abrupt inne und warf mir einen besorgten Blick zu. Dann begann er zögernd: »Die Belohnung ... man wird mich doch auch berücksichtigen, oder?«

»Das kann ich Ihnen nicht sagen. Darüber entscheidet mein Auftraggeber. Aber ...«

»Da fällt mir gerade noch etwas ein. Diese Frau, diese Negerin, hatte eine Freundin. Auch eine Negerin. Wenn die zu Besuch war, ging es hoch zu und her. Das können Sie mir glauben. Und dafür war nicht nur der Alkohol verantwortlich. Wenn Sie verstehen, was ich meine. Diese Weiber kannten kein Maß. Immer wieder gab es Beschwerden wegen Nachtruhestörung. Jedenfalls war diese Negerin einmal so voll, dass sie eingeliefert werden musste.«

»Wer? Die Frau aus Kamerun oder ihre Freundin?«

»Die, die hier gewohnt hat.«

»Wo musste man sie einliefern?«

»In eine Anstalt.«

»In eine psychiatrische Klinik?«

»Ja, ja. Mit meinen eigenen Augen habe ich gesehen, wie sie eingeladen wurde. Sie mussten sie fesseln, so hat die um sich geschlagen.«

»Aber wie sie geheißen hat, ist Ihnen noch immer nicht eingefallen?«

Der Hausmeister verneinte und machte ein weiteres Mal die vielen Mieterwechsel für seine Erinnerungslücken verantwortlich. Während unseres ganzen Gesprächs konnte er mir keinen konkreten Hinweis geben. Kein Name, nichts. Dafür überhäufte er mich mit Gerüchten und Mutmaßungen, die mehr über ihn aussagten, als dass sie mich einen Schritt weitergebracht hätten. Ich hatte genug gehört und verabschiedete mich.

»Sie denken doch an mich, wenn es um die Belohnung geht?«, erinnerte er mich ein zweites Mal, nachdem wir uns die Hand gegeben hatten.

»Da kann ich Ihnen wirklich keine Versprechungen machen. Möglicherweise sprechen wir nicht einmal von derselben Frau. Wer weiß das schon, bei all den Mieterwechseln.« Ich drehte mich um und lief davon.

»Zuerst große Versprechungen und dann nichts!«, rief er mir fluchend nach und knallte die Tür wütend hinter mir zu. Ich versuchte noch, diesen Hasler zu sprechen, aber er war nicht zu Hause.

6

Wieder in meinem Büro rief ich die Hausverwaltungsfirma an, die der Hausmeister mir genannt hatte.

»Immoinvest AG, Lüchinger«, meldete sich eine mürrisch und vergrämt klingende Frau. Ihre Stimme war mir so sympathisch wie das Geräusch einer Betonsäge, und der Versuch, mir diese Frau vorzustellen, endete unweigerlich bei einer weiblichen Ausführung des Hausmeisters. Am liebsten hätte ich wieder aufgehängt.

»Vainsteins!«, meldete ich mich. »Könnte ich den Verwalter der Liegenschaft in der Rosengartenstraße 23 sprechen.«

»Wer will das wissen?«

»Das sagte ich schon.«

»Ich weiß, wie Sie heißen. Ich will wissen, weshalb Sie anrufen.«

Ich sagte ihr, dass ich Detektiv sei und servierte auch ihr die Geschichte, wonach ich die Frau aus Kamerun im Namen eines Kreditinstitutes suchte. Mir war klar, dass sich Frau Lüchinger damit nicht so leicht abspeisen ließ wie der Hausmeister. Und so war es auch. Die argwöhnische Frage kam postwendend.

»Sie suchen eine Frau, von der Sie nicht einmal den Namen kennen, und wollen mir weismachen, ihr einen Kredit gewährt zu haben?«

»Wie Sie sich wahrscheinlich vorstellen können, benutzte sie einen Decknamen. Jedenfalls existiert in der Schweiz keine Valérie Brandt Milla. Doch unsere Ermittlungen haben ergeben, dass sie mit an Sicherheit grenzender Wahrscheinlichkeit in der Rosengartenstraße 23 gewohnt hat.«

»Sooo«, sagte Frau Lüchinger gedehnt.

Nun würde sich zeigen, wie sehr sich Frau Lüchinger im Weltfußball auskannte, denn Roger Milla war ein ehemaliger Fußballstar aus Kamerun. Auf die Schnelle war Milla der einzige kamerunische Name, der mir eingefallen war. Natürlich hätte ich auch Fabrice Mbomas Name verwenden können. Aber seine Rolle in diesem Fall war so undurchsichtig, dass mir das zu riskant schien.

»Herr Marquardt ist nicht hier«, sagte Frau Lüchinger forsch.
»Marquardt! Heißt so der Verwalter?«
»Den wollten Sie doch sprechen.«
Marquardt. Diesen Name hatte ich schon einmal gehört. Roger König, der Mann in dem Fischgratmantel, hatte mich gefragt, ob ich einer von Marquardts Leuten sei. Wenn er sich wirklich mit einem Angestellten des Hausverwalters Marquardt treffen wollte, so war das eine ziemlich eigenartige Formulierung. Seine Wortwahl ließ einen viel mehr an ein Treffen mit einem Mitglied einer Verbrecherbande denken, deren Boss Marquardt hieß.
»Herr Marquardt ist nicht hier, sagen Sie ...« Ich brauchte einen Moment um meine Gedanken neu zu ordnen. »Dann können bestimmt Sie mir weiterhelfen!«
»Das bezweifle ich. Wie hieß die Frau nochmals?«
»Valérie Brandt Milla.«
»Einen solchen Name habe ich noch nie gehört.«
»Das war ihr Deckname.«
»Können Sie mir dann sagen, wie ich Ihnen helfen soll?«
»Gemäß statistischen Auswertungen der Universität Berlin, verwenden Betrüger signifikant oft einen Falschnamen, der mit dem gleichen Buchstaben beginnt wie ihr richtiger Name. Sie müssten in Ihren Akten also nur nach einem Namen suchen, der mit einem B beginnt.« Ich war selbst überrascht, wie leicht mir diese Lüge über die Lippen kam.
»Glauben Sie allen Ernstes, dass ich jetzt sämtliche Akten nach diesem Namen durchsuche? Wissen Sie, wie oft die Mieter in dieser Liegenschaft wechseln.«
»Die gesuchte Frau aus Kamerun zog letzten Herbst weg. Möglicherweise hinterließ sie ihre neue Adresse.«
»Selbst wenn ich die hätte, würde ich sie Ihnen nicht geben. Das ist Privatsache! Datenschutz! Als Detektiv müssten Sie das eigentlich wissen!«, meinte sie in belehrendem Ton.
»Das weiß ich auch! Ich wollte nur ...«
»... schauen, ob Sie mich übers Ohr hauen können!«
»Wo denken Sie hin!«, versuchte ich die Situation zu klären. »Das war ganz bestimmt nicht meine Absicht. Ich wollte Sie lediglich darum bitten, ein Auge zuzudrücken, damit ich in diesem vertrackten Fall endlich einen Schritt weiter kom-

me.« Und mit zuckersüßem Ton fügte ich an: »Sie würden mir damit einen großen Gefallen tun.«

Wie erwartet, schmetterte Frau Lüchinger meinen Bestechungsversuch ab, und fragte mit eisernem Ton, welche Wohnung die Frau aus Kamerun bewohnt hatte. Ich sagte es ihr.

Während Frau Lüchinger die Akte holte, konnte ich mich über meinen fehlgeschlagenen Täuschungsversuch ärgern, denn natürlich hatte ich gehofft, auf diese Weise billig zur neuen Adresse der Frau aus Kamerun zu kommen.

»Ja.« Frau Lüchinger hatte den Hörer wieder aufgenommen. »Und was bitte soll an diesem Fall *vertrackt* sein!« Sie betont das Wort vertrackt ganz übertrieben.

»Nachdem die Frau aus Kamerun von der Rosengartenstraße weggezogen ist, verlaufen ihre Spuren im Sand. Es gibt keine neue Adresse, obwohl sie gemäß unserer Recherchen das Land nicht verlassen hat. Sogar ihre Betrügereien haben aufgehört. Sie scheint wie vom Erdboden verschwunden. Verschollen.«

»Das ist Ihr Problem. Ich kann Ihnen da nicht helfen. Diese Dame hat ihre Wohnung auf den ersten Juni gekündigt und hat sie ordnungsgemäß abgegeben. Und das zu Ihrer Beruhigung: Sie hinterließ keine neue Adresse.«

»Der Hausmeister sagte, sie sei im Herbst ausgezogen?«

»Weshalb kommen Sie dann zu mir, wenn Sie glauben, dass der Hausmeister Ihnen besser Auskunft geben kann.«

»Wie heißt die Frau aus Kamerun?«

»Sandrine Bosshard-Malimbé!«

»Kurz nach Frau Bosshard-Malimbé zog ein weiterer Mieter weg. Könnten Sie mir auch seinen Name nennen?«

Ich hörte wie Frau Lüchinger in einem Ordner blätterte. »Und wo sollte der gewohnt haben?«

»Zwei Stockwerke über Frau Bosshard-Malimbé. Wir nehmen an, dass er mit ihr zusammengearbeitet hatte.«

»Da zog niemand aus.«

»Auch nicht später. Im August oder September?«

»Nein!«, sagte Frau Lüchinger entschieden und deutlich hörbar schlug sie den Ordner zu. »Der Mietvertrag dieser Wohnung ist auf eine Frau und keinen Mann ausgestellt worden.«

»Das könnte eine Tarnung gewesen sein. Wie heißt diese Frau? Bestimmt kann sie mir weiterhelfen.«

»Wir sind hier kein Auskunftsbüro!«

»Wohnt sie noch in der Rosengartenstraße 23?«

»Nein.«

Frau Lüchingers knappe Antwort schnitt das Gespräch entzwei. Es entstand eine Pause.

»Ist Ihnen der Name Roger König schon zu Ohren gekommen?«, unternahm ich einen Versuch, etwas mehr über den Mann im Fischgratmantel zu erfahren. Vielleicht hatte er sich ja tatsächlich mit dem Liegenschaftsverwalter Marquardt oder einem seiner Angestellten treffen wollen.

»Der Name sagt mir absolut nichts. Kann ich jetzt wieder *meine* Arbeit machen?«

»Eine letzte Frage noch. Frau Bosshard-Malimbé ist am ersten Juni ausgezogen. Das ist meines Wissens kein offizieller Umzugstermin. Gab es einen Nachmieter?«

Mit spürbarem Widerwillen klappte Frau Lüchinger den Ordner nochmals auf. »Nein! Die Wohnung wurde am ersten November weiter vermietet.«

»Dann stand die Wohnung fünf Monate leer!«

»Und?«

»Musste Frau Bosshard-Malimbé die ausgefallenen Mieten bezahlen?«

»In diesem Fall hat der Vermieter darauf verzichtet.«

»Verzichtet?«, entgegnete ich ungläubig. »Das müssen Sie mir aber erklären.«

»Was sollte es da zu erklären geben?«

»Die Nachfrage nach günstigen Wohnungen in Zürich ist so groß wie noch nie. Und da wollen Sie mir weismachen, freiwillig auf fünf Mieten verzichtet zu haben. Das widerspricht diametral meinen Erfahrungen!«

»Wollen Sie mich jetzt verhören?«

»Sie tun gerade so, als wären Mieten etwas Nebensächliches.«

»Das habe ich nie behauptet.«

»Weshalb wurde Frau Bosshard-Malimbés Wohnung nicht sogleich weitervermietet?«

»Dafür gibt es Gründe!«

»Welche?«

»Ich wüsste nicht, was Sie das angeht.«

»Haben Sie etwas zu verbergen?«, entgegnete ich schnell, denn in Gedanken sah ich Frau Lüchingers Finger schon auf der Telefongabel.

»Nein, aber ...«

»Dann nennen Sie mir einen Grund!«

»Eine Renovierung!« Die Antwort kam wie aus einer Pistole geschossen. »Und jetzt muss ich wieder arbeiten.« Ohne ein weiteres Wort zu verlieren, hängte Frau Lüchinger auf.

Ich behielt den Hörer in der Hand und rief umgehend Sandino an.

»Ich habe Ihre Freundin gefunden. Sie heißt Sandrine Bosshard-Malimbé!«

»Sandrine Bosshard-Malimbé!«, wiederholte Sandino den Namen Silbe um Silbe. Es tönte, als würde eine unendlich schwere Last von ihm fallen.

7

»Als ich Ihnen gestern am Telefon mitgeteilt hatte, Sandrine gefunden zu haben, haben Sie mir mit keinem Wort widersprochen?«

»Weshalb auch«, sagte Sandino mit gespielter Gelassenheit und strich mit der Hand über seinen wollenen Wintermantel, den er wie bei unserem ersten Treffen sorgfältig über die Stuhllehne gelegt hatte. »Ich habe mich längst damit abgefunden, dass Sie Fiktion und Realität nicht auseinander halten können.«

»Ich nannte Sandrine Ihre Freundin. Auch das schien Sie nicht im Geringsten zu stören. Ich bin mir nicht einmal sicher, ob Sie es überhaupt wahrgenommen haben. Sie interessierten sich scheinbar nur für Sandrines Namen.«

»Tat ich das?«

»Sie wiederholten den Namen mehrmals. Es klang wie die Begrüßung einer Freundin, die Sie sehr vermisst und nun endlich wieder gefunden hatten.«

»Wie romantisch.«

»Finden Sie?«

»Und um mir das erzählen, ließen Sie mich in Ihr Büro kommen?«

»Vielleicht wollte ich auch einfach sehen, wie Sie reagieren?«

Sandinos Blicke schossen nervös im Büro umher.

»Weshalb dieses Interesse für Sandrines Namen? Ich hätte erwartet, dass Sie sich als erstes nach Sandrines Wohlbefinden erkundigen oder wissen wollen, wo sie jetzt wohnt? Aber für Sie gab es nur diesen Namen. Können Sie mir das erklären?«

»Und ob ich das kann«, sagte Sandino triumphierend, als hätte er nur auf diese Frage gewartet. »Diesen Name will ich in meinem Roman verwenden. Die Frau aus Kamerun soll so heißen. Entdeckt habe ich diesen Namen übrigens ganz zufällig, während der Recherchen für meinen Roman. Ich war gerade damit beschäftigt, die Liegenschaft in der Rosengartenstraße 23 etwas genauer unter die Lupe zu nehmen. Dabei warf ich auch einen Blick auf die Namensschilder neben den

Klingelknöpfen. Sandrine Bosshard-Malimbé. Als ich diesen Namen gelesen hatte, wusste ich sogleich, dass so die verschwundene Frau aus Kamerun heißen würde. Leider musste ich danach die Arbeit an meinem Roman für einige Monate unterbrechen. Das Semester hatte begonnen, und die Vorlesungen und Seminare verlangten meine volle Konzentration. Als ich mich danach wieder an meinen Roman machen wollte, war der Name plötzlich weg. Ich hatte ihn vergessen.«

»Dann erging es Ihnen wie der Hauptfigur in Ihrem Roman.«

»Tatsächlich ließ ich diese persönlichen Erfahrungen in meinen Roman einfließen. Dadurch wirkt er lebendiger.«

»Vor allem wenn man bedenkt, dass Sandrine Bosshard-Malimbé tatsächlich existiert und aus Kamerun stammt. Damit haben Sie Ihr Vorhaben, einen realistischen Roman zu schreiben, perfekt umgesetzt.«

»Ihren Sarkasmus können Sie sich sparen. Dass Sandrine Bosshard-Malimbé aus Kamerun war, wusste ich nicht. Doch die Tatsache, dass sie als Afrikanerin in einer solchen Straße leben musste, zeigt mir, dass ich das soziale Umfeld dieser Straße richtig eingeschätzt habe.«

»Die Straße der Unterprivilegierten.«

»Genau! Das meine ich, wenn ich von einem realistischen Roman spreche und ganz bestimmt nicht eine Eins-zu-eins-Beschreibung der Wirklichkeit.«

»Sie bleiben also dabei, Sandrine Bosshard-Malimbé nicht gekannt zu haben?«

»So ist es.«

»Sie scheinen eine Schwäche für schwarze Frauen zu haben.«

»Was wollen Sie damit sagen?«, fragte Sandino irritiert.

»Letzten Freitag, als wir zusammen in der Silberkugel gesessen hatten, rannten Sie einer Frau nach. Auch sie war schwarz.«

»Ist das vielleicht verboten«, entgegnete Sandino ärgerlich. »Und überhaupt, was heißt hier auch? Oder haben Sie mich schon einmal mit einer schwarzen Frau zusammen gesehen? Ich glaube nicht!«

»Sie lügen!«, fuhr ich Sandino an. »Es war doch Sandrine Bosshard-Malimbé, der Sie nachgerannt sind. Geben Sie es endlich zu: *Sie* und niemand sonst haben Sandrine Bosshard-Malimbé gesucht!«

»Man könnte gerade meinen, in Zürich gebe es nur eine schwarze Frau?«

Erst da merkte ich, wie sehr ich mich verrannt hatte. Wie konnte ich mich nur dazu hinreißen lassen, Sandino nach seiner Vorliebe für schwarze Frauen zu fragen? Ich drehte mich zum Fenster und schaute zum Spielsalon hinunter.

Weshalb hatte ich eben so ungehalten reagiert? Eigentlich gab es dafür keinen Grund. Wenn Sandino tatsächlich gelogen hatte, würde er sich über kurz oder lang in Widersprüche verstricken. Eine geschickt gewählte Frage und Sandinos Lügengebäude stürzte in sich zusammen.

Als ich über diese Frage nachzudenken begann, fiel mir auf, dass ich Sandino während des ganzen Gesprächs auf die gleiche Weise zu überführen versucht hatte: Ich wollte ihm nachweisen, dass er Sandrine Bosshard-Malimbé gekannt hatte. Aber das konnte nur schief gehen. Weshalb sollte ich es nicht mit einem vorgetäuschten Gespräch über seinen Roman versuchen? Wenn dieser tatsächlich eine Kopie seiner eigenen Geschichte war, standen die Chancen ganz gut, auf diesem Umweg etwas mehr über seine Beziehung zu Sandrine zu erfahren.

»Nochmals zu Ihrem Roman«, sagte ich und schaute zu Sandino. »Sie erwähnten, dass Sandrine einen Rechtsanwalt aufsucht, weil sie Schwierigkeiten mit der Aufenthaltsbewilligung hat.«

Sandino nickte.

»Ein Rechtsanwalt ist nicht ganz billig. Wie verdient Sandrine ihren Lebensunterhalt?«

Sandino begann, an seinem Kaschmirschal herumzuzupfen.

»Sind Sie nervös?«, fragte ich und deutete auf seine Hände.

Als hätte er nicht gewusst, was diese taten, blickte Sandino erstaunt nach unten und ließ seinen Kaschmirschal los.

»Bestimmt besaß Sandrine auch ein Auto. Einen Mercedes vielleicht ...«

»Das brauche ich mir nicht länger anzuhören!« Sandino fuhr auf und schlug mit der flachen Hand auf das Pult. »Jetzt habe ich endgültig genug von Ihren blöden Anspielungen.« Er riss wütend seinen wollenen Wintermantel von der Stuhllehne und verließ, ohne ihn anzuziehen, mein Büro. Die Bürotür ließ er offen stehen. Ich stand auf und ging zum Fenster. Es dauerte einen Moment, bis Sandino auf die Straße hinaustrat. Seinen Wintermantel hatte er inzwischen angezogen. Er blickte hastig zur Bushaltestelle auf der andern Straßenseite hinüber, wo gerade ein Trolleybus gehalten hatte. Schnell rannte Sandino über die Straße, kam aber um einen Sekundenbruchteil zu spät. Der Trolleybus fuhr ohne ihn los. Sandino regte sich fürchterlich auf. Er verwarf die Arme und schimpfte dem Chauffeur hinterher, als hätte der ihn absichtlich stehen lassen. Was beschäftige Sandino dermaßen, dass er sich von einer solchen Kleinigkeit aus der Fassung bringen ließ? Es musste etwas mit Sandrine zu tun haben, anders konnte ich mir sein Verhalten nicht erklären.

Ich drehte mich vom Fenster ab, ging zur Bürotür und schloss sie. Als ich anschließend zum Pult zurückkehren wollte, sah ich auf dem Boden neben dem Stuhl, auf dem Sandino gesessen hatte, ein Foto mit dem Bild nach unten liegen. Es musste Sandino aus der Tasche gefallen sein, als er seinen wollenen Wintermantel wutentbrannt von der Stuhllehne gerissen hatte. Ich bückte mich, hob es auf und drehte es um. Was ich sah, konnte ich kaum glauben. Auf dem Foto war die grazile, junge Frau abgebildet, die vor einiger Zeit aus einem protzigen Auto gegenüber meines Büros gestiegen war und dieses Rosebud-T-Shirt getragen hatte. Doch damit noch nicht genug. In der linken oberen Ecke war mit einem roten Filzstift der Name Sandrine geschrieben. Anstelle des i-Punkts war ein kleines Herz gezeichnet. Ich musste mich setzen. War Sandrine die grazile, junge Frau mit dem Rosebud-T-Shirt? Das würde bedeuten, dass Sandrine genau in dem Moment aus dem protzigen Auto vor dem Spielsalon gestiegen war, als Sandino mir von ihr erzählt hatte. Einen solchen Zufall hielt ich für ausgeschlossen. War es vielleicht eine Inszenierung? Auch dieser Erklärung konnte nichts abgewinnen. Sandino war kein Schauspieler.

Ich schaute mir das Foto nochmals genau an. Womöglich hatte ich ein Detail übersehen. Aber Sandrine hatte denselben feingliederigen Körper, dieselben langen, schlanken Finger wie die Frau mit dem Rosebud-T-Shirt und trug ebenfalls eine goldene Halskette mit einem Anhänger. Einzig Sandrines Haare waren anders. Sie waren lang und hatten blond eingefärbte Strähnen. Aber Haare konnten leicht verändert werden. Entweder trug Sandrine auf dem Foto eine Perücke oder sie hatte sich ihre Haare künstlich verlängern lassen. Obwohl ich mir die Gleichzeitigkeit von Sandrines Auftauchen und Sandinos Besuch nicht erklären konnte, sprach vieles dafür, dass Sandrine und die grazile, junge Frau mit dem Rosebud-T-Shirt ein und dieselbe Person war. Was für ein Mensch Sandrine sein mochte? Ich hätte Lust gehabt, sofort nach ihr zu suchen, aber da fiel mein Blick auf den unfertigen Bericht für Keiser und setzte meinem Vorhaben ein abruptes Ende. Ich stellte Sandrines Foto ans Telefon und begann, die Zeilen durchzulesen, die ich bereits verfasst hatte.

Gerade zwei Sätze lang konnte ich der Verlockung des Fotos widerstehen, dann musste ich es wieder anschauen. Sandrine lag seitlich auf einem harten Bett und stützte sich mit dem Unterarm darauf ab. Sie trug hohe Schuhe, eine enge, glänzend schwarze Hose und ein kleines, türkisfarbenes Bikinioberteil, das ausgezeichnet zu ihrer dunklen Haut passte. Ihre langen schwarzen Haare mit den blonden Strähnen fielen leicht und weich über die schmalen Schultern, und ihre vollen, rot geschminkten Lippen glänzten feucht. Sie sah sehr verführerisch aus. Es brauchte keine Phantasie sich vorzustellen, wie Sandrine einem ein *Je t'aime!* entgegenhauchte. War Sandrine wirklich eine Prostituierte? Der Hausmeister in der Rosengartenstraße 23 hatte so etwas angedeutet. War sie vielleicht eine kalt berechnende Verführerin, die es auf Sandino abgesehen hatte? Er hätte ein optimales Opfer abgegeben: naiv und aus gutem Haus. Oberflächlich betrachtet, mochte das Foto diesen Eindruck bestärken. Doch bei genauem Hinschauen glaubte ich, hinter diesem scheinbar lüsternen Blick eine große Traurigkeit zu erkennen. Oder war es eine ohnmächtige Wut? Ich vermochte es nicht zu sagen. Mit Sicherheit waren diese Augen aber nicht die eines Vamps. Sie hatten eine Intensität, wie ich sie zuvor noch nie gesehen hatte.

Ich nahm einen weiteren Anlauf, den Bericht über die Observierung von Brigitte Obermeyer zu beenden. Doch auch diesmal kam ich nicht viel weiter. Die Augen fielen mir zu. Bevor ich einnickte, holte ich mir in der Küche ein Glas frisch gepressten Orangensaft und stellte mich damit im Büro ans Fenster. Vielleicht verhalf er mir zu neuer Vitalität. Es war inzwischen Nacht geworden und leichter Schneefall hatte eingesetzt. Plötzlich kam dasselbe protzige Auto wie vor einigen Tagen die Langstraße heraufgefahren und hielt vor dem Spielsalon gegenüber. Es hatte noch nicht einmal angehalten, da öffnete sich schon die rechte Türe. Sandrine, die wieder das hellblaue Rosebud-T-Shirt anhatte, wollte aussteigen. Doch kaum hatte sie den rechten Fuß auf den Asphalt gesetzt, zerrte sie der Fahrer ins Auto zurück. Sie versuchte sich loszureißen. Vergeblich. Sie rief um Hilfe und schaute verzweifelt um sich, aber niemand schien sie zu hören. Da fing ich ihren ohnmächtigen Blick auf und wusste sofort, was ich zu tun hatte. Ohne zu zögern, rannte ich die Treppe hinunter und über die Straße zum Spielsalon hinüber. Ich riss die linke Türe des protzigen Autos auf, packte den Fahrer an der Schulter und zerrte ihn auf die Straße. Mit einem sauber platzierten Kinnhaken schickte ich ihn zu Boden. Aber als ich mich anschließend zu Sandrine umdrehen wollte, war sie nicht mehr da. Ich schaute in alle Richtungen, aber sie war wie vom Erdboden verschwunden.

8

»Herr Vainsteins?«

»Sandrine?« Ich fuhr auf und schaute mich erschrocken um. Es dauerte einige Sekunden, bis ich realisierte, dass ich geträumt hatte und nicht Sandrine, sondern Frau Pierallini, meine Putzfrau, vor mir stand.

»Was ist passiert, Herr Vainsteins?«, fragte sie besorgt. »Sind Sie krank? Sie sehen gar nicht gut aus.«

Ich wusste nicht, was sie meinte und tastete mein Gesicht ab. Dann wurde mir klar, dass es von meinem Schläfchen auf dem Schreibtisch einige rote Druckstellen aufweisen musste.

»Nichts Spezielles«, sagte ich und winkte ab. »Eine kleine Schlägerei.«

»O dio!«, rief Frau Pierallini und hielt sich erschrocken die Hände vor den Mund. »Eine Schlägerei?«

Frau Pierallini war eine kleine, dicke Italienerin, die nur gebrochen Deutsch sprach, obwohl sie seit über dreißig Jahren in der Schweiz lebte.

»Nichts, nichts!«, beruhigte ich sie schnell. »Die Schlägerei fand nur in meinem Traum statt.«

»Grazie a dio«, sagte sie und atmete erleichtert auf. »Ich dachte schon, Sie hätten sich wegen dieser Frau hier geprügelt.« Sie deutete auf das Foto von Sandrine. »Schlägerei hin oder her, Herr Vainsteins. Sie müssen ein geregeltes Leben führen. Essen, arbeiten, schlafen ...«

Ich stand auf. Der ganze Körper tat mir weh. Eigentlich hätte ich es wissen müssen: Schreibtische waren zum Schreiben und nicht zum Schlafen gemacht. Anderenfalls würde man sie ja Schlaftische nennen.

»Wenn Sie arbeiten, dann arbeiten Sie come un pazzo«, setzte Frau Pierallini ihre Analyse fort und begann, die Gegenstände vom Boden auf den Tisch und den Aktenschrank zu stellen, um anschließend besser staubsaugen zu können. »Zwei, drei Tage ohne zu schlafen. Das ist nicht gut. Deshalb sehen Sie auch immer so müde aus. Seit ich für Sie putze, sind Sie noch nie in die Ferien gefahren.«

Frau Pierallini fühlte sich nicht nur für die Ordnung in meiner Wohnung und meinem Büro, sondern auch für die in meinem Leben verantwortlich. Ihre Argumentation verlief immer nach demselben Muster. Sie legte mir dar, was für ein Lotterleben ich führte, um mir dann den immer gleichen Ausweg aus der Misere aufzuzeigen: Ich musste heiraten. Eine anständige, junge Frau musste es sein. Sie durfte nicht zu hübsch sein, denn die Hübschen seien eingebildet und taugten nicht, um eine Familie zu gründen. Ein gutes Herz müsste sie haben. Das sei das Wichtigste, war Frau Pierallini überzeugt. Mittlerweile kannte ich ihr Lebensrezept auswendig und hatte keine Lust, es mir ein weiteres Mal anzuhören. Ich steckte das Foto von Sandrine in die Innentasche meines grauen Regenmantels und wollte in die Küche gehen. Nachdem ich eben von einem frisch gepressten Orangensaft geträumt hatte, wollte ich jetzt auch einen trinken.

»Ihre Post, Herr Vainsteins.« Frau Pierallini drückte mir zwei Briefe und das neue Telefonbuch in die Hand. »Ich habe den Briefkasten geleert, als ich gekommen bin.«

»Danke«, sagte ich noch immer nicht ganz wach und nahm die Briefe und das Telefonbuch in die Küche mit, wo ich sie auf den Küchentisch legte. Danach schenkte ich mir ein Glas Orangensaft ein, setzte mich auf einen Hocker und nahm einen Schluck. Während ich dessen belebende Wirkung abwartete, schaute ich mir die Briefe an. Der erste war ein Werbebrief einer Telekommunikationsgesellschaft, den ich ungeöffnet in den Abfall warf. Der zweite war von der Stromversorgung und enthielt eine Rechnung. Letzte Woche hatte ich wie jedes Jahr eine Weihnachtskarte von Emilio Aimi aus Kalabrien bekommen, wo er jetzt zu Hause ist. Aber sonst hatte ich auch zwei Tage vor dem 24. Dezember von niemandem Post erhalten. Ich hörte wie Frau Pierallini den Staubsauger anstellte und mein Büro zu putzen begann. Gerade während der Weihnachtszeit hatte ich mich schon mehrmals gefragt, ob sie nicht vielleicht doch Recht hatte und ich wieder heiraten sollte. Vielleicht könnte es mit Sandrine klappen. Reflexartig wollte ich aus dem Fenster zum Spielsalon hinüber schauen, aber das Küchenfenster ging in den Innenhof.

Ich nahm einen weiteren Schluck Orangensaft und schaute kopfschüttelnd auf das Telefonbuch. Wie verschlafen musste ich gewesen sein, dass ich es in die Küche mitgenommen hatte? Hier brauchte ich es ganz bestimmt nicht. Ich schob es einige Zentimeter beiseite. Plötzlich musste ich schmunzeln. Ich zog es wieder zu mir, schlug es beim Buchstaben B auf und fuhr mit dem Finger die Liste der Bosshards ab. Im letzten Drittel fand ich den Eintrag

Bosshard-Malimbé Sandrine Tänzerin
Brahmsstraße 49

und rechts darunter die Telefonnummer. Im ersten Moment glaubte ich, noch immer nicht richtig wach zu sein, und las den Eintrag ein zweites und ein drittes Mal. Aber da stand tatsächlich Sandrines neue Adresse. Weshalb hatte Sandino nicht daran gedacht, ihre Telefonnummer im Telefonbuch nachzuschlagen? Das wäre doch am einfachsten gewesen. Glaubte er wirklich, dass Sandrine keine Festnetznummer besaß? Ich rannte ins Büro und stellte Sandrines Nummer ein. Frau Pierallini, die inzwischen das Wohnzimmer zu putzen begonnen hatte, schaute mir ganz verdutzt nach. Es klingelte zweimal, dann bekam ich das Tonband der Telefongesellschaft zu hören: »Dieser Anschluss ist nicht mehr in Betrieb.« Jetzt wollte ich endlich Klarheit über Sandrines Verbleib. Die Brahmsstraße war nicht weit. Ich konnte mich ohne großen zeitlichen Aufwand dort nach ihr erkundigen. Ich sagte Frau Pierallini Bescheid, nahm meinen grauen Regenmantel und verschwand.

Ich ging zu Fuß zu Sandrines Wohnung. Das Tram war um diese Zeit zu voll. 15 Minuten benötigte ich, dann stand ich vor der Haustüre in der Brahmsstraße 49 und schaute mir die Namen am Klingelbrett an.

»Kann ich Ihnen helfen?«, überraschte mich eine dünne, alte Frau mit einem silberweißen Pagenschnitt. Aus ihrem spitzen Gesicht, das von einem Netz feiner Fältchen überzogen wurde, schauten mich zwei listige Äuglein an. »Suchen Sie jemand?«, fragte sie keck und voller Neugier.

Ich nickte, aber noch bevor ich mich erklären konnte, sagte sie: »Sie suchen bestimmt diese schöne Afrikanerin?« Ein verschmitztes Lächeln huschte ihr übers Gesicht.

»Sandrine Bosshard-Malimbé …«

»Genau, das war ihr Name. Ich konnte ihn mir nicht merken. Das war aber auch schwierig. Kaum waren ihre Namensschilder montiert, da waren sie auch schon wieder weg.«

»Woher wissen Sie ...«, stammelte ich und rieb mir verlegen das Ohrläppchen. »Wie soll ich sagen ... Wieso wussten Sie, dass ich diese Frau ...«

»Außer einem jungen, möblierten Herrn wohnen hier nur alte Leute und die sucht niemand. Vor kurzem war schon mal einer hier und hat nach Frau Bosshard gefragt. Dürfte ich Sie vielleicht bitten, mir die Tasche nach oben zu tragen? Ich komme gerade vom Einkaufen und konnte mich wieder einmal nicht zurückhalten. Oben erzähle ich Ihnen gerne, was ich weiß. Tasche gegen Information! Ist das ein Angebot?«

Ich war einverstanden. Während ich ihr die Einkäufe nach oben trug, ging die alte Frau neben mir her und schwatzte mich in Grund und Boden. Sie erzählte mir, wie fürchterlich langweilig es in diesem Haus sei, und dass nie etwas passierte. »Hier kann man nur sterben!«, sagte sie und grinste schelmisch. Ich hätte gerne gewusst, wer sich nach Sandrine erkundigt hatte. Aber es war unmöglich sich zwischen einen ihrer Sätze zu drängen. Erst als sie vor der dritten Etage eine kurze Verschnaufpause einlegen mussten, konnte ich meine Frage platzieren.

»Es war ein Afrikaner, groß und schwarz wie die Nacht!«, antwortete sie, als sie sich wieder etwas erholt hatte. »Der Mann war stark. Seine Arme hätten Sie sehen sollen, voller Muskeln.« Die alte Frau deutete mit der Hand an, wie mächtig sein Bizeps war und dabei funkelten ihre Augen. »Ein schöner Mann!«

»Hieß er Fabrice?«

»Junger Mann, glauben Sie wirklich, dass er sich mir vorgestellt hat? Wer tut das heute noch?« Sie zauberte wieder ihr spitzbübisches Lächeln hervor, und ich hatte den Wink verstanden.

»Mein Name ist Aimé Vainsteins. Ich bin Detektiv.«

»Und ich bin Rosa Moser«, sagte sie und reichte mir die Hand.

»Was genau wollte der Afrikaner wissen?«

»Ob ich Frau Bosshard gesehen hatte.«

»Mehr nicht?«

»Das war alles. Er machte einen recht freundlichen Eindruck. Aber seine Frage, die fand ich ziemlich merkwürdig.« Sie schloss ihre Wohnungstür auf. »Bitte gehen Sie in die Küche, die zweite Türe rechts, und stellen Sie die Tasche ab, wo es gerade Platz hat.«

Die Küche war lang und schmal. Mehr als ein Tisch und zwei Stühle hatten darin nicht Platz. Frau Moser räumte hastig eine Fernsehzeitschrift, einige Rätselhefte und ein Rätsellexikon weg und versorgte ihre Brille im Etui.

»Es ist alles etwas unordentlich, aber ich habe nicht mit Besuch gerechnet.«

Sie bat mich, Platz zu nehmen, und offerierte mir einen Orangensaft. Etwas anderes hatte sie nicht, was mich natürlich nicht weiter störte.

»Und was haben Sie dem Afrikaner geantwortet?«

»Dass ich Frau Bosshard nie gesehen hätte.«

»Das war geschummelt, oder?«

»Nein! Frau Bosshard wohnte nur sehr kurz in diesem Haus?«

»Kennen Sie ihre neue Adresse?«

»Aber Herr Vainsteins ...«, sagte Frau Moser betroffen. »Sie sind doch Detektiv. Ich dachte, Sie wüssten ...«

»Was ist mit Sandrine?«

»Sie ist tot.«

»Tot!«, rief ich entsetzt. »Das kann nicht sein. Da muss eine Verwechslung vorliegen.« Ich griff in die Innentasche meines grauen Regenmantels und zog das Foto von Sandrine hervor. Mit zitternder Hand hielt ich es Frau Moser hin. »Das ist die Frau, von der ich spreche!« Erst da fiel mir ein, dass diese Frage wenig Sinn machte. Frau Moser hatte Sandrine ja nie gesehen.

»Das ist auch die Frau, von der ich spreche«, entgegnete sie zu meiner Überraschung. »Das ist Frau Bosshard.«

»Wie können Sie das behaupten, wenn Sie Sandrine nie gesehen haben?«

»Ich selbst habe Frau Bosshard nie gesehen. Aber meine Freundin aus dem ersten Stock hat sie gesehen. Allerdings war Frau Bosshard da schon tot.«

»Und anhand der Beschreibung Ihrer Freundin können

Sie zweifelsfrei sagen, dass diese Frau auf dem Foto hier gewohnt hatte?«

»Auch der Afrikaner hatte mir ein Foto gezeigt. Ich bin mir ziemlich sicher, dass es dieselbe Frau wie auf Ihrem Foto war.«

»Wann soll Sandrine denn gestorben sein?«

»So genau weiß ich das nicht mehr.«

»In den letzten zwei Wochen?«

»Das ganz bestimmt nicht. Es war letzten Herbst. Ich glaube im Oktober.«

»Oktober!«, wiederholte ich erleichtert. »Dann liegt hier offensichtlich eine Verwechslung vor, denn ich habe Sandrine vor zweieinhalb Wochen von meinem Büro aus gesehen. Sie stieg gerade aus einem Auto und wirkte sehr lebendig.«

»Können *Sie* zweifelsfrei belegen, dass es Frau Bosshard war?«

»Natürlich, ich habe sie ...« Ich sprach nicht weiter. Viel besser als die Argumente von Frau Moser waren meine auch nicht. Sachlich betrachtet, konnte ich nicht mehr und nicht weniger sagen, als dass sich Sandrine und die grazile Frau mit dem Rosebud-T-Shirt sehr ähnlich sahen.

»Habe ich Sie aus dem Konzept gebracht?«, wollte Frau Moser wissen.

»In gewissem Sinn schon«, sagte ich und nahm einen Schluck Orangensaft. Ich versuchte, die neuen Informationen zu verarbeiten. Aber in so kurzer Zeit wollte mir das nicht gelingen. »Etwas habe ich noch nicht verstanden. Wie war es möglich, dass Sie Sandrine nie begegnet sind? Sie wohnte doch immerhin vier Monate hier.«

»Wie kommen Sie auf vier Monate?«

»Gemäß meinen Recherchen muss sie Anfang Juni hier eingezogen sein. Stimmt das nicht?«

»Frau Bosshard zog an einem nebligen Sonntag im Herbst hier ein. Daran erinnere ich mich genau. Den ganzen Tag über war ein ständiges Kommen und Gehen. Nicht einmal über den Mittag hatte man seine Ruhe. Und ich muss Ihnen sagen, darüber habe ich mich sehr geärgert.« Sie warf mir einen hilfesuchenden Blick zu. »Sie müssen verstehen, meine Generation ist daran gewöhnt, dass am Sonntag nicht gearbeitet wird und dass es ruhig ist. Es muss Ende September oder Anfang Oktober gewesen sein. Das genaue Datum habe ich nicht mehr im Kopf.«

»Aber das würde ja bedeuten, dass Sandrine nur wenige Tage nach ihrem Umzug gestorben ist?«

»Wie ich bereits sagte, kaum waren die Namensschilder montiert, da waren sie auch schon wieder weg.«

»Wissen Sie, woran Sandrine ...«

»Herzversagen hat es geheißen, und dabei war die Frau noch so jung. Solche Vorfälle machen einem erst bewusst, wie viel Glück man all die Jahre gehabt hat. Obwohl mein Leben auch nicht immer einfach war, bin ich nie wirklich krank gewesen und hatte immer genug zu essen.«

»Und obwohl sie den Umzug beobachtet hatten, haben Sie Sandrine nirgends gesehen?«

»Ihre Sachen wurden ausschließlich von Männern transportiert.«

»Und dieser Afrikaner, war er auch dabei?«

»Nein.«

»Hatte Sandrine einmal Besuch von einem hageren, jungen Mann mit einer Hornbrille. Es wäre möglich, dass er einen Fischgratmantel anhatte?«

»Nein, nie!« Frau Moser schüttelte entschieden den Kopf. »Ich habe nie jemanden gesehen, der Frau Bosshard besucht hat. Das ist doch merkwürdig, finden Sie nicht auch?«

»Allerdings.« Etwas wollte ich Frau Moser noch fragen, vorhin, als sie mir von dem Besuch des Afrikaners erzählt hatte. Aber es wollte mir nicht mehr einfallen, und so trank ich meinen Orangensaft aus und stand auf. »Dann werde ich mich mal auf den Heimweg machen.«

Frau Moser begleitete mich zur Tür, und wir verabschiedeten uns. Ich trat ins Treppenhaus.

»Sie halten mich doch auf dem Laufenden?«

»Selbstverständlich und besten Dank für Ihre Auskünfte.«

Langsam stieg ich bis zur Zwischenetage hinunter und blieb dort stehen. Die Nachricht von Sandrines Tod hatte mich getroffen und machte mich traurig. Sandrine war mir während der letzten Tag immer vertrauter geworden. Manchmal hatte ich das Gefühl, sie schon lange zu kennen. Als mir der Hauswart von ihrer Einweisung in eine psychiatrische

Klinik erzählt hatte, wusste ich genau, wie ihr zu Mute gewesen war. Ich kannte diese völlige Leere und Erschöpfung aus eigener Erfahrung. Nachdem ich meine Arbeit verloren hatte und meine Ehe mit Geny gescheitert war, hatte ich auch einen Zusammenbruch und landete für einige Zeit in einer psychiatrischen Klinik.

Natürlich stand Sandrines Tod noch nicht endgültig fest. Wie schnell wurde aus einer Ambulanz ein Leichenwagen, wenn das Leben in diesem Haus wirklich so sterbenslangweilig war, wie Frau Moser behauptet hatte. Vielleicht war Sandrine krank oder nach Kamerun zurückgekehrt. Trotzdem, diese Nachricht hatte das ungute Gefühl in mir geweckt, dass Sandrine etwas zugestoßen war.

Ich ging weiter und stieg die nächste Treppe hinunter. Nochmals versuchte ich die Informationen von Frau Moser zu ordnen. Einmal abgesehen von Sandrines eventuellem Tod, interessierte mich die Lücke zwischen ihrem Wegzug aus der Rosengartenstraße und dem Einzug in die Brahmsstraße. Zog Sandrine ein zweites Mal um, weil sie sich am ersten Ort nicht wohlgefühlt hatte, oder gab es eine andere Erklärung dafür? Die zweite spannende Aussage von Frau Moser betraf das Auftauchen dieses Afrikaners. Handelte es sich bei ihm tatsächlich um Fabrice Mboma? Weshalb interessierte er sich so für Sandrine?

Plötzlich fiel mir die Frage wieder ein, die ich Frau Moser noch stellen wollte. Ich rannte die Treppen hoch und klingelte. Es dauerte einen Moment, bis sie mich durch den Spion erkannt und mir die Türe geöffnet hatte.

»Der Afrikaner«, sagte ich noch ganz außer Atem, »wusste er, dass Sandrine gestorben war?«

»Das nehme ich an. Gefragt hatte er jedenfalls nicht danach. Deshalb fand ich seine Frage auch so merkwürdig. Wieso fragt er erst jetzt nach seiner Schwester, wo sie schon tot ist. Er hätte sich besser früher um sie gekümmert.«

»Seine Schwester?«

»Das hat er gesagt.«

Fabrice Mboma. Er hatte sich nach Sandrine erkundigt. Jetzt war ich mir sicher. Ich bedankte mich ein weiteres Mal bei Frau Moser und ging nach unten. Seine Frage war wirklich merkwürdig. Und nicht weniger merkwürdig war sein

Auftritt bei mir im Büro und das Treffen mit Brigitte Obermeyers Begleiter. Ich musste ihn ausfindig machen und mich mit ihm unterhalten.

Inzwischen hatte ich den Eingang erreicht. Gleich neben der Haustür fand ich in einem Glaskasten Name, Adresse und Telefon des Büros, welche dieses Haus verwaltete: Amadeus RE-Management. Ich schaute auf die Uhr. Es war kurz vor sieben Uhr. Wenn ich mich beeilte, konnte ich vielleicht noch jemanden erreichen. Ich notierte mir die Telefonnummer, lief zum Albisriederplatz und rief von einer Telefonzelle aus an. Es läutete einmal, dann knackte es und der Anruf wurde automatisch umgeleitet.

»Immoinvest AG, Lüchinger.«

Auch das Amadeus RE-Management gehörte offensichtlich zu Marquardts Immobilienimperium. Ich sagte nichts und hängte wieder auf. Als ich das letzte Mal mit Frau Lüchinger gesprochen hatte, wollte sie nicht gewusst haben, wo Sandrine hingezogen war. Auch wenn sie nicht wusste, wo Sandrine zwischenzeitlich gewohnt hatte, die Adresse in der Brahmsstraße musste sie gekannt haben. Frau Lüchinger hatte mich also vorsätzlich in die Irre geführt. Weshalb? Hatte Marquardt das angeordnet? Damit tauchte sein Name zum dritten Mal in diesem Fall auf und verdrängte Fabrice Mboma von Platz eins der suspekten Personen. Ich beschloss, am nächsten Tag als erstes Marquardt einen Besuch abzustatten.

9

Eisregen prasselte ununterbrochen gegen den Rollladen und erschwerte mir das Aufstehen noch mehr. Um zehn Uhr, nach unzähligen, vergeblichen Versuchen, schaffte ich es endlich, mich auf die Bettkante zu setzen. Ich hatte eine schreckliche Nacht gehabt und fühlte mich um Jahre gealtert. Die Ungewissheit über Sandrines Tod hatte mir den Schlaf geraubt. Obwohl ich erst nach Mitternacht ins Bett gegangen war und mich müde gefühlt hatte, kriegte ich kein Auge zu. Hatte die Freundin von Frau Moser sich geirrt, oder hatte man wirklich Sandrine mit dem Leichenwagen abgeholt? Diese Frage hatte mir keine Ruhe gelassen. Stundenlang hatte ich mich in meinem Bett hin- und hergewälzt und nach einer Antwort gesucht. Aber so sehr ich die Fakten auch gedreht und gewendet hatte, ich fand keinen Anhaltspunkt für die eine oder die andere Version. Erst gegen Morgen war ich völlig erschöpft in einen oberflächlichen Schlaf gefallen.

Ich stand auf, schloss das Fenster und zog mich mühsam an. Danach putzte ich mir die Zähne, nahm meinen grauen Regenmantel und ging über die Langstraße ins Capri, ein Tea-Room, wo ich jeden Morgen frühstückte. Beim Eingang wollte ich mir eine Zeitung aus dem Halter nehmen, aber alle waren vergriffen. Um diese Zeit war das Capri gut besucht und so musste ich mich mit einem alten Magazin begnügen. Ich setzte mich damit an die Bar und ließ mir von der brasilianischen Servierin einen frisch gepressten Orangensaft und ein Sonnenblumenkernbrötchen bringen. »Ich glaube schon, ich müsste dir das Frühstück ins Büro bringen«, scherzte sie im Vorbeigehen.

»Das wäre mir eine große Hilfe gewesen. Ich komme vor lauter Arbeit kaum zum Essen und zum Schlafen.«

»So siehst du aus.« Sie lachte und ging weiter.

Ich nahm einen Schluck Orangensaft und begann in dem alten Magazin zu blättern. Im zweiten Teil stieß ich auf ein langes Interview mit einem ehemaligen Schweizer Radprofi. Es drehte sich um die Dopingpraktiken im Radsport während seiner Zeit als Aktiver und seine Verstrickung darin. Natürlich bestritt er vehement, je gedopt zu haben, und verwies auf die unzähligen Dopingkontrollen, die er während seiner Karriere abgegeben hatte, und die allesamt negativ ausgefallen waren. Es waren die immer gleichen Ausreden und Rechtfertigungsversuche, wie ich sie schon dutzendfach von gestrauchelten Profisportlern gehört hatte. Eine Antwort von ihm dagegen ließ mich aufmerken. Angesprochen auf Spätfolgen der großen körperlichen Strapazen, denen ein Hochleistungssportler ausgesetzt sei, räumte er gewisse Befürchtungen ein. Er gab an, schon mehrmals schweißgebadet aus dem immer gleichen Traum aufgewacht zu sein. Darin teilte ihm sein ehemaliger Teamarzt mit, dass er das Herz eines 80-jährigen hätte. Gleichzeitig betonte der Radprofi aber ausdrücklich, dass diese Ängste in keinster Weise von einem Medikamentenmissbrauch herrührten, sondern einzig und allein von den übermäßigen, körperlichen Anstrengungen, die er während seiner Karriere erbringen musste. Diese Begründung nahm ich ihm nicht ab. Vielmehr kam es mir so vor, als hätte er mit seinem Versuch, seine körperlichen Grenzen zu überschreiten, zwar die Dopingfahnder ausgetrickst, nicht aber sein eigenes Gewissen.

Ich klappte das Magazin zu, legte das Geld für den Orangensaft und das Sonnenblumenkernbrötchen auf die Theke und verließ das Capri. Ich brauchte frische Luft. Ohne genaues Ziel lief ich stadtauswärts, Richtung Albisriederplatz.

Diesen Radrennfahrer hatte ich einmal sehr bewundert. Er bestritt gerade den Giro d'Italia, als ich nach der Kündigung in der Bank und dem Scheitern meiner Ehe mit Geny in einer psychiatrischen Klinik gewesen war. Er stellte damals so etwas wie einen Fixpunkt in meinem aus den Fugen geratenen Leben dar. Auf ihn konnte ich mich in diesen schweren Tagen verlassen. Zusammen mit seiner Mannschaft kontrollierte er das Rennen und geriet nie in Schwierigkeiten. So wie er das Rennen hätte ich mein Leben im Griff haben wollen.

Als ich mich wieder umschaute, stand ich plötzlich vor dem Stadion Letzigrund. Ich war so in Gedanken, dass ich nicht wahrgenommen hatte, wie weit ich gelaufen war. Erst jetzt fiel mir wieder ein, was ich mir am Vortag vorgenommen hatte: Ich wollte diesem Marquardt einen Besuch abstatten. Ich fuhr in die Langstraße zurück. Wieder in meiner

Wohnung nahm ich eine heiße Dusche, zog frische Kleider an und schlug die Adresse von Marquardts Immoinvest AG im Telefonbuch nach. Anschließend aß ich in einem mexikanischen Restaurant ein scharfes Chili con Carne. So gestärkt, fühlte ich mich in der Lage Marquardt entgegenzutreten.

Um halb vier Uhr erreichte ich das Wohnhaus in Wollishofen, in dem sich Marquardt mit seinem Büro eingemietet hatte. Ich klingelte, wartete den Summer ab und betrat das Treppenhaus. Im vierten Stock, vor Marquardts Büro nochmals das gleich Prozedere: Klingeln, Summer abwarten und eintreten. Marquardts Büro war eine umfunktionierte Wohnung. Gleich neben dem Eingang saß Frau Lüchinger wie ein Wachhund hinter einem Schreibtisch aus den 80er Jahren und warf mir über den Bildschirm einen grimmigen Blick zu. Ihr Gesicht war starr und farblos und ihre grau melierten langen Haare hatte sie zu einer altmodischen Frisur hochgesteckt. Dazu passend trug Frau Lüchinger einen biederen, dunkelblauen Jupe und eine hochgeschlossene, grüne Bluse mit Rüschen. Ich schätzte Frau Lüchinger auf Anfang 50.

»Wir haben vor zwei Tagen miteinander telefoniert«, begann ich und stellte mich vor.

»Und?«

»Ich würde gerne mit Herrn Marquardt sprechen.«

»Ist beschäftigt!«, sagte sie, ohne aufzuschauen und fügte mit Nachdruck an: »Auswärts!«

Redseligkeit konnte man Frau Lüchinger wirklich nicht vorwerfen. Ich schaute auf die Uhr. »Dann warte ich.« Ich drehte mich um. Gegenüber von Frau Lüchingers Schreibtisch standen in einer kleinen Nische drei Stühle aus einem Chromstahlgestänge mit schwarzledernen Sitzflächen und Rückenlehnen um ein rundes Glastischchen herum. Ich nahm mir eine der Illustrierten, die darauf lagen, und setzte mich.

»Ich weiß nicht, wann Herr Marquardt zurückkommt!«, sagte Frau Lüchinger.

»Kein Problem. Ich habe gerade ein ausgezeichnetes Chili con Carne gegessen und bin froh, mich etwas ausruhen zu können.«

Sie versuchte, mich zu ignorieren, und schaute demonstrativ auf ihren Bildschirm. Etwas später klingelte das Telefon. Sie nahm ab und meldete sich mit einem kurzen »Ja.« Dabei blickte sie mich prüfend an und sagte ein weiteres Mal: »Ja.« Dann hängte sie auf, suchte hastig einige Unterlagen zusammen und verschwand damit in einem der Büros. Es dauerte zwei, drei Minuten, dann saß Frau Lüchinger wieder an ihrem Schreibtisch und arbeitete weiter. »Herr Marquardt hat noch weitere Termine«, sagte sie beiläufig. »Alle auswärts!«

»Das macht nichts. Ich habe sehr viel Chili con Carne gegessen und muss mich sehr lange ausruhen.«

»Das müssen Sie wissen.«

Frau Lüchinger gab sich wieder sehr beschäftigt, und ich begann von Neuem in der Illustrierten zu blättern. Plötzlich hatte ich unsäglichen Durst.

»Darf ich mir einen Becher Wasser nehmen?«, fragte ich Frau Lüchinger und deutete zum Wasserspender, der neben einem Gummibaum unweit ihres Schreibtisches stand. »Das Chili con Carne war wohl etwas zu scharf.«

»Bitte!«.

Ich ging zu dem Wasserspender, füllte einen Becher und trank ihn in einem Zug aus. Danach füllte ich ihn gleich nochmals und nahm ihn mit an meinen Platz.

»Und übrigens«, sagte ich, nachdem ich mich gesetzt hatte, »ich habe herausgefunden, wohin Sandrine Bosshardt-Malimbé gezogen ist: in die Brahmsstraße 49. Sie erinnern sich doch? Das war die Frau, wegen der ich Sie angerufen habe.«

»Und!«

»Sie könnten ihre Akte auf den neusten Stand bringen. Vielleicht werden Sie wieder einmal nach ihrer Adresse gefragt.«

»Wollen Sie mir sagen, wie ich meine Arbeit zu erledigen habe?«

»Wo denken Sie hin! Ich wollte Ihnen nur helfen.«

Schnaubend nahm Frau Lüchinger ihre Arbeit wieder auf, und ich blätterte weiter in meiner Illustrierten. Ich blätterte so laut, dass es nicht zu überhören war. Seite um Seite. Jede Sekunde eine.

»Hören Sie«, fauchte mich Frau Lüchinger nach einer Weile an, »wenn Sie schon hier warten wollen, dann verhalten Sie sich gefälligst so, dass ich ungestört meine Arbeit erledigen kann!«

»Entschuldigen Sie. Stören wollte ich Sie ganz bestimmt nicht.« Ich blätterte eine weitere Seite der Illustrierten geräuschvoll um. »Und übrigens, sagt Ihnen der Name Amadeus RE-Management etwas? Ein seltsamer Name, finden Sie nicht auch? Man müsste den Inhaber fragen können, weshalb er sich gerade diesen Namen ausgesucht hat. Wissen Sie, wem diese Immobilienverwaltung gehört?«

Frau Lüchinger warf mir einen zornigen Blick zu, sagte aber nichts.

»Wenn mich nicht alles täuscht, gehört das Amadeus RE-Management einem Herr Marquardt. Ob das wohl der gleiche Marquardt ist, dem auch die Immoinvest AG gehört?«

»Keine Ahnung!«

»Wenn es so wäre, dann hätten Sie mich angelogen.«

»Was fällt Ihnen ...«

»Sie sagten, Sandrine Bosshard-Malimbés neue Adresse nicht zu kennen.«

»Ich sagte, dass wir solche Informationen nicht weitergeben.«

»Das taten Sie, machten mich aber gleichzeitig darauf aufmerksam, Sandrine Bosshard-Malimbés neue Adresse nicht zu kennen.«

»Und jetzt?«

»Wenn das Amadeus RE-Management und die Immoinvest AG Herr Marquardt gehören, dann hätten Sie das aber wissen müssen. Deshalb frage ich mich, weshalb Sie mich bewusst in die Irre geführt haben?«

»Sie sagen es: *Wenn* es der Wahrheit entsprechen würde, dass die beiden Firmen Herr Marquardt gehören, dann ...«

»Tun sie das nicht?«

Frau Lüchinger reagierte nicht und starrte stur auf ihren Bildschirm. Keine Antwort ist auch eine Antwort.

»In welchem Verhältnis stand Herr Marquardt zu Frau Bosshard-Malimbé?«

»Sie bewohnte einer seiner Wohnungen.«

»Und übers Geschäftlich hinaus? Lief etwas zwischen den beiden?«

»Es ist nicht meine Art, mich um das Privatleben meines Vorgesetzten zu kümmern.«

»Weshalb haben Sie mich dann angelogen? Ist Sandrine Bosshard-Malimbé tot?«

Frau Lüchinger presste ihre Lippen zu einem Strich zusammen und einige Sekunden später knallte sie ihren Kugelschreiber wütend auf den Schreibtisch, stand energisch auf und stampfte über den blauen Spannteppich davon. Sie verschwand in demselben Büro wie zuvor. Kurz danach stand sie, die Hände in die Seiten gestützt, wieder vor mir. »Herr Marquardt erwartet Sie in seinem Büro.«

Ich verkniff mir die Frage, wie das so plötzlich möglich geworden sei, stand auf und folgte ihr zu seinem Büro.

»Ihr Anliegen?«, herrschte mich Marquardt an und machte gleich klar, dass er hier das Sagen hatte. Wie einem Angeklagten wies er mir einen Stuhl an der Rückseite seines überdimensionierten Schreibtisches zu.

Marquardt hatte volles, gewelltes schwarzes Haar, das er mit viel Gel nach hinten gekämmt hatte. Seinem gepflegten, braun gebrannten Gesicht nach war er um die 40. Aber die Flecken auf seinen manikürten Händen und die Art, wie er sich bewegte, verrieten, dass er um einiges älter war. Dadurch wirkte das goldene Kreuz, das er an einer grobgliedrigen Kette um den Hals trug, wie der klägliche Versuch eines alternden Playboys, seine Jugend zu konservieren. Er zog einen edlen, dunkelgrauen Wollveston an, den er über den integrierten Kleiderbügel an der Rückseite seines ledernen Bürosessels gehängt hatte und gab mir mit einem Zeichen zu verstehen, dass ich nun mein Anliegen vorbringen könnte. Ich wollte ihm erzählen, was mir Frau Moser über Sandrine gesagt hatte, aber er unterbrach schon meinen ersten Satz.

»So nicht!«, wies er mich energisch zurecht. »Zuerst sagen Sie mir, wer Sie sind, sonst brauchen wir uns gar nicht weiter zu unterhalten!«

Ich kam mir wie ein Schuljunge vor und musste mich anstrengen, um nicht wie einer zu wirken. »Mein Name ist Vainsteins, und ich bin Detektiv!« Ich zog eine Visitenkarte hervor und reichte sie ihm hinüber. Er warf einen flüchtigen Blick darauf und legte sie weg. »Was wollen Sie?«.

Es war wirklich schwierig, in seiner Gegenwart nicht

kleinlaut zu werden. »Ich suche Sandrine Bosshard-Malimbé und würde gerne ...?«

»Und deshalb führen Sie hier ein solches Affentheater auf.«

»Hätten Sie mir ...«

In dem Moment klingelte das Telefon. Marquardt nahm ab, aber noch bevor er sich melden konnte, legte eine kräftige Frauenstimme los und las ihm ganz gehörig die Leviten.

»Ja, Mama ...! Ich weiß, Mama ...!« Zu mehr reichte es in den ersten Minuten nicht. Dann gelang es ihm endlich, seine Mama für einen Moment zu bremsen, den Anruf in ein anderes Büro umzuleiten, um sich dort den Rest ihres Monologs anzuhören. Mit Mama Marquardt war offensichtlich nicht zu spaßen.

Ich ging davon aus, dass Marquardt für einige Zeit beschäftigt war. Seine Mama hatte anscheinend einige offene Punkte mit ihm zu klären. Das gab mir die Gelegenheit, Marquardts überdimensionierten Schreibtisch etwas genauer unter die Lupe zu nehmen. Ein goldenes Zigarettenetui, auf dem der Name Mauritz Amadeus Marquardt in einer klassizistischen Antiqua eingraviert war, befand sich griffbereit links neben seinem Laptop. Auf der rechten Seite lagen drei geöffnete Briefe auf einem roten Ordner. Mit den Briefen konnte ich nichts anfangen. Der rote Ordner dagegen versprach da schon mehr. Er war mit Rosengartenstraße 23 angeschrieben. Ich klappte ihn auf. Was ich fand, waren Rechnungen für Reinigungs- und Renovierungsarbeiten. Auch das half mir nicht wirklich weiter.

Als wäre ich in meinem Büro, stand ich auf, ging um den Schreibtisch herum und setzte mich auf den ledernen Bürosessel. Gerne hätte ich Marquardts Laptop untersucht, aber mit Computern kannte ich mich zu wenig aus, als dass ich mir in kurzer Zeit einen Überblick hätte verschaffen können. So konzentrierte ich mich weiter auf Marquardts Schreibtisch. Nach der Tischplatte nahm ich mir die Schubladen vor. Im linken Korpus fand ich nichts Verwertbares. Dagegen stieß ich in der mittleren Schublade auf eine geladene, kleinkalibrige Pistole. Trieb Marquardt damit den Zins bei säumigen Mietern ein? Sogar eine Schachtel mit Ersatzpatronen lag daneben.

Ich suchte weiter und entdeckte ganz hinten unter einem Brief, der den Absender des kamerunischen Konsulats trug, das Foto einer jungen, schlanken, schwarzen Frau. Sie war fast noch ein Mädchen und stand, in bunte Tücher gehüllt, etwas verlegen am Rand einer ausgefahrenen, nicht asphaltierten Straße. Aufgrund der roten Erde und der Bäume im Hintergrund nahm ich an, dass das Foto irgendwo in Afrika, vermutlich in Kamerun, aufgenommen wurde. War Sandrine wirklich tot und sie ihre Nachfolgerin? Jedenfalls glich das Mädchen auffallend Sandrine und damit auch der grazilen, jungen Frau mit dem Rosebud-T-Shirt. Man hätte meinen können, die drei Frauen wären Schwestern. Oder war es ein altes Foto von Sandrine? Ich suchte auf der Rückseite nach einem Datum, fand aber keines. In welcher Beziehung standen Marquardt und Sandrine?

Bequem in Marquardts ledernem Bürosessel sitzend, begann ich mir Gedanken zu dieser Frage zu machen, als hätte ich alle Zeit der Welt. War er ihr Zuhälter? Dann kam mir die Idee, dass Sandrine ihren Tod nur vorgetäuscht haben könnte. Ihr Besuch bei diesem Rechtsanwalt deutete darauf hin, dass sie in Schwierigkeiten war. Vielleicht war ihr Untertauchen die einzige Möglichkeit diesen zu entkommen. Aber hätte Sandrine ihr Verschwinden so inszenieren können, dass ihr niemand auf die Schliche gekommen wäre?

Plötzlich hörte ich Marquardt, wie er Frau Lüchinger ziemlich grob befahl, keine Anrufe mehr durchzustellen. Ich hatte ganz vergessen, dass ich in seinem Büro auf seinem Sessel saß. Schnell legte ich das Foto in die Schublade zurück und schloss sie. Um an meinen Platz zurückzukehren, reichte die Zeit nicht. Marquardt hatte die Türklinke bereits nach unten gedrückt. Was sollte ich tun? Schnell stand ich auf, drehte mich zum Fenster und wartete bis die Tür aufging.

»Sie sind schon wieder hier?«, sagte ich scheinbar überrascht zu Marquardt gewandt. »Eine beneidenswerte Aussicht haben Sie.«

»Deswegen sind Sie wohl kaum zu mir gekommen«, entgegnete Marquardt. »Bitte nehmen Sie Platz, Herr Vainsteins.« Ich ging um den Schreibtisch herum und setzte mich. »Also, wie kann ich Ihnen helfen?«, fragte Marquardt und gab sich betont freundlich. Woher dieser plötzliche Wandel?

War das eine Folge des Gesprächs mit seiner Mama? »Ich denke, es sollte möglich sein, sich wie zwei erwachsene Männer zu unterhalten.«

»Das finde ich doch auch«, sagte ich und machte die Probe aufs Exempel. »War Sandrine Ihre Freundin?«

»Sehen Sie, das versteh ich nicht bei euch Detektiven! Wieso könnt Ihr nicht gleich zur Sache kommen? Man kann über alles reden.«

Litt dieser Kerl an Gedächtnisschwund oder war seine Wahrnehmung dermaßen getrübt? Er war es doch, der auf Konfrontation aus war und mich nicht zu sich lassen wollte.

»Wenn das so ist, Herr Marquardt, dann gehen Sie mit gutem Beispiel voran, und beantworten Sie meine Frage!«

»In Ordnung, lassen wir, was war. Ja, Sandrine war meine Freundin. Wir waren verlobt und hatten beabsichtigt im letzten Herbst zu heiraten!« Er zog einen Briefumschlag aus der Innentasche seines dunkelgrauen Wollvestons. »Diese Zeilen schrieb mir Sandrine kurz vor ihrem Tod. Es ist das einzige, was mir von ihr geblieben ist.«

»Sandrine ist tot?«

»So ist es.«

Obwohl ich mit dieser Antwort gerechnet hatte, zuckte ich zusammen. Nur mit viel Mühe gelang es mir, meine Betroffenheit vor Marquardt zu verbergen.

»Wann ist Sandrine gestorben?«

»In der Nacht vom 25. auf den 26. September. Ich erinnere mich, als wäre es gestern gewesen.« Marquardt schaute mich mit traurigen Hundeaugen an. »So unfassbar es auch ist, es ist wahr. Leider.« Er versank ganz in seinen Erinnerungen.

Ich deutete auf den Briefumschlag und fragte, was damit sei. Marquardt reichte ihn mir wortlos herüber. Ich nahm den Brief heraus. Er war vom 22. September datiert. Darin teilte Sandrine Marquardt mit der Schrift einer Primarschülerin mit, dass sie ihn heiraten möchte. Das war alles. Dieser Brief war so romantisch wie eine Steuerrechnung. Ich steckte ihn in den Briefumschlag zurück und schaute mir die Adresse an. »Wieso ließ Sandrine den Brief einschreiben?«

»Das ist typisch für Afrikaner«, sagte Marquardt lächelnd. »Die glauben, dass hier die Post genauso schlecht funktioniert wie bei ihnen unten.«

Marquardt erinnerte mich an meinen ehemaligen Chef in der Bank, auch der war nie um eine Antwort verlegen. Er hätte einem weismachen können, die Hypothekenabteilung sei eine Unterorganisation der Heilsarmee.

»Der Brief war ihr wichtig. Sie wollte, dass er mit 100-prozentiger Sicherheit ankam.« Marquardt legte eine lange Pause ein. »Ich habe Sandrines Tod noch immer nicht überwunden«, drückte er auf die Tränendrüse. »Noch immer fällt es mir schwer, mich damit abzufinden.« Um endgültig das Niveau einer Seifenoper zu erreichen, fehlten nur noch einige Schluchzer.

»Steht Sandrines Tod zweifelsfrei fest?«

»Wie können Sie so etwas fragen?«, entgegnete Marquardt verletzt, als hätte ich ihm einen Speer ins Herz gestoßen. »Sehen Sie denn nicht, wie nahe mir Sandrines Tod geht!«

Was sollte ich von Marquardt halten? War er nur ein schlechter Schauspieler, oder hatte ihm Sandrine tatsächlich etwas bedeutet? Vielleicht war die Frau auf dem Foto in seiner Schublade wirklich Sandrine und nicht ihre Nachfolgerin, wie ich das in Betracht gezogen hatte. Ich musste aufpassen, dass meine Antipathie gegen Marquardt nicht meine Schlussfolgerungen zu leiten begannen.

»Woran ist Sandrine gestorben?«

»Also eigentlich ist das Privatsache. Aber um meinen guten Willen zu zeigen, beantworte ich Ihnen die Frage. Sandrine war kokainsüchtig. Bis zu jener verhängnisvollen Nacht Ende September hatte ich keine Ahnung davon. Sonst, das können Sie mir glaube, hätte diese Tragödie nie statt gefunden, und Sandrine würde noch leben.«

»Sandrine starb an einer Überdosis Kokain?«

»Es war nicht das Kokain allein. Sandrine hatte an diesem Abend auch viel getrunken. Der Mix aus Alkohol und Kokain war tödlich. Es war ein Unglücksfall. So hart es klingen mag, irgendwie musste ihr Leben so enden. Sandrine kannte ihre Grenzen nicht! Nie!«

»Und trotz dieser Veranlagung wussten Sie nichts von ihrer Sucht?«

»Im Nachhinein ist man immer klüger. Ich wusste absolut nichts! Jeder hat sein Geheimnis!«

»Und welches ist Ihres?«, versuchte ich Marquardt aufs Glatteis zu führen. Aber um auf solche Tricks hereinzufallen, war Marquardt zu clever. Er ließ sich erst gar nicht auf meine Frage ein und schaute mich nur an. Sein Gesichtsausdruck schien zu sagen: Netter Versuch.

»Wie kam es zu diesem bedauerlichen Unglücksfall, wie Sie das nennen?«

»Wie es der Name schon sagt: eine Verkettung unglücklicher Zufälle. Schicksal eben! An diesem Tag feierte meine Mutter ihren 80. Geburtstag. Ein großes Familienfest! Schwatzende Frauen, angetrunkene Männer, die sich ordinäre Witze erzählen, und Kinder, die schreiend umherrennen.« Marquardt machte eine theatralische Geste und setzte einen gelangweilten Gesichtsausdruck auf.

»Und Sandrine war nicht eingeladen?«

»Natürlich war sie eingeladen. Aber sie wollte nicht kommen. Meine Mutter und Sandrine verstanden sich nicht besonders.« Mama Marquardt schien keine besonders umgängliche Person zu sein. »Meine Mutter war dagegen, dass ich eine Afrikanerin heirate. Sie ist alt und weiß nicht, was heute in der Welt passiert. Am liebsten hätte sie für mich eine Frau ausgesucht. Sie denkt sehr traditionell, aber sie ist keine Rassistin.«

Ich versuchte mir vorzustellen, wie Marquardt seine Heirat mit Sandrine gegen seine Mutter durchzusetzen versuchte. Doch so sehr ich meine Phantasie auch bemühte, gegen sie blieb er zweiter Sieger.

»Starb Sandrine allein?«

»Leider!« Marquardt atmete einmal tief durch, was sich wie ein Seufzer anhörte. »Eigentlich wollte ich mich nach der Geburtstagsfeier meiner Mutter noch mit Sandrine treffen. Aber ich fühlte mich an diesem Abend nicht wohl. Die vielen Kinder. Der Lärm. Mein Kopf drohte vor Schmerz fast zu platzen. Ich wollte ihr absagen und hatte bestimmt zehnmal versucht, sie anzurufen, konnte sie aber nicht erreichen. Als die Geburtstagsfeier meiner Mutter um Mitternacht endlich fertig war, fuhr ich direkt nach Hause und schrieb Sandrine eine SMS. Auch darauf erhielt ich keine Antwort, was

ungewöhnlich war. Aber wer denkt denn gleich an eine solche Tragödie.«
»Wie haben Sie von Sandrines Tod erfahren?«
»Ich fuhr gleich am nächsten Morgen zu ihr in die Brahmsstraße.«
»Entschuldigen die Zwischenfrage: Wo hatte Sandrine zuvor gewohnt?«
»In Thalwil. Natürlich, das können Sie ja nicht wissen. Am ersten Juni ist Sandrine ins Haus meiner Mutter gezogen, wo ich ein kleines Studio bewohne. Das war nur eine Übergangslösung. Wir hatten geplant, gemeinsam in die Wohnung in der Brahmsstraße zu ziehen, sobald diese fertig renoviert war.«
»Das verstehe ich nicht. Wenn sich Sandrine und Ihre Mutter nicht verstanden, weshalb blieb Sandrine nicht in der Rosengartenstraße, bis die neue Wohnung bezugsbereit war?«
»Das war ein Fehler. Allerdings zerstritten sich meine Mutter und Sandrine erst, als sie zusammen unter einem Dach wohnten. Die Situation wurde so unerträglich, dass Sandrine beschloss, bereits in die Wohnung in der Brahmsstraße zu ziehen, obwohl diese noch nicht ganz fertig war.«
»Und Sie beabsichtigten wirklich, auch dort zu wohnen?«
»Wieso nicht?«
»Sie, in einer Parterrewohnung, in einem Haus mit lauter Rentnern, das kann ich mir nicht vorstellen. Das entspricht doch nicht den Ansprüchen eines Immobilienverwalters? Die Brahmsstraße liegt in einem Arbeiterquartier und keiner Villengegend.«
»Sie sind gut, Herr Vainsteins. Chapeau.« Marquardt lächelte hintergründig und klatschte beiläufig dreimal in die Hände. »Sie haben Recht. Auch das war nur eine Übergangslösung. Bevor wir für meine Mutter einen Platz im Altersheim gefunden hatten, sollte sie nicht nochmals umziehen müssen. So entschlossen wir uns für die Variante Brahmsstraße.«

Wo und wie ich es auch versuchte, ich kriegte Marquardt nicht zu fassen. »Verstehe«, sagte ich und war bemüht, ihn meine Ratlosigkeit nicht merken zu lassen. »Sie wollten mir noch erzählen, wie Sie Sandrine gefunden hatten.«

»Genau. Ich klingelte an Sandrines Wohnungstür.«

»Sie hatten keinen Wohnungsschlüssel?«

»Natürlich, aber Sandrine hatte ihren Schlüssel innen stecken lassen. Ich klingelte mehrmals und als sich nichts tat, stieg ich über den Balkon in die Wohnung ein! Der Anblick, der sich mir da bot, war grauenvoll. Sandrine lag reglos in ihrem Erbrochenen am Boden. Um sie herum ein unglaubliches Durcheinander: Teile der Stereoanlage waren heruntergerissen, CDs lagen überall verstreut herum, und das ganze Wohnzimmer war voller Scherben. Scherben von kaputten Gläsern und Flaschen, sogar die Glasplatte ihres Tisches war zerbrochen. Ich rief sofort einen Arzt. Aber der konnte auch nur Sandrines Tod feststellen.«

»Ihre Beschreibung deutet eher auf ein Gewaltverbrechen als auf einen Unglücksfall hin.«

»Die Obduktion ergab zweifelsfrei, dass Sandrine an den Folgen einer Überdosis Kokain und Alkohol gestorben war.«

»Man hätte Sandrine auch betrunken machen und ihr dann die Überdosis verabreichen können.«

»Herr Vainsteins, ich glaube, Sie sehen zu viel fern. An ihrem Körper gab es nicht eine Spur, die auf ein Gewaltverbrechen hingewiesen hätte?« Auch wenn Marquardt den Niedergeschlagenen mimte, innerlich triumphierte er. »Keine Wunde. Kein Hämatom. Nichts, absolut nichts!«

»Wie erklären Sie sich dann diese Unordnung in ihrer Wohnung?«

»Ein Wutanfall. Sandrine hatte eine Unmenge Alkohol und Kokain in ihrem Körper. Sie wusste nicht mehr, was sie tat.«

Ich schaute nach unten und sah, dass ich noch immer Sandrines Brief in den Händen hielt. An diesem Brief, überhaupt an der ganzen Geschichte war etwas faul. So hatte sie sich ganz bestimmt nicht abgespielt. Marquardt verschwieg mir etwas, da war ich mir sicher.

»Sandrine war bereits einmal verheiratet«, sagte ich zu Marquardt und gab ihm den Brief zurück. »Haben Sie diesen Bosshard gekannt?«

»Nein.«

»Und Sie wissen auch nicht, wo ich ihn finden kann?«

»Ich habe den Mann nie gesehen und auch nie mit Sandrine über ihn gesprochen. Sind damit Ihre Fragen beantwortet?«

»Nicht ganz. Weshalb suchte Sandrine einen Rechtsanwalt auf?«

»Sie können nicht verlieren!«, reagierte Marquardt ungehalten, und für einen Moment war es vorbei mit seinem überlegenen Getue. Er hatte sich aber sogleich wieder im Griff. »Sie sind auf dem Holzweg, Herr Vainsteins.«

»Ihrem Verhalten nach eher nicht. Sie wollen etwas vertuschen.« Ich sah plötzlich Sandrines wilde Augen vor mir, und der Gedanke, dass darin kein Leben mehr war, machte mich unsäglich wütend. Marquardt hatte etwas mit Sandrines Tod zu tun und durfte keinesfalls ungeschoren davonkommen.

»Wo nichts Unrechtes geschehen ist, braucht nichts vertuscht zu werden.«

»Dann beantworten Sie meine Frage!«

»Es gibt eine Grenze, wo die Privatsphäre ...«

»Aber nicht bei der Aufklärung eines Verbrechen!«

»Es gibt einen Unterschied zwischen Verbissenheit und Hartnäckigkeit. Das sollten Sie sich einmal klar machen.« Marquardt nahm meine Visitenkarte, zerriss sie und warf sie in den Papierkorb. »Aus einem Unglücksfall lässt sich kein Mord konstruieren! Aber ich will Ihnen ein weiteres Mal entgegenkommen. Sandrine wollte ihre Schwester zur Hochzeit einladen. Weil es erfahrungsgemäß sehr schwierig ist, die entsprechenden Reisedokumente zu bekommen, schaltete sie einen Rechtsanwalt ein. Das ist alles. Haben Sie sonst noch etwas auf dem Herzen?« Marquardt schaute auf die Uhr. »Ich habe noch andere Dinge zu erledigen.«

Ich schüttelte den Kopf, stand auf und Marquardt begleitete mich aus dem Büro in den Gang. War diese Frau auf dem Foto in Marquardts Schreibtisch Sandrines Schwester? Frau Lüchinger war bereits gegangen. Zähneknirschend musste ich einsehen, dass Marquardt nicht so einfach zu kriegen war.

»Nachdem ich all Ihre Fragen beantwortet habe, müssen Sie mir auch eine zugestehen.« Marquardt sagte es amüsiert, so als wollte er einen Spaß machen. »Wer hat Ihnen von Sandrines Anwaltsbesuch erzählt?«

»Weshalb interessiert Sie das?«

»Es interessiert mich nicht wirklich«, versuchte er seine Neugier herunterzuspielen. »Ich finde es nur skandalös, dass eine so vertrauliche Information zu Ihnen durchsickern konnte. Das ist nicht in Ordnung. Vielleicht könnten Sie mir einen Hinweis geben, damit ich der Sache nachgehen kann.«

Gerne hätte ich geantwortet: ›Das ist Privatsache!‹ aber so dreist war ich nicht. Ich erklärte ihm, dass ich die Namen meiner Informanten grundsätzlich nicht preisgeben würde.

»Schade«, entgegnete Marquardt.

»So ist das Leben.«

Wir hatten die Wohnungstür erreicht. Marquardt schaltete einen kleinen Bildschirm ein, der auf Augenhöhe an der Wand angebracht war. Schemenhaft waren darauf das dunkle Treppenhaus und der Hauseingang zu erkennen. Dann gingen automatisch mehrere Scheinwerfer an und leuchteten Treppenhaus und Hauseingang bis in den letzten Winkel aus. Erst jetzt schloss Marquardt die Wohnungstür auf, an der zusätzlich zu einem Sicherheitsschloss ein Panzerriegelschloss angebracht war. Er öffnete die Tür und warf einen hastigen Blick ins Treppenhaus.

»Hier treibt sich allerhand Gesindel herum«, versuchte er sich zu rechtfertigen, reichte mir schnell die Hand und verschwand wieder in seiner Wohnung. Die Türe hatte sich kaum geschlossen, da hatte Marquardt das Panzerriegelschloss schon wieder vorgelegt und den Schlüssel im Sicherheitsschloss gedreht. Ich ging nach unten und verließ das Haus.

Marquardt hatte eine geladene Pistole im Schreibtisch und sein Büro war gesichert wie der Tresorraum eines Diamantenhändlers. Benötigte ein Liegenschaftsverwalter solche Sicherheitsmaßnahmen oder war er ein ängstlicher Typ?

Als ich mich zirka 100 Meter von Marquardts Haus entfernt hatte, merkte ich, dass mir jemand folgte. Das konnte nur einer von Marquardts Leuten sein. Allerdings war mir völlig schleierhaft, weshalb Marquardt zu einem solchen Mittel griff. Ich hatte ihn nicht annähernd aus der Reserve locken können. Auf all meine Fragen hatte er eine plausible Antwort. Einzig, als ich Sandrines Besuch bei dem Rechtsanwalt erwähnt hatte, drohte er für einen Moment die Fassung zu verlieren. Eine Reaktion, die ich halbwegs nachvollziehen konnte. Es ist ärgerlich, wenn vertrauliche Informationen plötzlich publik werden.

Ich ging zur nahen Bushaltestelle und tat, als hätte ich meinen Verfolger nicht bemerkt. Er sollte sich in Sicherheit wiegen. Bei einem Zebrastreifen blieb ich für einen Moment stehen. Während ich so tat, als beobachtete ich den Verkehr, warf ich einen Blick zurück. Aber mein Verfolger war kein Anfänger. Geschickt hatte er zwischen zwei Straßenlampen gewartet, so dass ich ihn im Schatten der geparkten Autos nicht erkennen konnte. Ich ging weiter, überquerte die Straße und wollte es später nochmals versuchen. Doch dann sah ich, wie ein Trolleybus die nahe Haltestelle ansteuerte und änderte meine Strategie. Ich rannte zur Haltestelle und erwischte ihn gerade noch. Die Türen schlossen sich, und der Trolleybus fuhr los. Durch sein Heckfenster konnte ich meinen Verfolger sehen. Er hatte die Haltestelle etwas zu spät erreicht und schaute verärgert dem Trolleybus nach. Es war Fabrice Mboma.

10

Ich nahm mir vor, über die Feiertage etwas auszuspannen, ein Buch zu lesen und mir den einen oder andern Film anzuschauen. Auf diese Weise hoffte ich ein wenig Abstand zu den Ereignissen der letzten Tage zu gewinnen. Aber so sehr ich mich auch anstrengte, ich konnte mich weder auf ein Buch noch auf einen Film konzentrieren. Meine Gedanken kreisten immer um Sandrine. Dass Fabrice Mboma mich verfolgt hatte, war längst zur Nebensache geworden. Mich beschäftigten allein die Umstände von Sandrines Tod. Es wollte mir nicht in den Kopf, dass sie sich selbst vergiftet und Marquardt mit ihrem Tod nichts zu tun hatte. Doch egal wie ich es auch drehte und wendete, ich fand in Marquardts Ausführungen keinen Schwachpunkt und das brachte mich fast zur Verzweiflung.

Am 28. Dezember ließ ich die Grübelei sein. Schon um neun Uhr saß ich in meinem Büro und erledigte die Arbeiten, die wegen der Observierung von Brigitte Obermeyer und der Suche nach Sandrine liegen geblieben waren. Erstens tippte ich die Rechnungen der abgeschlossenen Fälle und machte sie für den Versand bereit. Zweitens beglich ich meine eigenen Schulden. Der dritte Punkt auf meiner Liste war die Fertigstellung des Berichtes für Keiser. Ich holte den Entwurf aus dem Aktenschrank. Aber schon da spürte ich, dass ich diesen Punkt nicht so leicht würde erledigen können. Zu sehr war die Observierung von Brigitte Obermeyer mit der Suche nach Sandrine verbunden. Noch bevor ich Keisers Akte geöffnet hatte, waren meine Gedanken schon wieder bei der immer gleichen Frage: War Marquardt wirklich unschuldig? Ich konnte, ich wollte Marquardts Ausführungen nicht glauben. Wenn ich die undichte Stelle bis jetzt noch nicht gefunden hatte, musste ich mich eben mehr anstrengen. Die Vorstellung, dass Marquardt für Sandrines Tod nicht zur Rechenschaft gezogen wurde, machte mich halb wahnsinnig.

Da fiel mir ein, dass ich Sandino zu den neusten Entwicklungen in Sandrines Fall noch nicht befragt hatte. Vielleicht konnte ich ihn endlich dazu bringen, auszupacken. Das würde mich bestimmt einen Schritt weiter bringen. Langsam kam ich wieder in Fahrt. Ich rief Sandino an, aber er meldete sich nicht. Ich verschob den Anruf auf später und wandte mich dem Bericht für Keiser zu. Ich las die bisherige Version durch. Die Einführung war gut und brauchte nicht überarbeitet zu werden. Als nächstes listete ich alle die Orte auf, an denen sich Brigitte Obermeyer während der Observierung aufgehalten hatte. Dazu notierte ich Uhrzeit, Dauer und die Namen der Personen, mit denen sie sich getroffen hatte. Alle diese Informationen musste ich in mühsamer Kleinarbeit aus meinen unleserlichen Notizen zusammentragen. Dann schilderte ich meine Eindrücke und beendete den Bericht mit den Schlussfolgerungen. Am frühen Nachmittag war der Bericht fertig. Ich rief Keiser an und verabredete mich für sieben Uhr in seinem Büro.

Nach diesem Anruf behielt ich den Hörer gleich in der Hand und versuchte zum zweiten Mal, Sandino zu erreichen. Er nahm auch diesmal nicht ab und so hinterließ ich auf seinem Anrufbeantworter die Nachricht, dass er sich möglichst bald bei mir melden sollte. Anschließend ging ich in eine italienische Bar, trank einen Orangensaft und aß dazu ein Panini. Sonnenblumenkernbrötchen kannte man dort nicht.

Um sieben Uhr betrat ich wie vereinbart Keisers Büro und lief geradewegs seiner Sekretärin in die Arme, die sich genau in diesem Moment auf den Heimweg machen wollte. Exakt das hatte Keiser dadurch zu verhindern gehofft, dass er unsere Besprechung nicht wie von mir vorgeschlagen auf sechs, sondern erst auf sieben Uhr angesetzt hatte. Er befürchtete, dass seine Sekretärin Wind von seinen außerehelichen Aktivitäten bekommen und es seiner Ehefrau, mit der sie sich angeblich gut verstand, erzählen könnte. Hände ringend, wie ein kleiner Junge, der eine Scheibe eingeworfen hatte, stand Keiser zwischen mir und seiner Sekretärin und erklärte ihr mit einem verlegenen Lächeln, dass ich ein ehemaliger Kommilitone von ihm sei.

»Ach sooo«, entgegnete seine Sekretärin und rollte mit den Augen. »Dann will ich die Herren nicht länger stören.« Sie nahm ihren Mantel und ihre Handtasche und ging.

»Das ist gerade nochmals gut gegangen!«, meinte Keiser, als er mich in sein Büro führte.

Mit einem Blick musste seine Sekretärin erkannt haben, dass ich mindestens zehn Jahr jünger als ihr Chef war und ganz bestimmt keine Rechtswissenschaften studiert hatte. Weshalb Keiser als Wirtschaftsanwalt nicht besser lügen konnte, war mir ein Rätsel.

Wir setzten uns.

»Hat Brigitte einen Liebhaber?« Keiser schaute mich mit angsterfülltem Blick an. »Sie brauchen mich nicht zu schonen. Sagen Sie mir die ungeschminkte Wahrheit!«

»Nein. Brigitte Obermeyer betrügt Sie nicht.« Das hatte ich Keiser schon unmittelbar nach Abschluss meiner Observation gesagt, aber aus irgendeinem Grund wollte er das nicht wahrhaben. »Es gibt absolut keinen Anlass, Ihrer Freundin zu misstrauen.« Ich nahm den Briefumschlag mit dem Bericht aus der Innentasche meines grauen Regenmantels und überreichte ihn ihm. »Lesen Sie sich alles in Ruhe durch, danach können wir eventuelle Unklarheiten besprechen.«

»Wie Sie meinen.« Keiser öffnete den Briefumschlag und begann zu lesen. Er kam gerade bis zum zweiten Absatz, da tauchte schon die erste Frage auf. Eine meiner Formulierungen war ihm nicht klar. Ich verwies ihn auf die nächste Zeile, wo diese Unklarheit beseitigt wurde. Er las weiter und nickte bestätigend. Aber nur wenige Sekunden später verfinsterte sich sein Gesichtsausdruck erneut. Diesmal glaubte Keiser, dass ich mir widerspreche. Er hatte etwas überlesen. Nachdem wir dieses Frage-und-Antwort-Spiel noch weitere zweimal durchgemacht hatten und er schon ganz missmutig geworden war, gab ich auf und ging Punkt für Punkt bis zum Happyend mit ihm durch. Keiser lächelte geschmeichelt, blühte wieder richtig auf und war vollkommen zufrieden.

»Sie ahnen nicht, wie glücklich mich ihr Bericht macht. Ich habe im Januar zehn Tage Ferien mit Brigitte geplant, auf die ich mich sehr freue. Hätte sich herausgestellt, dass sie mich betrügt, hätte ich die Reise sofort abgesagt. Ich bin wirklich sehr erleichtert.«

»Wohin geht die Reise?«

»Auf die Seychellen.« Keiser stand auf und zeigte mir einen Reiseprospekt. »Brigitte möchte surfen lernen.«

»Dann war der athletisch gebaute, junge Mann, mit dem

Brigitte Obermeyer den Neoprenanzug gekauft hatte, ihr Surflehrer?«

»Ihr Surflehrer?« Keiser zuckte erschrocken zusammen, fasste sich aber sogleich wieder. »Ach der ... Nein, das war Björn Obermeyer, Brigittes Bruder.« Und ganz stolz fügte Keiser an. »Er ist Surfprofi und hat schon mehrere Weltcup-Rennen gewonnen.«

Das erklärte einiges, allerdings nicht sein Treffen mit Fabrice Mboma. Da Björn Obermeyer nicht in Zürich lebte und als Surfprofi viel unterwegs war, ging ich davon aus, dass er Fabrice Mboma im Auftrag seiner Schwester getroffen hatte. Entscheidend weiter brachte mich diese Feststellung allerdings auch nicht. Die Frage lautete nun: Was hatte Brigitte Obermeyer mit Fabrice Mboma zu schaffen? Sollte ich sie einmal aufsuchen?

Ich griff erneut in die Innentasche meines grauen Regenmantels und gab Keiser den Briefumschlag mit der Rechnung.

»Das wollten Sie mir wohl kaum geben!« Keiser hielt das Foto von Sandrine in der Hand und schaute es sich an. Ich musste es zusammen mit dem Briefumschlag aus der Innentasche gezogen haben. »Ihre Freundin?«, fragte Keiser mit einem frivolen Grinsen und gab mir das Foto zurück. Ich verklemmte mir einen Kommentar und hatte es schon fast wieder eingesteckt, als Keiser nochmals einen Blick darauf werfen wollte.

»Ich kann es nicht beschwören, aber ich glaube, diese Frau schon einmal gesehen zu haben.« Er kniff die Augen zu und hielt den rechten Zeigefinger an die Schläfe. »Doch, doch, das muss sie sein. Leider kann ich mich im Moment nicht mehr an ihren Namen erinnern.«

»Sandrine Bosshard-Malimbé.«

»Sandrine. Genau so hat sie geheißen.« Er gab mir das Foto zurück. »Sind Sie mit ihr befreundet?«

»Nein! Sie ist tot«

»Tot!« Wie vom Schlag getroffen, fiel Keiser in seinen Stuhl. »Das ist ja entsetzlich!«, keuchte er und wischte sich mit einem Taschentuch den Schweiß von der Stirn.

»Woher kennen Sie Sandrine?«

»Ich sah sie nur ein einziges Mal. Das war bei der Einweihungsparty von Brigittes neuem Appartement.«
»Wie gut kannten sich Sandrine und Brigitte Obermeyer?«
»Das kann ich Ihnen nicht sagen. Ich kann mich aber noch gut erinnern, dass diese Sandrine einen ziemlich angespannten Eindruck auf mich machte. So richtig zu genießen, schien sie die Party jedenfalls nicht.«
»Wann fand diese Einweihungsparty statt?«
»Sie fragen Sachen.« Keiser überlegte. »Letzten September. Das genaue Datum kann ich Ihnen beim besten Willen nicht sagen. Und die junge Frau ist wirklich tot?«
Ich nickte.
»Das ist schrecklich! Ich weiß nicht, wie es Ihnen geht, aber solche Nachrichten treffen mich im Innersten. Sie zeigen einem, wie vergänglich alles ist. Das Leben hängt an einem dünnen Faden. Haben Sie keine Angst vor dem Tod?«
Zum Glück war Keiser so mit sich selbst beschäftigt, dass ihm das Ausbleiben meiner Antwort nicht auffiel. Mit ihm über Leben und Tod zu diskutieren, dazu hatte ich definitiv keine Lust.
»Ich fürchte den Tod. Das gebe ich offen zu! Die Vorstellung, dass ich schon morgen tot sein könnte, lässt mich immer wieder aufs Neue erschaudern. Ich hatte schon Albträume deswegen: Ich stehe auf, fahre zur Arbeit und plötzlich nach dem Mittagessen ist mir etwas schwindlig. Scheinbar nichts Schlimmes, ein kleines Unwohlsein, wie man es schon öfters erlebt hat. Ich lege mich hin und denke, dass es mir in zehn Minuten wieder besser geht. Und dann, ein Hirnschlag! Tot! Fertig! Aus!«
»Was wissen Sie sonst noch von Sandrine?«
»Sandrine?«, sagte Keiser noch ganz in seinem Schreckensszenario gefangen. »Ach ja. Nein, mehr weiß ich nicht. Tut mir Leid.«
»Marquardt! Sagt Ihnen der Name etwas?«
Keiser überlegte. »Kommt mir nicht ganz unbekannt vor. Möglich, dass Brigitte ihn schon erwähnt hat. Hat dieser Marquardt etwas mit Sandrines Tod zu tun?«
Damit war klar, wen ich als nächstes aufsuchte: Brigitte Obermeyer. Ich verabschiedete mich von Keiser und fuhr so-

gleich zu Brigitte Obermeyers Wohnung in der Bellariastraße. Es war kurz nach acht Uhr, als ich an ihrer Tür klingelte. Niemand öffnete. Ich ging ums Haus herum. Alles war dunkel. Ich erschrak und glaubte schon, Brigitte Obermeyer aus den Augen verloren zu haben, bis ich realisierte, dass dieser Fall abgeschlossen war. Mit einem Lächeln konstatierte ich, dass sie nun wieder tun und lassen konnte, was sie wollte.

Ich fuhr in mein Büro zurück.

11

Ich schloss mein Büro auf, trat ein und versetzte der Tür mit dem Fuß einen leichten Tritt, so dass sie von selbst ins Schloss fiel. Ich hatte noch nicht einmal Licht gemacht, da klopfte es schon an die Tür. Jemand hatte mir im Treppenhaus aufgelauert. Wer konnte das sein? Ich musste unweigerlich an Fabrice Mboma denken. Auch er hatte bei seinem Besuch wie aus dem Nichts vor der Tür gestanden. Etwas beunruhigt drehte ich mich zur Tür und schaute, ob ich seine große und kräftige Gestalt durch die Riffelglasscheibe erkennen konnte. Es war nicht möglich. Ich machte Licht und fragte, wer da sei.

»Roger König«, sagte ein junge Männerstimme. »Wir sind uns vor einigen Tagen in der Rosengartenstraße begegnet.«

Das war der Mann im Fischgratmantel, der mich vor Sandrines ehemaligem Wohnhaus angesprochen und mich für einen von Marquardts Leuten gehalten hatte. Ich ging zur Tür und öffnete sie. An den Türrahmen gelehnt stand König lässig da und grinste mich an. »Da staunen Sie.« Er ging an mir vorbei ins Büro. »Mich wiederzusehen, damit hatten Sie wohl nicht gerechnet?«

Ich schaute Roger König an und schloss die Tür. Weshalb wirkte er so verändert? An seinem Äußeren fiel mir nichts Neues auf. Er trug denselben grau schimmernden Fischgratmantel wie bei unserem ersten Aufeinandertreffen. Sein Gesicht war noch genauso kantig und auf der scharfen, langen Nase saß dieselbe schwarze Hornbrille. Er hatte eine Lücke zwischen den oberen, mittleren Schneidezähnen, die ihm eine gewisse Ähnlichkeit mit dem jungen Elvis Costello verlieh. Sie hatte ich damals nicht bemerkt. Aber für seine veränderte Erscheinung war sie ganz bestimmt nicht verantwortlich.

»Mit Sicherheit fragen Sie sich nun, wie ich Sie gefunden haben.« Er grinste, und sein stark hervorspringender Adamsapfel hüpfte auf und ab. »Easy Sache«, sagte er und knöpfte seinen Fischgratmantel schwungvoll auf. »Ich ging Ihnen nach und notierte mir Ihre Autonummer. Aber wie kam ich jetzt zu Ihrer Adresse? Wie Sie bestimmt wissen, ist das Straßenverkehrsamt mit solchen Informationen sehr zurückhaltend geworden. Ich rief trotzdem dort an und erzählte der Dame am Telefon, die übrigens äußerst freundlich und zuvorkommend war, was auf Ämtern heutzutage selten ist, dass ich beim Parkieren ein Auto, genauer Ihr Auto, Herr Vainsteins, zerkratzt hätte. Damit hätte ich die Dame noch nicht dazu bewegen können, mir Ihre Adresse zu nennen. Also setzte ich noch eins drauf und gab vor, auf dem Weg zu einem Vorstellungsgespräch gewesen zu sein. Damit war einerseits gesagt, weshalb ich nicht auf Sie warten konnte und andererseits zeigte mein Anruf, dass ich eine ehrliche Haut war. Kurz und gut, die Dame am Telefon händigte mir Ihre Koordinaten anstandslos aus.«

Es war nicht sein Äußeres, das Roger König so verändert hatte. Es war sein Auftreten. Bei unserem ersten Aufeinandertreffen wirkte er scheu, nervös und eingeschüchtert. Er brachte kaum einen ganzen Satz heraus. Von dem war jetzt überhaupt nichts mehr zu spüren. Roger König war wie ausgewechselt. Er war aufgedreht, selbstsicher und die Worte sprudelten nur so aus ihm heraus.

»So habe ich Sie gefunden, und jetzt bin ich hier.«

»Wie unschwer zu erkennen ist.«

»Und nun raten Sie einmal, weshalb ich mir diese unsägliche Mühe gemacht habe?«

»Keine Ahnung, aber Sie werden es mir mit Sicherheit gleich sagen.«

»Clever. Sie lassen sich nicht in die Karten schauen. Aber wie Sie unschwer bemerkt haben dürften: Sie haben es mit einem ebenbürtigen Geschäftspartner zu tun.«

»Also ein Geschäft wollen Sie mit mir machen«, sagte ich schmunzelnd.

»Nicht ich mit Ihnen, sondern wir wollen ein Geschäft miteinander machen. Win-Win! Verstehen Sie.«

Ich sagte nichts, ging um den Schreibtisch herum und setzte mich in meinen Bürostuhl.

Roger König begann im Büro auf und ab zu gehen. »Sie sind Detektiv. Richtig?« Er warf mir einen flüchtigen Blick zu, so als erwartete er in irgendeiner Form eine Bestätigung. Ich reagierte nicht. »Um Ihre Fälle lösen zu können, brau-

chen Sie Informationen. Richtig?« Wieder folgte eine kurze Pause mit Blickkontakt. »Und wenn mich nicht alles täuscht, suchen Sie im Moment Informationen über eine gewisse Frau.« Roger König blieb stehen und im Gegensatz zu vorher, schien er jetzt auf einer Antwort zu bestehen. Jedenfalls ließ er mir viel Zeit, was zu einer längeren Pause führte, denn ich ließ mich auch diesmal zu keiner Reaktion drängen.
»Ich könnte mir vorstellen, dass ich die Informationen habe, die Sie suchen.«

»Wovon sprechen Sie?«

»Herr Vainsteins«, meinte Roger König mit einem gequälten Lächeln, was seine Verärgerung noch deutlicher zeigte. »Ich hatte gehofft, auf diese Spielchen verzichten zu können.«

»Dann müssen Sie schon etwas präziser werden. Von welcher Frau sprechen Sie?«

»Von Sandrine, natürlich!«

»Sandrine?«, hielt ich mich bedeckt. Die Fragen begannen, delikat zu werden. Schon ein falsches Wort konnte unangenehme Folgen haben. Ich wusste nichts über diesen Roger König. Nicht was er wollte und vor allem nicht, wie er zu Marquardt stand.

»Sandrine Bosshard-Malimbé«, sagte Roger König überdeutlich. »Wir trafen uns vor ihrer Wohnung. Haben Sie das schon vergessen?«

»Meines Wissens wohnt in der Rosengartenstraße 23 niemand, der so heißt.«

»Herr Vainsteins. Weshalb machen Sie es uns so schwer? Ich bin auf Ihrer Seite. Ich will Ihnen helfen.«

»... sagte der Verkäufer zum Kahlen und drehte ihm ein Haarbürsten-Set an.«

»Guter Scherz!«, meinte Roger König und zeigte wie ein Talkmaster mit beiden Zeigefingern anerkennend auf mich. »Also wieder zurück zu unserem Thema. Sandrine Bosshard-Malimbé wohnte in der Rosengartenstraße 23.«

»Und weshalb sollte ich mich für eine Frau interessieren, die einmal in der Rosengartenstraße 23 gewohnt hat?«

»Okay, okay«, sagte Roger König entnervt, zog hastig einen Stuhl heran, drehte ihn und setzte sich rittlings darauf. »Damals, als wir uns vor der Liegenschaft in der Rosengartenstraße 23 zum ersten Mal getroffen hatten, hielt ich Sie für einen von Marquardts Leuten. Sie versicherten mir zwar, Marquardt nicht zu kennen, aber ich glaubte Ihnen nicht. Deshalb ging ich Ihnen nach und notierte mir, wie erwähnt, Ihre Autonummer. Ich machte Ihre Adresse ausfindig und begann Ihr Büro zu beobachten. Da drüben habe ich gestanden.« Roger König deutete mit der Hand durchs Fenster zu der Einbahnstraße hinunter, die neben dem Spielsalon in die Langstraße einbog. »Lange passierte nichts. Doch kurz vor Weihnachten rannte plötzlich ein junger Mann über die Langstraße zum Trolleybus. Er verpasste ihn knapp und regte sich fürchterlich darüber auf. Der junge Mann war zuvor bei Ihnen gewesen, und da wusste ich, dass Sie an Informationen über Sandrine interessiert sind.«

»Wieso?«

»Ich habe den jungen Mann oft mit Sandrine zusammen gesehen.«

»Wo?«

»In der Rosengartenstraße 23.«

»Das mit anzusehen, war bestimmt nicht ganz einfach für Sie?«

»Weshalb?«

»Sie waren doch auch nicht ganz uninteressiert an Sandrine.«

»Woher haben Sie denn diesen Blödsinn?«

»Haben Sie nicht auch einmal in der Rosengartenstraße 23 gewohnt?«

»Das haben Sie vom Hauswart. Wenn Sie ihm eine genügend große Belohnung in Aussicht stellen, dann versichert er Ihnen auch, dass Sandrine und ich Zwillinge seien. Er hat Sie angelogen!«

»Wie heißen Sie wirklich?«

»Wie ich heiße?«, fragte Roger König mit gespielter Ahnungslosigkeit. »Sie wissen, wie ich heiße. Ich habe Ihnen meinen Namen gesagt.«

»Ein Roger König hat nie in der Rosengartenstraße 23 gewohnt. Also, wie heißen Sie, und was wissen Sie über Sandrine?«

»Ich habe nie gesagt, in der Rosengartenstraße 23 gewohnt zu haben.«

»Aber Sie kennen den Hauswart und haben Sandrine beobachtet, wie sie oft mit einem jungen Mann zusammen war.«

»Okay, okay. Sie haben Recht. Roger König ist nicht mein richtiger Name. Aber ich würde es vorziehen, wenn Sie mich trotzdem so nennen.«

»Nur unter der Bedingung, dass Sie mir Ihren richtigen Namen verraten.«

»Warum?«

»Weil ich wissen will, mit wem ich es zu tun habe! Ihr Name ist bei mir sicher.«

»Geben Sie sich keine Mühe.«

»Vor wem fürchten Sie sich?«

»Vor niemandem!«

»Weshalb dann das Pseudonym?«

»Sagen wir es einmal so: Ich bewege mich auf dünnem Eis, juristisch gesehen. Deshalb schien es mir ratsam, meinen Namen etwas zu modifizieren.«

»Das ist der vorgeschobene Grund. Der wirkliche Grund heißt Marquardt.«

»Was hat Marquardt damit zu tun?«

»Wollten wir nicht aufhören, Verstecken zu spielen. Bevor Sie mir die Informationen über Sandrine angeboten haben, wollten Sie Marquardt damit erpressen. Deshalb haben Sie sich den neuen Namen zugelegt.«

»Gut kombiniert, aber leider falsch.«

»Wie heißen Sie?«

»Meinen richtigen Namen werden Sie nie erfahren.«

»Sie sind kurz nach Sandrine von der Rosengartenstraße 23 weggezogen. Wissen Sie, wie schnell ich Ihren Namen ausfindig gemacht habe.« Ganz so schnell wäre es wohl nicht gegangen, zumal er nur Untermieter war. Aber das musste ich ihm ja nicht auf die Nase binden.

Es gab eine längere Pause.

»Haben Sie Marquardt in der Zwischenzeit einmal getroffen?«

»Nein.«

»Seien Sie froh, sonst wären Sie jetzt wohl kaum hier.«

»Er gibt sich hart, ist aber ein Weichei.«

»Unterschätzen Sie ihn nicht.«

»Er nimmt mich nicht ernst, sonst wäre er zu unserem Treffen gekommen. In seinen Augen bin ich nur ein Freak. Mehr nicht.«

»Darauf würde ich mich nicht verlassen. Marquardt ist durchtrieben und ein gewiefter Taktiker. Also, entweder sagen Sie mir jetzt, wie Sie heißen, oder unsere Unterhaltung ist beendet.«

Es gab eine weitere längere Pause.

»René Graf«, sagte er endlich.

»Und was wollten Sie Marquardt verkaufen?«

»Aber Herr Vainsteins.« René Graf verzog sein Gesicht zu einem müden Lächeln. »Ihnen muss ich doch nicht erklären, wie schnell Informationen verderben.«

»Hat Marquardt etwas mit Sandrines Tod zu tun?«

»Kommen wir ins Geschäft? Fünftausend Franken?«

»Informationen kaufe ich nur mit dem ausdrücklichen Einverständnis meines Auftraggebers, denn er muss den geforderten Preis schließlich bezahlen. In diesem Fall gibt es aber nicht einmal einen Auftraggeber.«

»Und was ist mit dem jungen Mann, den ich aus Ihrem Büro habe rennen sehen?«

»Es gibt keinen Auftraggeber. Die Nachforschungen, die ich angestellt habe, waren so etwas wie eine Nebenbeschäftigung. Fingerübungen, wenn Sie so wollen. Ich will Ihnen die Informationen nicht abkaufen, und ganz abgesehen davon, fehlen mir die nötigen Mittel. Sollten Sie aber etwas über Sandrines Tod wissen, müssten Sie früher oder später so oder so aussagen. Vielleicht nicht bei mir, aber ganz bestimmt bei der Polizei.«

»Die Polizei!« René Graf machte eine abschätzige Handbewegung. »Die weiß noch nicht einmal, dass ...«

»... dass Sandrine ermordet wurde?«

»Das haben Sie gesagt.«

»War Marquardt der Täter? Haben Sie ihn damit erpressen wollen?«

»No comment!«

René Graf stand auf und ging zur Tür.

»Warten Sie noch einen Moment!«

Er öffnete die Tür und blieb auf der Schwelle stehen, ohne

sich umzudrehen. Er sagte nichts und wandte nur den Kopf ganz leicht zur Seite.

»Egal, was Sie über Marquardt wissen, gehen Sie damit zur Polizei und legen Sie sich nicht mit ihm an. Er ist gefährlich.«

Danach verließ René Graf wortlos mein Büro.

Etwas später meldete sich Sandino per Telefon. Er hatte die Festtage zusammen mit seinen Eltern in deren Ferienhaus in Pontresina verbracht und war nun wieder in Zürich. Ich schlug ihm ein Treffen am nächsten Tag um drei Uhr in meinem Büro vor. Nachdem wir zuletzt ziemlich aneinander geraten waren, war ich mir nicht sicher, ob er auf meinen Vorschlag eingehen würde. Aber Sandino versprach zu kommen und fragte nicht einmal, weswegen ich ihn treffen wollte.

12

»Sandrine ist tot!«, sagte ich zu Sandino. Die Nachricht schien ihn nicht sonderlich zu überraschen. Er saß mir reglos gegenüber und starrte zu Boden. »Ich nehme an, Sie wussten bereits Bescheid. Sie und Sandrine waren doch befreundet.« Sandino schaute kurz auf, sagte aber nichts.
»Ich habe einen Zeugen, der Sie mehrmals mit Sandrine zusammen gesehen hat. Wussten Sie von ihrem Tod?«
Sandino nickte, und seine Hände zitterten.
»Warum dieses Ablenkungsmanöver mit dem Roman? Überhaupt verstehe ich nicht, weshalb Sie Anfang Dezember zu mir gekommen sind, wenn Sie damals schon wussten, dass Sandrine tot war?«
»Ich war nicht sicher, ob Sandrine wirklich tot war.«
»Von wem hatten Sie die Information?«
»Das ist irrelevant.«
»Irrelevant?«, fragte ich überrascht, doch Sandino reagierte nicht. »Sandrine soll mit einem gewissen Marquardt verlobt gewesen sein. Führte diese Verlobung zur Trennung zwischen Ihnen und Sandrine?«
»Nein.«
»Haben Sie Sandrine getötet?«
»Nein.«
Mehr als dieses simple Nein kam ihm nicht über die Lippen. Weshalb war Sandino zu diesem Treffen gekommen, wenn er nicht reden wollte? So wie er sich aufführte, hätte man meinen können, ich müsste herausfinden, was ihn so beschäftigte. Ich stand auf, ging zum Fenster und schaute auf die Langstraße hinunter. Nachdem fünf Minuten lang kein Wort gefallen war, drehte ich mich um und setzte mich auf die Fensterbank.
»Wollte Sandrine Marquardt wirklich heiraten?«
»Er wollte, sie ganz bestimmt nicht.«
»Hat Sandrine Ihnen das gesagt?«
Sandino nickte.
»Und dass Sandrine tot ist, das haben Sie von Marquardt?«
»Ja«, kam es zögernd.
»Weshalb hatten Sie Zweifel an Marquardts Aussage?«

»Ich ...« Sandino konnte den Satz nicht beenden und verwinkelte verkrampft die Hände ineinander. »Es ist alles sehr verworren. Sie sind doch an die Schweigepflicht gebunden?«

Kaum ein Klient, der mich das nicht gefragt hätte.

»Verschwiegenheit ist in meinem Geschäft das oberste Gebot!«, rezitierte ich meine Standardantwort. »Ein geschwätziger Detektiv ist etwa so umsatzfördernd wie ein Zuhälter an der Spitze einer Bank.« Sandino ließ sich nicht mit solchen Sprüchen abspeisen und verlangte eine echte Zusicherung. »Was Sie mir anvertrauen, werde ich für mich behalten. Das kann ich Ihnen garantieren.«

»Sandrine und ich haben uns im Streit getrennt, aber nicht wegen Marquardt«, begann Sandino. Er schien sich etwas beruhigt zu haben. »Sandrine wollte heiraten. Mich. Ich wollte es auch, aber ich konnte nicht so einfach ja sagen. Ihr fiel das viel leichter. Für sie war das wie ein Spiel. Man versucht es. Wenn es klappt, ist alles gut, andernfalls trennt man sich und versucht es nochmals. Eine solche Denkweise war mir völlig fremd. Wenn ich heirate, dann für immer. Daher bestand ich darauf, noch etwas zu warten, bis wir uns besser kennengelernt hatten. Wir brauchten uns ja nicht zu beeilen. Sandrine war Schweizerin. Sie musste nicht nach Kamerun zurück oder illegal hier bleiben. Als wir wieder einmal übers Heiraten sprachen, erwähnte Sandrine, dass sie niemals mit mir zusammenziehen würde! Sie sagte, dass ich sie so oft besuchen könnte, wie ich wollte, dass sie sich aber niemals von ihren eigenen vier Wänden trennen würde. ›Dann verstehe ich nicht, weshalb du mich heiraten willst‹, reagierte ich ungehalten. ›Den Schweizer Pass hast du ja schon!‹ Nachdem ich diesen Satz gesagt hatte, rastete Sandrine völlig aus. Außer sich vor Wut begann sie, wie wild auf mich einzuschlagen und sagte sehr hässliche Dinge. Ich stieß sie weg und lief davon. Natürlich hätte ich das nicht zu ihr sagen dürfen. Aber was sollte ich tun. Sandrines Worte hatten mich sehr verletzt. Ich wollte mich rächen. Dennoch, mir ist bis heute völlig unbegreiflich, weshalb sie so überreagierte. Diese Aggressivität. Sie hatte die Relationen vollkommen verloren.«

»Haben Sie Sandrine danach noch einmal gesehen?«

Sandino schüttelte den Kopf. »Zu Beginn unserer Beziehung hatten wir eine sehr gute Zeit. Wir gingen aus, trieben zusammen Sport oder schauten uns einen Film im Kino an. Das waren die schönsten Momente meines Lebens. Doch dann zogen plötzlich dunkle Wolken über unserer Beziehung auf. Immer öfter wurde Sandrine grundlos aggressiv und konnte sehr gemein sein. Sie trampelte auf unserer Beziehung herum, als wäre sie ihr völlig gleichgültig. Ich konnte mir diese Wutanfälle nicht erklären und versuchte, mit ihr darüber zu sprechen. Aber sie blockte alles ab und sagte nur, dass das ihre Privatsache sei. Ich kannte Sandrine wirklich gut, doch in diesem Punkt tappte ich völlig im Dunkeln.«

»Könnten Marquardts Heiratspläne der Grund für Sandrines Wutanfälle gewesen sein?«

»Ganz bestimmt nicht!«

»Was macht Sie da so sicher?«

»Wenn Sandrine etwas nicht wollte, dann konnte nichts in der Welt sie dazu bringen, es trotzdem zu tun. Sie war eine sehr stolze Frau, die genau wusste, was sie wollte.«

Ich musste an den Brief denken, den Marquardt mir gezeigt hatte. Sandrine wollte Marquardt nicht heiraten, darin stimmte ich mit Sandino überein. Aber anscheinend hatte Marquardt ein Druckmittel gefunden, um Sandrine in die Knie zu zwingen. Ganz so einfach, wie Sandino meinte, war es wohl doch nicht. »Bitte, erzählen Sie weiter«, sagte ich zu Sandino, »ich habe Sie unterbrochen.«

»Nach diesem Streit hatte ich alle Hoffnung auf eine gemeinsame Zukunft mit Sandrine verloren. Ich wollte fort aus Zürich. Je weiter, je besser. Ich glaubte, die große räumliche Distanz würde mir helfen, Sandrine zu vergessen und neu anzufangen. Ich überlegte, ob ich ein Studienjahr in Berkeley absolvieren sollte. Ich studiere Anglistik. So gesehen wäre diese Wahl optimal gewesen. Doch ich schaffte es nicht, meinen Plan auch umzusetzen. Ich schob die ganzen Formalitäten, die ich erledigen hätte müssen, vor mir her, und als ich es endlich doch anpacken wollte, war der Anmeldetermin abgelaufen. Da ließ ich es sein.«

»Sie hätten doch ein Semester später noch gehen können?«

»Daran habe ich auch gedacht, aber ich konnte mich nicht aufraffen. Planen, organisieren, packen und abreisen.

Es ging einfach nicht. Stattdessen lag ich bis um zehn im Bett und kam zu spät in die Vorlesungen. Ich konnte mich nicht konzentrieren, meine Gedanken drehten sich nur um Sandrine. Anstatt die Seminare am Nachmittag zu besuchen, ging ich ins Kino. Die leeren Säle waren der einzige Ort, wo ich etwas abschalten und den immer wiederkehrenden Erinnerungen an Sandrine wenigstens für zwei Stunden entfliehen konnte. *The Blues Brothers* habe ich mir fünf Mal angeschaut. So verging das Semester und der Sommer. Ich war wie im Tiefschlaf. Was um mich herum passierte, nahm ich wie einen Traum wahr. Im Herbst erwachte ich wieder. Es war nach einer Prüfung, die ich ganz überraschend mit einer guten Note bestanden hatte. Ein unbeschreibliches Glücksgefühl überkam mich und plötzlich wollte ich Sandrine wiedersehen. In diesem Moment verstand ich sie, und ich war überzeugt, dass zwischen uns nun alles besser werden würde. Ich rief sie an. Sie war gerade bei ihrem Rechtsanwalt ... Den Rest kennen Sie. Er deckt sich mit dem Inhalt meines Romans.«

Eigentlich hätte mich interessiert, weshalb Sandino Sandrine nun besser zu verstehen glaubte. Aber diese Frage ging mich nichts an. »Hatten Sie Sandrines Name wirklich vergessen?«, fragte ich stattdessen.

»Ja. Aber das merkte ich erst, als ich nach ihr zu suchen begann.«

»Etwas später riefen Sie dann Marquardt an, und er sagte Ihnen, dass Sandrine gestorben war.«

»Genau.«

»Weshalb haben Sie ihn da nicht nach Sandrines Namen gefragt?«

»Den hätte er mir nie verraten!«

»Weshalb nicht? Ich habe Sandrines Name auch von ihm erfahren. Er war ihr Vermieter.«

»Ihr Vermieter?«, sagte Sandino ungläubig. »Marquardt war ...« Sandino wirkte unentschlossen. »Marquardt war ihr Zuhälter. Ich habe Sandrine in seinem Bordell kennen gelernt. Aber ich bitte Sie ...« Er versuchte mir in die Augen zu schauen, schaffte es aber nicht. »Sie müssen mir versprechen, diese Information für sich zu behalten. Es wäre eine Katastrophe, wenn meine Eltern davon erfahren würden!«

All die Umwege und Notlügen, nur um nicht sagen zu müssen, dass er im Bordell war. Ich fragte mich, wie Sandino bei einer Heirat mit Sandrine mit ihrer Vergangenheit hätte klarkommen können?

»Ich rief also in Marquardts Bordell an. Zwar wusste ich, dass Sandrine nicht mehr dort arbeitete, aber vielleicht konnte man mir sagen, wohin sie gegangen war. Marquardt persönlich nahm das Telefon ab. Ich erkannte seine Stimme sofort. Er rief oft an, wenn ich bei Sandrine war. Einmal sprach sie kein Wort mit ihm und hängte einfach wieder auf. Ein andermal stellte sie den Lautsprecher ein, so dass ich das Gespräch mithören konnte. Wir lachten uns halb tot über diesen aufgeblasenen Macho. So erfuhr ich übrigens auch, dass Marquardt beabsichtigte, Sandrine zu heiraten. Sie können sich vorstellen, dass diese Nachricht zuerst ein echter Schock für mich war. Ich glaubte schon, Sandrine für immer verloren zu haben. Ganz niedergeschlagen fragte ich, ob sie Marquardt wirklich liebte und ihn heiraten wollte. Sie lächelte nur und meinte: ›Marquardt heiraten? Ganz bestimmt nicht, dann schon lieber dich!‹ Das waren exakt ihre Worte!«

»Sie riefen Marquardt in seinem Bordell an, und er sagte Ihnen, dass Sandrine tot ist?«

»Genau. Aber ich glaubte ihm nicht und dachte, dass er mich nur abwimmeln wollte. Sie müssen wissen, in diesem Milieu wird viel gelogen. ›Ist das wirklich wahr?‹, fragte ich, und er antwortete ganz ernst und tief betroffen, dass man damit keine Scherze machte.«

»Könnte Marquardt Sandrine getötet haben?«

»Er wollte sie heiraten, nicht töten«, antwortete Sandino völlig konsterniert.

»Einmal angenommen, Marquardt hat nichts mit Sandrines Tod zu tun: wie könnte Sandrine gestorben sein? Fuhr sie riskant Auto? War sie krank? Hatte sie einen Herzfehler oder etwas Ähnliches?«

»Heißt das, Sie wollen Sandrine suchen?«

»Sandrine ist tot«, sagte ich irritiert. Sandino schien das immer noch nicht akzeptiert zu haben. »Ich möchte lediglich herausfinden, wie Sandrine ums Leben kam.«

»Das wollte ich damit sagen.«

Danach erklärte mir Sandino bereitwillig, dass Sandrine

ganz gesund gewesen sei. Meinen Einwand, dass ihre Arbeit nicht ganz ungefährlich war, tat er als völlig haltlos ab und versicherte mir, dass sie in dieser Hinsicht sehr vorsichtig gewesen sei. Auch dass sie bei einem Autounfall ums Leben gekommen war, hielt er, sofern sie nicht unschuldig darin verwickelt wurde, für ausgeschlossen, denn wie scheinbar in allen Lebenslagen war Sandrine auch beim Autofahren äußerst diszipliniert, hielt sich strikt an die Regeln und fuhr nie in alkoholisiertem Zustand. Damit behauptete Sandino so ziemlich genau das Gegenteil von dem, was Marquardt über Sandrine ausgesagt hatte.

»Nahm Sandrine Drogen?«

»Sicher nicht!« Sandinos Empörung war unüberhörbar. »Sie rauchte nicht einmal. Wie ich schon sagte, Sandrine war kerngesund!«

Das hatte ich fast vermutet.

Nachdem ein natürlicher Tod offenbar nicht in Frage kam, begann ich die kriminellen Motive abzuklappern. »Könnte es sein, dass Sandrine aussteigen wollte und jemand aus dem Milieu sie daran hindern wollte? Wissen Sie übrigens, für wen Sandrine nach Marquardt gearbeitet hatte?«

»Sie arbeitete für einen Escort-Service. Genaueres kann ich Ihnen aber nicht sagen.« Sandino gab zu bedenken, dass er zu diesem Zeitpunkt nicht mehr mit Sandrine zusammen gewesen war. »Aber Sandrine wollte aufhören, das hat sie mehrmals erwähnt. Doch so einfach wie sich das anhört, ist das nicht. Wovon hätte Sandrine leben sollen? Sie hatte keinen Beruf. Natürlich habe ich ihr angeboten, mein Studium abzubrechen und eine Arbeit anzunehmen, aber das wollte sie nicht.«

»Aber dass Sandrine gezwungen wurde, weiter zu arbeiten, davon ist Ihnen nichts bekannt?«

»Nein, und ehrlich gesagt, kann ich mir das auch nicht vorstellen. Sandrine konnte man zu nichts zwingen. Wie gesagt, sie wusste sehr genau, was sie wollte.«

»Vielleicht konnte sie sich diesmal nicht durchsetzen? Könnte nicht das der Grund für den Besuch bei ihrem Rechtsanwalt gewesen sein?«

»Möglich. Aber ich kann da wirklich keine verbindliche

Aussage machen. Unser Telefongespräch dauerte zwanzig Sekunden, mehr nicht.«

»Und Sie wissen auch nicht, wie der Rechtsanwalt geheißen hat?«

»Nein.«

Ich stand auf, warf einen kurzen Blick aus dem Fenster und setzte mich anschließend an den Schreibtisch.

»Könnten Sie sich vorstellen, dass Sandrine Selbstmord begangen hat?«

Sandino schaute mich erschrocken an. »Weshalb hätte sie das tun sollen?«

»Angenommen, sie wollte aussteigen, aber ...«

»Das ist doch kein Grund sich das Leben zu nehmen. Wenn sie wirklich erpresst worden wäre, dann hätte sie zur Polizei gehen können. Wir leben schließlich in einem Rechtsstaat.«

»Welcher Grund hätte denn Ihrer Meinung nach Sandrine in einen Selbstmord treiben können?«

»Es gibt keinen«, sagte Sandino schnell. »Selbstmord passt nicht zu Afrika. Selbstmord passt zum hochtechnisierten, durchstrukturierten und daher langweiligen Leben unserer Gesellschaft. In Afrika denkt man nicht an Selbstmord. Man kämpft und versucht, sich nicht unterkriegen zu lassen. Sandrine war eine Kämpferin.« Plötzlich verstummte Sandino. »Das war die eine Seite von Sandrine«, sagte er nach einer längeren Pause. »Sie hatte allerdings auch eine andere. Und wenn ich an die denke, bin ich mir nicht mehr so sicher, ob Sandrine nicht vielleicht doch ... Einmal, an einem Sonntag, rief mich Sandrine an. Sie sagte, dass sie letzte Nacht zu viel getrunken hätte. ›Mir geht es nicht gut! Ich mag nicht mehr!‹, wiederholte sie mehrmals und ihre Stimme klang mutlos und resigniert. Ich fragte, ob ich sie besuchen sollte. Aber sie wollte nur in Ruhe gelassen werden.«

»Sie würden einen Selbstmord also nicht prinzipiell ausschließen?«

»Ausschließen nicht, aber ich erachte einen Selbstmord für sehr unwahrscheinlich.« Sandino schaute zu Boden und dann zu mir. »Was meinen Sie: könnten Sie herausfinden, wo Sandrine begraben ist?« Und nach einer kurzen Pause fügte er an. »Es mag etwas sentimental klingen, aber ich möchte mich von ihr verabschieden. Ich habe sie geliebt.«

Ich war einverstanden. Wir füllten zusammen einen Standardvertrag aus und unterzeichneten ihn. Ich gab Sandino das Original und legte eine Kopie unter seinem Namen in meinem Aktenschrank ab. Für alle Fälle schrieb ich mir noch Sandinos Mobiltelefonnummer auf. Danach wünschten wir einander ein gutes neues Jahr.

»Da ist noch etwas ... Ich sagte Ihnen, dass meine Schwester gestorben ist. Das war eine Notlüge. Ich habe keine Schwester. Bitte entschuldigen Sie, dass ich Sie angelogen habe.«

»Schon gut«, winkte ich ab.

Sandino ging zur Tür und drehte sich davor nochmals zu mir um. »Übrigens habe ich diesen Kameruner vor einigen Tagen wieder gesehen. Er kam gerade aus dem Café Sudan und lief durch die Eisenbahnunterführung Richtung Limmatplatz. Was meinen Sie, hat er etwas mit Sandrines Tod zu tun?«

»Ich weiß es nicht.«

13

Nachdem Sandino gegangen war, nahm ich meinen grauen Regenmantel und machte mich auf den Weg zum Café Sudan. Ich musste wissen, auf welcher Seite Fabrice Mboma stand.

Ich lief die Langstraße entlang Richtung Eisenbahnunterführung. Nach wenigen Schritten klappte ich meinen Mantelkragen nach oben. Es war spürbar kälter geworden, und ich hatte das Gefühl, dass es bald schneien würde. Als ich beim Helvetiaplatz über die Straße gehen wollte, stürzte ein alter, verwahrloster Mann über den Bordstein und fiel mir direkt vor die Füße. Er war völlig betrunken. Ich half ihm wieder auf die Beine, und er bedankte sich, indem er mich mit einem Schwall Schimpfwörter überschüttete. In seiner Wahrnehmung hatte wohl ich ihn umgestoßen, und er war von selbst wieder aufgestanden. Damit konnte ich leben und ging weiter.

Es war fünf Uhr. Die Straßenlampen und die vielen Neonreklamen über den Läden, Bars und Kinos waren bereits eingestellt. Obwohl die Festtage vorbei waren, glitzerte und funkelte noch überall der billige Weihnachtsschmuck. Autos fuhren nur vereinzelt durch die Langstraße. Man merkte, dass bald Silvester und Neujahr war. Üblicherweise war das Verkehrsaufkommen um diese Tageszeit viel größer. Nach dem Helvetiaplatz kam ich an einem tamilischen Lebensmittelladen vorbei. Der Besitzer stand im Eingang und grüßte mich wie immer freundlich. Ich grüßte zurück und ging etwas verlegen weiter. Ich vermutete, dass er mich mit jemand verwechselte, anders konnte ich mir seine Freundlichkeit nicht erklären. Wir kannten uns nicht. Ich hatte zwei oder drei Mal einen Orangensaft bei ihm gekauft und dabei einige belanglose Worte mit ihm gewechselt, mehr nicht.

Zwei Häuser weiter war Raymonds Uhren- & Juweliergeschäft. Raymond, der eigentlich Totò hieß, aus Kalabrien stammte und seinen Namen englisch ausgesprochen haben wollte, verkaufte luxuriöse Uhren. Es waren scheinbar dieselben Modelle, wie sie an der Bahnhofstraße angeboten wurden, nur halb so teuer. Wer wissen wollte, wie das möglich war, oder gar Zweifel an der Echtheit oder der seriösen Herkunft hegte, dem versicherte Raymond, mit Augen, die kein Wässerchen trüben könnten, dass er für jede dieser Uhren ein Zertifikat besäße, und er sie wegen seiner Beziehungen so günstig anbieten könnte.

In Raymonds Schaufenster spiegelte sich die rote Neonleuchtschrift des Erotikkinos gegenüber. Davor spazierte eine dicke Frau in einem glänzenden Lumberjack, schwarzen Leggings und in hohen Stiefeln, die ihr bis über die Knie reichten, auf und ab. Sie sprach immer wieder Männer an, aber keiner ging mit ihr aufs Zimmer. Etwas weiter, im Parterre der Liegenschaft neben dem Erotikkino, hatte es früher einen kleinen Käseladen gegeben. Jetzt stellte dort ein Modelleisenbahnliebhaber seine erstklassigen Modelllokomotiven aus. Ob er sie auch verkaufte, wusste ich nicht. Ich hatte noch nie jemand in diesem Laden gesehen.

Ich ging bis zur nächsten Kreuzung und bog dann nach rechts in die Militärstraße ab.

»Kola?«, sagte ein junger Mann mit auffallend schlechten Zähnen zu mir. Zwei kleine Augen, die fast in ihren Höhlen zu versinken drohten, schauten mich fragend an.

Manchmal ertrug ich dieses Quartier fast nicht mehr. Gerade an so düsteren Tagen wie diesem. Wo ich hinschaute, stach mir diese Trostlosigkeit ins Auge. Die heruntergekommenen Häuser und die ausgemergelten und kaputten Menschen, die sich durch ein hoffnungsloses Leben zu kämpfen versuchten. In solchen Momenten wollte ich nur weg. Ich wollte vergessen, jemals hier gelebt und gearbeitet zu haben, und wünschte alle Erinnerung an die Langstraße wären für immer ausgelöscht. Doch so heftig dieser Wunsch gelegentlich auch war, ich wusste, dass ich von der Langstraße nie loskommen würde. Ich hatte mein halbes Leben hier verbracht und würde wohl auch den Rest hier verbringen.

»Erstklassige Ware!«, fügte der junge Mann mit den schlechten Zähnen an, als er merkte, dass ich kein Interesse hatte.

Ich winkte ab und ging auf dem rechten Trottoir weiter. Nach wenigen Schritten erreichte ich die kleine Treppe, die zum Eingang des Café Sudan führte. Gerade als ich meinen Fuß auf die erste Stufe gesetzt hatte, sah ich zirka zweihundert Meter weiter vorn auf der andern Straßenseite eine schlanke, schwarze Frau von mir weg Richtung Stadtzentrum gehen. Ihre Haare waren kurz, und sie hatte ein weißes Käppchen auf. Das musste die grazile, junge Frau mit dem Rosebud-T-Shirt sein. Obwohl sie scheinbar nichts mit meinem Fall zu tun hatte, kreuzten sich unsere Wege immer wieder. Vielleicht war das kein Zufall, und sie hatte Sandrine gekannt? Ich schob meinen Besuch im Café Sudan noch etwas hinaus und folgte ihr. Als ich die Straßenseite gewechselt hatte, hielt sie an, öffnete eine Türe und war weg. Wegen der Dunkelheit und dem spitzen Winkel konnte ich nicht genau erkennen, wohin sie verschwunden war. Ich rannte zur mutmaßlichen Tür und warf einen Blick ins Innere. Doch der Laden, er hieß Lion du Cameroun, war leer und auch im Reisebüro, das sich gleich daneben befand, war die schlanke, schwarze Frau nicht. Es musste eine dieser zwei Türen gewesen sein. Nochmals schaute ich mir das Innere des Lion du Cameroun an und entdeckte, dass der Kettenvorhang aus Bambus, der den Laden vom Hinterzimmer trennte, sich leicht bewegte. Vor kurzem musste dort jemand durchgegangen sein. Ich betrat den Laden, und eine schrille Glocke kündigte meinen Besuch an. Trotzdem vergingen einige Minuten, ohne dass sich jemand gezeigt hatte. Ich ging zum Kettenvorhang.

»Ist hier jemand?«, rief ich und blickte ins dunkle Hinterzimmer. Niemand war zu sehen.

Das gab mir Zeit, mich im Laden etwas umzuschauen. Gleich neben dem Durchgang mit dem Kettenvorhang hing in einem billigen Holzrahmen ein Art Handelsdiplom, welches in Kamerun auf den Namen Marguerite Akoumba ausgestellt worden war. Sie war wohl die Ladenbesitzerin. Die Einrichtung ihres Ladens war sehr einfach. An den Wänden links und rechts standen Holzgestelle aus Dachlatten, in denen es neben Esswaren auch Kleider, Schmuck, Kosmetikartikel, Haarteile und Perücken gab. Ja, sogar selbst aufgenommene Videokassetten mit den neusten Fernsehserien aus Kamerun waren im Angebot. Ich betrachtete gerade das Poster des kamerunischen Fußballteams an der Wand, als ich aus dem Hinterzimmer Geräusche vernahm.

»Ist da jemand?«, fragte ich erneut.

»Momeeent«, tönte es leicht gereizt, als hätte ich schon hundert Mal gerufen. Einige Sekunden später schlurfte eine dicke, schwarze Frau in einem langen, farbigen Kleid und in plattgedrückten Adiletten in den Laden. Klimpernd fiel der Kettenvorhang hinter ihr zusammen. Sie war etwas größer als ich und sah aus, als hätte sie die letzten achtundvierzig Stunden im Bett verbracht. Ihre kurzen, harten Haare waren zerzaust, das Kleid war nur übergestreift und ihre Stimme bewegte sich in den Lagen eines Basssaxophons. Sie stellte sich hinter den kleinen Ladentisch, auf dem die Kasse stand.
»Was wollen Sie?«, knurrte sie.
»Sind Sie Marguerite Akoumba?«
Sie nickte.
»Vor einigen Minuten betrat eine junge Frau Ihren Laden. Sie trug ein weißes Käppchen ...«
»Ist das vielleicht verboten?«
»Wo ist sie? Ich habe sie nicht mehr aus dem Laden kommen sehen.«
»Sie nahm die Hintertür.«
»Ist das bei Ihnen so üblich?«
»Ihre Bestellung lag hinten im Lager.« Marguerite Akoumba atmete einmal tief ein und fragte in scharfem Ton: »Aber was geht Sie das an?«
»Wie heißt die Frau?«
Sie verschränkte die Arme. »Ich weiß es nicht?«
»Das kann nicht sein. Sie haben eine Bestellung von ihr aufgenommen?«
»Habe ich das?«
So kamen wir nicht weiter. Ich stellte mich vor, allerdings ohne zu erwähnen, dass ich Detektiv war und fragte nochmals nach dem Namen der Frau, die gerade hier war.
»Félicité.«
»Und weiter?«
Sie schwieg und schaute unsicher umher. Ich war überzeugt, dass sie diesen Namen gerade erfunden hatte. Zu leicht war er ihr über die Lippen gekommen.
»*Diese* Frau eben war doch ...« Ich hatte schon in die Innentasche meines grauen Regenmantels gegriffen, um Sandrines Foto herauszuziehen, als ich plötzlich inne hielt. Sandrine lebte nicht mehr. Ich hatte mich mit ihrem Tod

genauso wenig abgefunden wie Sandino. Was war nur los mit mir? Umständlich zog ich Sandrines Foto trotzdem hervor und hielt es Marguerite Akoumba hin. »War diese Frau schon in Ihrem Laden?«

Sie warf einen flüchtigen Blick darauf.

»Schon möglich.«

»Ist Ihre Kundschaft so groß, dass Sie sich nicht an sie erinnern können?«

»Was wollen Sie?«, fragte Marguerite Akoumba erneut. Diesmal klang es feindselig.

Ich deutete auf das Foto.

»Verschwinden Sie! Ich gebe keine Auskunft!« Marguerite Akoumba schaute mich angewidert an, rieb sich mit dem Handrücken die Nase und beförderte eine Portion Rotz in ihr Hirn. »Oder sind Sie von der Polizei?«

»Spielt das ein Rolle?«

Wortlos kehrte sie mir den Rücken zu, ging langsam zum Früchtegestell und wählte eine längliche, gelbe Mango aus. Sie drückte daran herum, hielt sie an die Nase und legte sie wieder zurück. Nach drei Anläufen hatte sie die richtige Mango gefunden, biss deren unteres Ende ab und spuckte es in einen Eimer. Danach drehte sich Marguerite Akoumba zu mir und begann genüsslich die Mango auszusaugen.

»Ich kenne die Frau nicht!«, sagte sie mit demonstrativer Gelassenheit und lutschte seelenruhig an ihrer Mango herum. »Sonst noch was?«, fragte sie und entfernte mit dem Fingernagel eine Fruchtfleischfaser zwischen ihren Schneidezähnen.

»Ihre Klientin vorhin, war sie mit dieser hier Frau befreundet?« Ich deutete erneut auf Sandrines Foto.«

»Wie soll ich das wissen, wenn ich die Frau auf Ihrem Foto nicht kenne!«

»Waren Sie mit ihr befreundet?«

»Ich mit Sandrine befreundet?«, platze es wie aus einer Tischbombe aus ihr heraus. »Sind Sie verrückt!« Dann brach Marguerite Akoumba abrupt ab und starrte mich einige Sekunden lang wütend an. Ihre Augen blitzten vor Widerwillen. »Sind Sie nun zufrieden?« Ich antwortete nicht. »Ja, ich kannte Sandrine. Aber sie war mit Sicherheit nie meine

Freundin!«, zischte sie wie eine Klapperschlange. »Verstehen Sie, nie!«

»Ich habe es begriffen.«

Sie warf die ausgesogene Mango mit dem Kern in den Abfalleimer. »Weshalb interessieren Sie sich für Sandrine? War sie etwa Ihre Freundin?«

»Ich untersuche Sandrines Tod. Sie starb sehr jung und wie ich finde, unter merkwürdigen ...«

»In Kamerun sterben sehr viele Menschen sehr jung und niemand kümmert sich darum! Sind Sie sicher, dass Sandrine wirklich tot ist?«

»Lebt sie noch?«, fuhr ich Marguerite Akoumba energisch an.

»Woher sollte ausgerechnet ich das wissen?«

»Steckt ... Steckte Sandrine in Schwierigkeiten?«

»Das tat sie immer.«

»Was ist? Lebt sie noch? Ist sie untergetaucht? Verdammt nochmal! Sagen Sie endlich, was Sie wissen.«

»Ich weiß nur, dass Sandrine mir schnurzegal ist! Ich habe keine Ahnung, ob sie tot ist oder nicht!«

»Weswegen sind Sie so verbittert?«

»Das bin ich nicht! Mit mir hat das gar nichts zu tun. Sie hatte immer das Gefühl, sie sei die Schönste, die Prinzessin, der alle gehorchen mussten. Sie war unbeschreiblich arrogant! Aber schauen Sie ihr Foto einmal genau an. Finden Sie wirklich, dass sie schön ist? Ihr Körper vielleicht. Aber schauen Sie einmal in ihr Herz. Das ist schwarz und verfault. Nein, mit dieser Frau will ich nichts mehr zu tun haben.«

»Hatten Sie denn einmal etwas mit ihr zu tun?«

»Natürlich! Ich nahm sie auf, als ihre Liaison mit diesem Piloten zu Ende war. Sie kannte ja nur mich hier in Zürich. Außer ihren Kleidern und ihrem Schmuck hatte sie nichts. Ich half ihr und tat alles für sie. Aber sie ...«

»Hat dieser Pilot sie in die Schweiz mitgenommen?«

»Mitgenommen! Dass ich nicht lache! Sandrine hat ihn so lange bearbeitet, bis er nicht mehr anders konnte. Diese, diese ... Sie war erst siebzehn damals. Das sagt doch schon alles. Oder etwa nicht?«

»Wie hieß dieser Mann?«

»Das verrate ich Ihnen bestimmt nicht! Er soll diese üble Geschichte mit Sandrine endlich vergessen können.«

»Was für eine üble Geschichte?«

»Können Sie sich das nicht denken! Wie eine heiße Kartoffel ließ sie ihn fallen. Und wissen Sie, wieso?« Mit der Frage liefert sie auch gleich die Antwort. »Weil er sich nicht scheiden lassen wollte! Er war schon verheiratet und hatte zwei Kinder. Aber das war Sandrine egal. Sie stellte ihn vor die Wahl: ›Ich oder sie?‹ Zum Glück hat er sich gegen Sandrine entschieden. Wer weiß, was aus ihm geworden wäre, wenn er diese billige Hure geheiratet hätte.«

»Wie lernten *Sie* diesen Piloten kennen?«

»Ich?«, sagte sie überrascht. »Er kam einige Male in meinen Laden. Die Trennung von Sandrine fiel ihm sehr schwer. Er erkundigte sich nach ihr und dabei kaufte er bei mir ein. Er gab mir immer ein großzügiges Trinkgeld. Er war wirklich ein sehr, sehr anständiger Mann. So einen hätte Sandrine gar nicht verdient!«

»Wie lange lebte Sandrine bei Ihnen?«

»Zwei volle Monate. Dann brauchte sie mich nicht mehr und ließ mich links liegen. So machte es sie mit allen, die ihr nichts mehr nützten.«

»Hatte Sandrine einen neuen Freund gefunden, bei dem sie wohnen konnte?«

»Einen Freund!«, sagte Marguerite Akoumba und lachte mitleidig. »Wie naiv sind Sie. Einen Dummkopf hatte sie gefunden, der sie für 40.000 Franken heiratete. Sie verstand es, Theater zu spielen. Darin war sie große Klasse!«

»Wenn sie den Mann bezahlt hatte, brauchte sie ihm nichts vorzuspielen!«

»Sind Sie ein Klugscheißer?«

»Woher hatte Sandrine die 40.000?«

»Leben Sie auf dem Mond? Sandrine sah gut aus. Sie war der Star der Langstraße. Sie brauchte nur in die Sonne oder ins Tropical zu gehen und fünf Minuten später drängten sich die Männer um sie. Sie konnte den auswählen, der am besten zahlte. Dazu kamen ihre Nebeneinkünfte. Vier, fünf Wochen, mehr brauchte die nicht, um das Geld zusammenzukriegen.«

»Nebeneinkünfte? Von was sprechen Sie?«

»Von diesem und jenem! Nebeneinkünfte eben! Ich weiß

nichts Genaues.« Sie drehte mir den Rücken zu, ging zu dem Gestell mit den Haarteilen und begann, sie neu zu ordnen.

»Und dieser Mann, den Sandrine geheiratet hatte. Dieser Bosshard. Kannten Sie ihn?«

»Sicher nicht! Mit solchen Leuten will ich nichts zu tun haben«, entgegnete sie entrüstet und ohne mich anzuschauen.

»Aber Sie wissen, was er gearbeitet hat?«

»Etwas mit Autos. Mehr weiß ich nicht!« Mit einem Ruck hatte sich Marguerite Akoumba wieder umgedreht. Sie kam zum Ladentisch zurück und stützte sich mit beiden Händen darauf ab. »Wollen Sie noch etwas kaufen, oder war es das?«

»Eine Frage noch: Wohnte Sandrine mit Bosshard zusammen, nachdem sie bei Ihnen ausgezogen war?«

»Die wohnten nie zusammen.«

»Auch nach ihrer Heirat nicht?«

»Wie ich Ihnen schon sagte: es war eine Scheinehe. Sandrine zog nie aus ihrer Wohnung aus.«

»Das heißt, sie hatte schon vor ihrer Heirat eine eigene Wohnung?«

»Sie zog von mir in ihre eigene Wohnung. Was soll daran so besonders sein?«

»Sandrine war illegal in der Schweiz, und trotzdem hatte sie eine eigene Wohnung? Wie war das möglich?«

»Sie sind wirklich schwer von Kapee. Sandrine hatte für alles den richtigen Freund. So ein Immobilien ... ich weiß nicht, wie man sagt. Ein Typ eben, der mit Wohnungen zu tun hat. Der hat alles für sie geregelt! Es war wie immer. Wenn Sandrine jemand brauchte, dann war jemand zur Stelle, der ihr half.«

»Hat er ihr die Wohnung in der Rosengartenstraße beschafft?«

»Natürlich.«

Marquardt kannte Sandrine folglich schon vor ihrer Heirat mit Bosshard. Wieso hatte er sie damals nicht geheiratet?

»Sandrine war ein durch und durch schlechter Mensch.«

Eigentlich wollte ich gehen, aber Marguerite Akoumba hatte offenbar noch nicht alles Schlechte über Sandrine gesagt.

»Sie glauben mir nicht«, keifte sie eingeschnappt, obwohl

ich nichts gesagt hatte. »Sie denken: ›Diese fette Schachtel ist nur eifersüchtig!‹ Aber ich bin nicht eifersüchtig. Um nichts in der Welt hätte ich mit Sandrine tauschen wollen. Nie möchte ich so sein, wie sie gewesen ist. Wissen Sie, wie die mit ihrer Mutter umging?«

Es hätte nichts genutzt, wenn ich ja gesagt hätte.

»Sandrine war reich. Sie hatte alles. Aber glauben Sie, sie hätte ihrer Familie, ihrer Mutter etwas davon abgegeben. Nichts! Absolut nichts! Sie zeigte sich lieber in ihren teuren Kleidern oder fuhr mit ihrem silbernen Mercedes herum. Alle sollten sehen, dass sie sich diesen Luxus leisten konnte. Aber für ihre Mutter, ihre eigene Mutter hatte sie nichts übrig! Einmal, da rief mich ihre Mutter an. Sie war verzweifelt und bat mich um die Telefonnummer ihrer Tochter. Ich gab sie ihr, und wissen Sie, was dann geschah?«

Der Form halber schüttelte ich den Kopf.

»Wissen Sie, was dann geschah?«, wiederholte sie lautstark. »Sandrine kam am nächsten Tag in meinen Laden und beschimpfte mich vor allen Kunden. Sie sagte, dass mich ihre Familie einen Dreck anginge und ich mich nie mehr in ihre Privatangelegenheiten einmischen sollte. Noch am selben Tag, ließ sie sich eine neue Nummer geben. Wie finden Sie das?« Ich reagierte nicht. »Sagen Sie schon, wie finden Sie das?«, fuhr sie mich an und warf mir einen finsteren Blick zu, so dass ich befürchten musste, im nächsten Moment gepackt und so lange geschüttelt zu werden, bis ich endlich Stellung genommen hatte.

»Was kann ich dazu sagen? Ich kenne die Vorgeschichte nicht. Vielleicht überließ Sandrines Mutter ihre Tochter einfach ihrem Schicksal? Vielleicht war sie keine gute Mutter und dann wäre eine solche Reaktion nicht mehr so unverständlich?« Marguerite Akoumba warf mir einen finsteren Blick zu. Mir lief es eiskalt den Rücken hinunter, aber ich gab nicht klein bei. »Aufgrund dieser Geschichte bilde ich mir kein Urteil über Sandrine!«

»Wenn das so ist, dann habe ich Ihnen nichts mehr zu sagen.« Sie schlurfte durch den Kettenvorhang aus Bambus und verschwand im Hinterzimmer.

14

Ich überquerte die Militärstraße, lief zum Café Sudan zurück und trat ein.

Dumpfe, pulsierende Trommelrhythmen dröhnten aus zwei kleinen, behelfsmäßig an die Wand montierten Lautsprechern. Die Musik war viel zu laut und überschlug sich in dem kleinen Raum. Es gab keine Gäste und auch von der Bedienung war niemand zu sehen. Es war ein düsterer Raum. Nur gerade die Lampe beim Eingang war eingeschaltet. War das Lokal geschlossen? Ein langer, schmaler und dunkler Gang führte neben der Theke vorbei zu einer Tür. Sie war nur angelehnt und aus dem Zimmer dahinter fiel Licht in einer geometrischen Figur auf den kalten Plattenboden. Ich tastete mich der Wand entlang durch den Gang. Dabei musste ich in der Nähe der Küche vorbeigekommen sein, jedenfalls stach mir der Geruch eines eigenartigen, mir unbekannten Gewürzes in die Nase. Je mehr ich mich der Tür am Ende des Ganges näherte, umso mehr trat die Trommelmusik in den Hintergrund, und plötzlich hörte ich Männer, die sich in einer mir fremden Sprache unterhielten. Ich verstand nur die französischen Wörter, die sich in ihre Sätze eingeschlichen hatten. Trotzdem konnte ich mir nicht zusammenreimen, worüber sie sprachen. Doch offensichtlich hatten sie es sehr lustig, denn immer wieder hörte ich ihr ausgelassenes Lachen. Ich hatte die Tür erreicht. Eine Stimme klang wie jene von Fabrice. Ich legte die Hand an die Tür und stieß sie auf. Mit einem Schlag wurde es still. Eine Handvoll schwarzer Männer stand um einen Billardtisch herum und starrte mich an. Ich hatte Fabrice erkannt und wollte mir auch die andern Männer anschauen. Aber bevor ich dazu kam, stand wie aus dem Nichts ein spindeldürrer, großer Mann vor mir und drängte mich in den Gang zurück. Er zog die Türe hinter sich zu. »Das ist privat!«, sagte er mit einem maskenhaften Gesicht. »Wenn Sie etwas trinken wollen, dann dort!« Er knipste das Licht im Gang an und wies mit seinem langen, dünnen Arm ins Café. Seine Haut war so schwarz und glänzend wie Erdöl. Er trug ein weißes Jackett und viel zu weite, anthrazitfarbene Hosen. Ich nahm an, dass er der Kellner war.

»Könnte ich mit Fabrice sprechen?«

Der Kellner zeigte keine Reaktion, und ich wusste nicht, ob er mich verstanden hatte.

»Fabrice Mboma«, präzisierte ich und deutete zu der Tür am Ende des Ganges. »Es geht um seinen Auftrag. Fabrice war vor einigen Tagen bei mir im Büro. Wir kennen uns.«

Noch immer schaute mich der Kellner regungslos an. Es war, als wollte er mich mit seinen Blicken durchleuchten.

»Dort können Sie sich setzen«, sagte er endlich und zeigte erneut ins Café. »Ich will sehen, ob er hier ist.«

Als ob er das nicht gewusst hätte. Was sollte diese Geheimnistuerei? Ich ging ins Café und setzte mich an einen Tisch. Es dauerte lange, zu lange, wie ich fand. Die Warterei machte mich nervös und ich begann, den Rhythmus der Trommelmusik mit dem Fuß nachzuklopfen.

»Fabrice kommt gleich.«

Ich zuckte zusammen. Der Kellner war so leise zurückkommen, dass ich ihn nicht gehört hatte. Ich schaute zu ihm hoch und nickte. In seinen Augen lag tiefes Misstrauen. Was hatte Fabrice ihm erzählt?

»Wollen Sie etwas trinken?«, fragte er mit der immer gleichen regungslos und mechanisch klingenden Stimme.

Ich bestellte einen frisch gepressten Orangensaft. Der Kellner nickte, ging aber nicht zur Theke, sondern lief daran vorbei zur Tür am Ende des Ganges. Er öffnete sie einen Spalt breit und machte eine kaum wahrnehmbare Kopfbewegung. Dann erst kehrte er zur Theke zurück. Er nahm einen Beutel Orangensaft aus dem Kühlschrank und schenkte mir sorgfältig ein Glas davon ein, brachte es an meinen Tisch und stellte es wortlos vor mich hin. Danach ging er zur Theke zurück und begann, mit langsamen, kreisenden Bewegungen deren Chromstahloberfläche zu putzen. All das tat er, ohne mich auch nur für eine Sekunde aus den Augen zu lassen.

Die laute Trommelmusik begann mich zu stören. Ich fragte, ob man sie abstellen oder wenigstens etwas leiser drehen könnte, aber der Kellner reagierte nicht und rieb seelenruhig weiter auf der Theke herum.

Es vergingen etwa fünf Minuten, dann endlich öffnete sich die Tür am Ende des Ganges und Fabrice kam mit langsamen Schritten ins Café. Gegenüber des Tisches, an dem ich saß, blieb er stehen.

»Was willst du?«, fragte er.

»Sie sprechen deutsch!« Ich war so überrascht, dass ich ihn siezte.

»Was willst du?«, wiederholte er seine Frage und schaute mich an, als wäre ich ein Anführer des Ku-Klux-Klan. Was hatte Fabrice?

Eigentlich wollte ich wissen, weshalb er mich verfolgt hatte und ob er einer von Marquardts Leuten war. Doch angesichts der feindseligen Stimmung schienen mir solche Fragen als Gesprächseinstieg wenig erfolgversprechend. Ich versuchte zu vergessen, dass er zu Marquardt gehören könnte und kam nochmals auf seinen Besuch bei mir im Büro zu sprechen.

»Hast du den Autolenker gefunden, der den silbernen Mercedes deiner Schwester zerkratzt hatte?«

»Nein!«

»Könnte es sein, dass deine Schwester Sandrine geheißen hat?«

»Ich kenne keine Sandrine!« Mit einem Gesicht so starr und undurchdringlich, als wäre es aus Stein, setzte Fabrice sich ans andere Ende des Tisches. Zwischen ihm und mir lag mehr als die Distanz zwischen den Tischenden.

»Im Lion du Cameroun«, versuchte ich das Gespräch nicht abreißen zu lassen, »erzählte mir die Ladenbesitzerin, dass eine Frau aus Kamerun mit einem silbernen Mercedes gelegentlich bei ihr eingekauft hatte. Diese Frau hieß Sandrine.«

»Silberne Mercedes gibt es viele.«

»Da hast du sicher Recht. Auf den ersten Blick muss von zwei verschiedenen Fahrerinnen und zwei verschiedenen silbernen Mercedes ausgegangen werden. Auch beschrieb die Ladenbesitzerin des Lion du Cameroun Sandrine als eine geldgierige und egoistische Frau. Ich kann mir nicht vorstellen, dass deine Schwester so herzlos war.«

Fabrice zeigte keine Reaktion.

»Ich bin mir allerdings nicht sicher, ob die Ladenbesitzerin des Lion du Cameroun mir die Wahrheit über Sandrine gesagt hat. Ich vermute, dass sie Sandrine, aus welchem Grund auch immer, absichtlich so negativ dargestellt hat.«

»Weshalb erzählst du mir das?«

»Wenn Sandrine nun einen guten Charakter gehabt hätte, dann wäre es doch möglich, dass sie deine Schwester war. Jedenfalls könnte ich gut verstehen, wenn jemand extra aus Kamerun nach Zürich kommen würde, um sie zu suchen.« Ich machte eine kurze Pause. »Vielleicht könnte ich dir helfen?«

»Vor einigen Tagen lehntest du es noch ab, für mich zu arbeiten, und jetzt drängst du mir deine Hilfe richtiggehend auf?«

»Ich spreche nicht von dem Autolenker. Ich spreche von deiner Schwester. Die Geschichte mit dem zerkratzten Mercedes war doch nur ein Vorwand. Du hast deine Schwester Sandrine gesucht.«

»Ich habe keine Schwester!«

»Natürlich. Ich weiß ...« Ich zögerte und suchte nach den richtigen Worten. »Sandrine ... Sie ist nicht mehr am Leben.«

»Wie hast du mich gefunden?«, fuhr mich Fabrice energisch an und schlug dabei mit der Faust auf den Tisch.

»Was soll dieser Ton?«, fragte ich erschrocken. »Ich biete dir meine Hilfe an und du ...«

»Hilfe. Dass ich nicht lache.«

»Du tust gerade so, als hätte ich *dich* verfolgt!«

Fabrice warf dem Kellner einen fragenden Blick zu. Nach meinem Empfinden wurde die Trommelmusik immer lauter.

»Was ist los? Ich bin auf eurer Seite«, rief ich aufgebracht. Doch Fabrice reagierte nicht und schaute wieder zum Kellner, der kaum wahrnehmbar den Kopf schüttelte. Ich wurde misstrauisch. »Weshalb hast du mich verfolgt?«

»Weshalb wohl?«

»Bist du einer von Marquardts Leuten?«

»Merde!«, rief Fabrice und fuhr auf. Dabei stieß er den Stuhl so kräftig zurück, dass er umfiel. »Das fragst ausgerechnet du!«

»Ich habe mir nichts zu vorzuwerfen. Du bist mir nachgegangen, als ich kurz vor Weihnachten aus Marquardts Büro gekommen bin!«

»Du weißt verdammt gut, weshalb ich das tat!«, brüllte mich Fabrice an und schlug mit seiner Faust auf den Tisch.

»Gar nichts weiß ich! Aber vielleicht kannst du es mir erklären. Und wenn wir schon dabei sind: weshalb hast du dich in letzter Zeit an den Orten herumgetrieben, die etwas mit Sandrines Leben zu tun hatten? In der Brahmsstraße etwa. Du warst es doch, der sich bei der alten Frau nach Sandrine erkundigt hat. Oder dein Treffen mit Björn Obermeyer. Was hattest du mit ihm zu besprechen? Und zu guter Letzt verfolgst du mich auch noch, nachdem ich Marquardts Büro verlassen habe. Welchen anderen Schluss, als dass du für ihn arbeitest, könnte man daraus ziehen?« Ich beobachtete, wie Fabrice und der Kellner ein weiteres Mal Blicke austauschten. »Was will Marquardt von mir?«

»Ich kenne keinen Marquardt«, sagte Fabrice plötzlich ganz gelassen. Das hätte mich misstrauisch machen müssen. So schnell konnte niemand seinen Zorn bändigen. Aber ich achtete nicht darauf und fragte erneut nach Marquardt. Auch diesmal erhielt ich keine Antwort. Ganz gemächlich setzte sich Fabrice wieder und lehnte sich genüsslich zurück.

»Dann kann ich ja gehen!« Ich wollte aufstehen, aber da war es schon zu spät. Der Kellner hatte sich in der Zwischenzeit hinter mich geschlichen und drückte mich auf den Stuhl zurück. Mit einem schnellen Griff, packte er meinen grauen Regenmantel am Kragen, zog ihn hoch und stülpte ihn so über die Stuhllehne, dass ich mich nicht mehr bewegen konnte. Es war wie in einer Zwangsjacke. Hilflos musste ich zulassen, wie der Kellner mich mit dem Stuhl vom Tisch weg in die Mitte des Cafés zog. Die Trommelmusik dröhnte in meinem Kopf, als wären die Lautsprecher direkt neben meinen Ohren.

Fabrice stand auf und stellte sich in seiner vollen Größe vor mich hin.

»*Du* arbeitest für Marquardt!«, fuhr er mich mit zusammengekniffenen Augen an.

Instinktiv versuchte ich mich zu wehren, drückte und zerrte, aber es nützte alles nichts. Ich war den zwei Männern ausgeliefert.

»Was will Marquardt wissen?«, fragte Fabrice und versetzte mir einen Stoß.

»Wer könnte das besser beantworten als du.«

»Warst du oder war ich in Marquardts Büro«, fauchte Fabrice und stampfte mit dem Fuß wütend auf den Boden. »Was ist los! Glaubst du, ich kann eins und eins nicht zusammenzählen?«

»Ich habe gearbeitet. Falls du es vergessen hast: Ich bin Detektiv und arbeite an einem Mordfall ...«

»... und Marquardt ist dein Auftraggeber!«

»Bist du verrückt!«, rief ich und versuchte nochmals, mich zu befreien. Da ergriff der Keller meinen Arm und drückte mich mit voller Kraft auf den Stuhl zurück.

»Für mich wolltest du nicht arbeiten! Klar, wenn Marquardt dich bereits engagiert hat.«

»Hättest du mir von Anfang an die Wahrheit gesagt, anstatt mir diese dämliche Geschichte von dem zerkratzten Mercedes deiner Schwester aufzutischen, dann hätte ich dir vielleicht helfen können, sofern du wirklich Sandrine suchst. Marquardt kannte ich zu diesem Zeitpunkt noch gar nicht. Und jetzt lass mich endlich los!« Mein Arm fühlte sich schon ganz taub an. »Oder willst du dich auf diese Weise dafür revanchieren, dass du es nicht geschafft hast, mich zu verfolgen. Dieser Beruf erfordert ein gewisses Maß an Finesse!«

Fabrice gab dem Kellner ein Zeichen und der machte mich los. Ich stand auf, zog meinen Regenmantel zurecht und wollte mir die schmerzende Druckstelle am Arm reiben. Aber diesen Triumph gönnte ich ihnen nicht und ließ es sein.

»Ich weiß nicht, was deine ... oder müsste ich sagen, eure Aufgabe ist.« Ich schaute von Fabrice zum Kellner und anschließend wieder zu Fabrice. »Aber wenn sie darin besteht, die Umstände von Sandrines Tod zu verschleiern, dann werdet ihr keinen Erfolg haben. Ich werde herausfinden, wie Sandrine ums Leben kam. Und das könnt ihr auch eurem Chef ausrichten!«

Ich warf das Geld für den Orangensaft auf den Tisch und verließ das Café Sudan ohne ein weiteres Wort. Mir tat der ganze Körper weh. Am Oberarm, dort wo sich die Finger des Kellners in meine Muskeln gebohrt hatten, verspürte ich einen dumpfen Schmerz, der mit jedem Herzschlag heftiger wurde. Ich fühlte mich ungerecht behandelt und zitterte vor Wut.

15

Die Nacht war eine Tortur. Immer wenn ich auf meinen lädierten Arm zu liegen kam, wachte ich auf und begann von neuem nach einer optimalen Liegeposition zu suchen. Als ich um sieben Uhr ein weiteres Mal aufwachte, hatte ich genug von diesem ewigen Hin und Her und stand auf. Ich stieg in meine Hose. Bevor ich das Hemd anzog, schaute ich mir meinen Arm an. An der Stelle, wo der Kellner mich gepackt hatte, hatte sich ein rotblauer Bluterguss gebildet. Fabrice und dieser Kellner passten zu Marquardt. Ihr Chef hatte eine Waffe im Schreibtisch, und für sie war eine kleine Unterhaltung schon Grund genug, gewalttätig zu werden. Immerhin, die gestrigen Ereignisse im Café Sudan zeigten mir, dass ich auf der richtigen Spur war. Und eines wusste ich schon mit Bestimmtheit: So, wie Marquardt mich glauben machen wollte, war Sandrine nicht gestorben. Vorsichtig zog ich nun Hemd und Pullover an und untersuchte meinen grauen Regenmantel auf Risse und aufgesprungene Nähte. Er schien den gestrigen Abend unbeschadet überstanden zu haben. Ich schlüpfte hinein und ging ins Capri, wo ich mir wie gewohnt einen Orangensaft und ein Sonnenblumenkernbrötchen bestellte. Aber selbst das Essen und Trinken wurde mit dem ramponierten Arm zur Qual.

Nachdem ich die Zeitung gelesen hatte, nahm ich einen zweiten Anlauf, Brigitte Obermeyer zu sprechen. Ich fuhr in die Bellariastraße und klingelte an ihrer Wohnungstür. Vergeblich. Sie war wieder nicht zu Hause. Ich setzte mich in meinen Wagen und überlegte, was ich als nächstes tun könnte. Mit Hasler, Sandrines ehemaligem Mitbewohner, wollte ich schon länger einmal sprechen. Vielleicht hatte ich bei ihm mehr Glück. Ich startete den Motor und fuhr in die Rosengartenstraße 23. Die Haustüre unten stand offen. Ich stieg in den ersten Stock und klingelte. Hasler wohnte genau über Sandrines ehemaliger Wohnung. Als sich eine Minute lange nichts rührte, klingelte ich nochmals. Dann hörte ich Geräusche aus dem Innern der Wohnung und kurz darauf öffnete sich die Tür.

»Ja«, sagte Hasler ganz verschlafen. Er war barfuß und trug nur eine verwaschene Jeans.

»Habe ich Sie geweckt?«, sagte ich, entschuldigte mich und deutete verlegen auf meine Uhr. »Es ist elf, und ich dachte ...«

»Schon gut.« Das Sprechen fiel ihm schwer. »Ich hatte Spätdienst. Aber ich muss sowieso aufstehen.« Er gähnte, ohne sich die Hand vor den Mund zu halten, und rieb sich die Augen.

Haslers Gesicht war von einer Hautkrankheit ganz vernarbt. Es war klein und drohte in dem breiten, kahlgeschorenen Kopf fast zu versinken. Ich schätzte Hasler auf etwas über dreißig. Seine Arme machten einen kräftigen und durchtrainierten Eindruck. Etwas, das man von seinem Bauch nicht behaupten konnte. Der war ziemlich aus der Form geraten und schwappte über den Hosenbund.

»Was wollen Sie?«, fragte Hasler und gähnte erneut.

Ich stellte mich vor und erklärte ihm, dass ich damit beschäftigt sei, Sandrines Bosshard-Malimbés Tod aufzuklären.

»Kommen Sie«, brummte er und führte mich ins Wohnzimmer. »Ich will mir nur schnell etwas anziehen.« Mit einer knappen Handbewegung deutete er an, dass ich mich schon hinsetzen könnte und ebenfalls mit einer Handbewegung gab ich ihm zu verstehen, dass ich lieber stehe. Hasler nickte und ging.

Sein Wohnzimmer war nicht gerade eine Kopie aus dem Möbelkatalog. Auf dem nackten Linoleumboden standen ein enormer Polstersessel aus Kunstleder mit ausklappbarer Fußstütze und vis-à-vis ein enormer Fernseher. Darauf lagen drei DVDs, zwei Actionfilme, ein Porno sowie eine dicke Fernsehzeitschrift. In der nahen Ecke hatte Hasler eine Glasvitrine platziert, die abgesehen von zwei silbernen Revolvern leer war. Mehr Möbel gab es nicht, kein Büchergestell, keine Kommode und auch keinen Tisch. An der Wand hing das Poster einer nackten Frau, die sich im Gegenlicht an einem Palmenstrand im Sand räkelte. Daneben prangte das Banner der konföderierten Südstaaten.

Hasler kam ins Wohnzimmer zurück.

»Diese Sandrine Bosshard ist tot, sagen Sie?«

»Sie erinnern sich an die Frau?«

»Eine Schwarze. Wohnte gerade unter mir.«
»Sie soll an einer Überdosis Kokain gestorben. Wussten Sie, dass Sandrine drogensüchtig war?«
»Gewusst habe ich es nicht. Aber bei den wilden Partys, die die da unten gefeiert haben, überrascht mich gar nichts.«
»*Die?* Wohnte Sandrine mit jemandem zusammen?«
»Nein, soviel ich weiß nicht. Aber allein war die nie. Da trieben sich immer irgendwelche Typen herum. Sie machten Musik und feierten bis in den Morgen. Kann mir schon vorstellen, wo die gearbeitet hat!«
»Wo?«
»Im Puff natürlich! Woher sonst hätte die das Geld für einen Mercedes haben sollen. So ein aufgeblasener Typ, vermutlich ihr Zuhälter, trieb sich oft da unten herum. Und gestritten haben die. Ich konnte es bis hier hinauf hören. Wie angenehm das ist, wenn man Schicht arbeiten muss, können Sie sich ja vorstellen.«

Natürlich musste ich an Marquardt denken und fragte Hasler, wie der Mann ausgesehen hatte.

»Dunkle Haare, mittelgroß, ein aufgeblasener Typ eben. Spielte sich groß auf und schrie herum, als wäre er, was weiß ich wer. Einmal brüllte er um Mitternacht im Treppenhaus herum, weil sie ihn nicht in die Wohnung ließ ...«

»Dass Sandrine nicht in ihrer Wohnung war, ist ausgeschlossen?«

»Ich hörte Stimmen und Musik. Nicht so laut wie sonst, deshalb hat es mich auch nicht gestört. Aber dieser Typ wollte mit seinem Gebrüll nicht aufhören. Ich wollte schlafen und wenn mich jemand dabei hindert, kann ich verdammt ungemütlich werden. Ich trat ins Treppenhaus, denn sonst traut sich hier ja niemand, etwas zu sagen, und rief hinunter, dass er endlich Ruhe geben sollte. Dann wurde es blitzartig still.«

»Hatte Sandrine ihn in die Wohnung gelassen?«

»Kann ich nicht sagen. Vermutlich nicht, denn kaum war ich wieder im Bett, hörte ich, wie jemand mit quietschenden Reifen wegfuhr.«

»Hörten Sie sonst noch etwas? Stimmen? Musik?«

»Nicht dass ich mich erinnere. Ich schlief sofort ein.«

Nach einer solchen Auseinandersetzung hätte ich kein

Auge mehr zugetan, egal ob jetzt Ruhe war oder nicht. Bei Hasler dagegen wirkte so ein kleiner Streit wie Baldrian.

»Wissen Sie noch, wann das war?«

»Letzten Herbst.«

»Aber das ist nicht möglich! Gemäß meinen Recherchen wohnte Sandrine zu diesem Zeitpunkt nicht mehr hier! Sind Sie ganz sicher?«

»Aber sicher bin ich ganz sicher! Es war Ende September oder Anfangs Oktober. Am Morgen war es nämlich schon wieder stockfinster.«

»Können Sie sich an das Datum erinnern?«

Hasler schüttelte nur den Kopf.

»Könnte es die Nacht vom Samstag, dem 25. auf Sonntag, den 26. September gewesen sein?«

»Was geschah in dieser Nacht?«

»Sandrine kam in dieser Nacht ums Leben.« Angenommen es war Marquardt, der in dieser Nacht im Treppenhaus herumgebrüllt hat, dann wäre er zumindest als Lügner überführt. Er hatte nämlich behauptet, nach der Geburtstagsfeier seiner Mutter direkt nach Hause gegangen zu sein. Sandrines Wohnung wollte er erst am nächsten Morgen aufgesucht haben.

»25., 26. September, sagen Sie. Möglich wäre es. Ein Wochenende war es. Da spinnen die Leute immer.«

Das war der Lucky-Punch, den ich gebraucht hatte, um den verloren geglaubten Kampf gegen Marquardt noch zu meinen Gunsten entscheiden zu können. So leicht wie bei unserem letzten Treffen würde ich mich in Zukunft nicht mehr abfertigen lassen. Jetzt musste sich Marquardt ganz warm anziehen.

»Sie sagen, dass dieser Mann, nachdem er bei Sandrine war, mit quietschenden Reifen abgefahren sei. Das würde bedeuten, dass er seinen Wagen ganz in der Nähe geparkt hatte.«

»Da hinten.« Er zeigte mit dem Daumen über seine Schulter Richtung Innenhof. »Der Parkplatz liegt direkt unter meinem Schlafzimmerfenster.«

»Dürfte ich mir das einmal ansehen.«

»Wenn Sie glauben, dass Ihnen das hilft.«

Ich nickte.

»Da durch.« Er ging mir in sein Schlafzimmer voraus. Es war ein quadratisches Zimmer und die Luft darin war verbraucht. Ein großes zerwühltes Bett stand an der Wand. Das Kopfkissen trug keinen Bezug und hatte an der Stelle, wo der Kopf lag, einen speckigen Fleck. Außer dem Bett gab es einen Nachttisch mit einigen Magazinen und einem Radiowecker mit großen Leuchtziffern und einen dreiteiligen Kleiderschrank, in dessen mittlerer Tür ein Spiegel integriert war. Hasler ging zum Fenster, an dem es keine Vorhänge gab und drehte den Rollladen hoch. »Dort, auf einem dieser vier Parkplätze, muss der Wagen gestanden haben.«

Ich warf einen Blick in den Innenhof.

»Der Wagen von Sandrine, stand der auch da unten?«

»Für gewöhnlich schon.«

»Haben Sie außer den quietschenden Reifen sonst noch etwas gehört?«

»Nein, nicht dass ich mich erinnere.«

Hasler schloss das Fenster wieder, und wir gingen ins Wohnzimmer zurück.

»Zu dieser Zeit wohnte ein René Graf in diesem Haus. Können Sie sich an ihn erinnern?«

»Und ob ich das kann! Wohnte direkt über mir.«

»Mit andern Worten: sie wohnten alle übereinander: Unten Sandrine, dann Sie und oben Graf.«

»Genau.«

»Wieso können Sie sich so gut an René Graf erinnern?«

»War ziemlich eingebildet und ...« Hasler zögerte.

»Und?«

»Er verkaufte Drogen. Kokain.«

»Wissen oder vermuten Sie das?«

»Ich weiß es«, erwiderte Hasler bestimmt. »Es war vor etwa einem halben Jahr. Ich hatte für den Sicherheitsdienst, für den ich arbeite, den Festsaal im Kaufleuten während einer Party zu überwachen. Es war keine dieser 08/15-Partys, sondern eine, die die Vermögensverwaltung einer Großbank für ihre Kundschaft organisiert hatte. Und zwar für ihre Kundschaft unter 40. Steinreiche, feine Pinkel mit ihren herausgeputzten Weibern. Und plötzlich sehe ich René Graf unter den Gästen. ›Was hat der hier verloren?‹, dachte ich. Und vor allem hätte es mich interessiert, wie er reingekommen ist. Denn ohne Einladung setzen Sie bei einer solchen Party keinen Fuß auf den roten Teppich beim Eingang.«

»Vielleicht hatte ihn jemand eingeladen.«

»Den? Ganz bestimmt nicht. Etwas später liefen wir uns in der Eingangshalle über den Weg. Er redete mich in Grund und Boden. Ich merkte sofort, der schwebte in anderen Sphären. Ich fragte ihn, was er hier machte. Er schaute mich nur an, grinste übers ganze Gesicht und sagte: ›Dasselbe wie du. Ich arbeite!‹ Ohne Umschweife erzählte er mir, dass er auf dieser Party fürs Kokain zuständig war. Wer wollte, konnte es bei ihm beziehen. Gratis und à discrétion.«

»Offiziell?«

»Na klar!«

»Man lernt doch nie aus.«

»Sie würden sich wundern, was man auf solchen Partys alles zu sehen bekommt.«

»Hat René Graf Ihnen vielleicht auch gesagt, wie er zu diesem Auftrag gekommen ist? Ich meine, einen gewöhnlichen Drogendealer hätte man damit wohl kaum betraut.«

»Gesagt hat er nichts, und ich habe auch nicht nachgefragt. Meine Devise ist: Stecke deine Nase nicht in die Geschäfte anderer Leute. Bis jetzt bin ich damit ganz gut gefahren.«

»Was hat René Graf sonst getan? Oder war dieser Partyservice ein Vollzeitjob?«

»Etwas Genaues weiß ich nicht. Er hat mir einmal erzählt, früher ein eigenes Geschäft mit zwanzig Angestellten gehabt zu haben. Ob es stimmt, weiß ich nicht.«

»Was für ein Geschäft war das?«

»Webdesign.«

»Und was geschah damit?«

»Konkurs. Den genauen Grund kenne ich nicht. Alles, was Graf sich aufgebaut hatte, ging den Bach runter, und er blieb auf einem Berg Schulden sitzen. Danach versuchte er sein Glück mit einer Ein-Mann-Firma, oben in seiner Wohnung. Er hatte mich mehrmals gebeten, ein Treffen mit dem Chef der Sicherheitsfirma, für die ich arbeite, zu arrangieren. Er hätte gerne den Webauftritt gemacht.«

»Aber Sie haben es nicht getan?«

Hasler schüttelte den Kopf. »Graf wollte mir sogar eine Provision geben, falls der Vertrag zu Stande gekommen wäre.«

»Hatten Sie keine Vertrauen in sein Können?«

»Das war nicht der Grund«, antwortete Hasler zögernd. »Graf hat viel gearbeitet. Egal, um welche Zeit ich nach Hause kam, bei ihm brannte stets Licht. Ein solches Arbeitspensum konnte er nur bewältigen, weil er mit Drogen nachgeholfen hatte. Und genau das war der Punkt, wo ich gesagt habe: nein! Wenn seine Drogengeschichten rauskommen, bin ich der Angeschmierte.«

»Hat René Graf auch Sandrine Kokain verkauft?«

»Schon möglich. Ich sah die zwei oft zusammen.«

Was Sandrines Kokainsucht anbelangte, schien Marquardt nicht gelogen zu haben. Ich dankte Hasler für seine Auskünfte und entschuldigte mich ein weiteres Mal, dass ich ihn geweckt hatte. Wir verabschiedeten uns, und ich trat ins Treppenhaus. Dann drehte ich mich nochmals zu ihm um.

»Ist noch etwas?«, fragte er irritiert, weil ich nicht sofort etwas sagte.

Ich nickte. »Waren immer nur Typen, wie Sie sagten, bei Sandrine zu Gast?«

»Wie meinen Sie das?«

»Hatte Sandrine eine Freundin?«

Ich weiß nicht, was Hasler in diesem Moment durch den Kopf ging. Jedenfalls schaute er ziemlich perplex aus der Wäsche. Dann sagte er zögernd: »Doch, gelegentlich sah ich diese Sandrine Bosshard zusammen mit einer andern Frau. Übrigens auch in dieser Nacht, als dieser Typ im Treppenhaus herumgebrüllt hatte.«

»Um welche Zeit war das?«

»Am späten Nachmittag. Ich kam vom Einkaufen zurück und traf sie im Treppenhaus. Sie verschwanden gerade in Sandrine Bosshards Wohnung.«

»Sahen Sie diese Frau auch, als sie wieder ging?«

»Glauben Sie, ich habe nichts anderes zu tun, als den ganzen Tag aus dem Fenster zu schauen.«

»Aber ihr Aussehen können Sie mir doch beschreiben.«

»Es war eine Schwarze. Sie ... Die zwei Frauen sahen sich sehr ähnlich. Mehr kann ich Ihnen nicht sagen.« Er murmelte noch etwas, was ich aber nicht verstand, und schloss dann die Tür.

16

Kurz vor ein Uhr kam ich ins Büro zurück und ließ mich noch im Regenmantel erschöpft auf meinen Stuhl fallen. Vielleicht fünf Minuten saß ich so da, als es an die Bürotür klopfte. Ich rief: »Herein«, und ein kleiner Mann mit einer Nase wie ein Blumenkohl trat ein. Seine unscheinbare Art und die leicht gebückte Haltung erinnerten mich an einen Mitschüler, der im Turnunterricht immer als zweitletzter in eine Mannschaft gewählt wurde und sich für diese Schmach mit hinterhältigen Fouls rächte. Ein fieser Typ eben, aber als mir das bewusst wurde, war es schon zu spät. Blumenkohlnase zielte mit einer Pistole auf mich und brüllte: »Flossen hoch oder es knallt!«

War dieser Knilch einem 70-jährigen Gangsterstreifen entlaufen? Wer sagte heute noch ›Flossen hoch oder es knallt!‹ Er würde gut daran tun, sich sprachlich auf den neusten Stand zu bringen. Wer sich heutzutage Gehör verschaffen will, sagt: ›Hände hoch, oder ich puste dir dein Gehirn an die Wand!‹ Ich hob langsam die Hände.

»Schneller!«

»Das geht nicht. Ich habe einen verletzten Arm.«

»Aufstehen!«, herrschte mich Blumenkohlnase an, »und dann langsam hinter dem Schreibtisch hervorkommen! Vorwärts!«

»Was wollen Sie?«, fragte ich und tat, was er verlangte.

»Hier stelle ich die Fragen!«

»Dann machen Sie, Zeit ist Geld!«

Er machte einen Schritt auf mich zu. »Sie haben hier gar nichts zu sagen, klar!«, brüllte er und versetzte mir einen schmerzhaften Schlag in die Seite. »Wer hat Sie beauftragt, diese Frau zu suchen?«

»Welche Frau?«

»Tun Sie nicht so. Sie wissen genau, von wem ich spreche.«

»Können Sie Gedanken lesen?«

Blumenkohlnase holte zu einem weiteren Schlag aus.

»Schon gut«, entgegnete ich schnell. »Sie haben Recht. Ich suche eine Frau. Kann ich sie herunternehmen?« Ich machte eine Kopfbewegung in die Richtung meiner Hände, die immer noch weit über meinem Kopf waren. Blumenkohlnase nickte. Ich ließ die Arme fallen und wollte mir die Stelle, an der er mich getroffen hatte, reiben.

»Hände unten lassen!«, fuhr er mich an, als hätte ich versucht, einen Revolver aus einem imaginären Schulterhalfter zu ziehen. »Eine falsche Bewegung und es knallt!« Er trat wieder etwas zurück, um mich besser im Blick zu haben.

»Schickt Marquardt Sie?«, fragte ich.

»Kenne ich nicht!« Er wirkte so überzeugend wie ein Erstklässler als Hamlet. »Wer hat Sie beauftragt, diese Schwarze zu suchen?«, schnauzte er mich an. »Los! Den Namen Ihres Auftraggebers! Seine Akte!«

»Ich muss Sie enttäuschen, aber Akten führe ich keine.«

»Und was ist das?« Er zeigte mit der Pistole auf meinen Aktenschrank.

»Darin bewahre ich meinen Orangensaft auf.«

»Ich warne Sie. Die ist geladen!«

»Okay, okay!«, versuchte ich, Blumenkohlnase zu beschwichtigen. Ich ging langsam zum Aktenschrank hinüber. »Wieso ist Marquardt so scharf auf meinen Auftraggeber?«

»Ich kenne keinen, der Marquardt heißt! Die Akte will ich! Los! Vorwärts!«

Wie konnte ich verhindern, dass Marquardt an Sandinos Adresse und Telefonnummer kam? »Gut!«, sagte ich und drehte mich zu Blumenkohlnase. »Sie haben gewonnen. Der Mann heißt Marcel Scheiner!«

»Die Akte, verdammt noch mal! Ich will seine Akte!« Außer sich vor Wut trat er den Papierkorb durchs Büro. Die Situation begann aus dem Ruder zu laufen, und ich überlegte krampfhaft, was ich tun konnte. Ich spielte mit dem Gedanken, irgendeine Akte herauszusuchen und sie ihm mitsamt Hängeregistratur ins Gesicht zu werfen. Aber die Distanz zu ihm war zu groß. Ich hätte ihn damit kaum überraschen können.

»Machen Sie schon, sonst können Sie was erleben!«

Ich hatte keine Wahl. Ich musste ihm die Akte aushändigen und Sandino warnen, sobald der Spuk hier vorüber war. Ich kauerte nach unten, blätterte die Hängeregistraturen des Buchstabens S durch und zog Sandinos Akte heraus. Als ich wieder aufstehen wollte, wurde die Bürotür mit voller Wucht aufgeschlagen und traf Blumenkohlnase hinten am Kopf. Er sackte bewusstlos zusammen. Ich schaute zur Tür.

»Sie?«

»Haben Sie Ärger?« René Graf stand vor mir und hatte wie immer ein breites Grinsen auf dem Gesicht. »Der ist für eine Weile außer Gefecht.«

Ich nickte, kniete neben dem friedlich schlafenden Mann nieder und nahm ihm die Pistole weg. Kaum zu glauben, dass er vor einigen Sekunden noch den Revolverhelden gespielt hatte. Ich schaute mir seinen Hinterkopf an. Er blutete ein wenig, war aber nicht ernsthaft verletzt.

»Was wollen Sie hier?«, fragte ich und stand auf. »Um mich zu retten, sind Sie wohl kaum gekommen.«

»Ich verstehe ja, dass Sie nach diesem Überfall noch etwas durch den Wind sind, aber bedanken könnten Sie sich trotzdem. Nicht jeder hätte so geistesgegenwärtig reagiert. Ich musste genau den richtigen Moment erwischen, damit ich den Mann mit voller Wucht ...«

»Besten Dank! Genügt das oder soll ich Sie umarmen?«

Blumenkohlnase begann zu ächzen. Er schien langsam wieder zu sich zu kommen.

»Wer ist das?«, fragte René Graf.

»Sie müssten ihn eigentlich kennen. Er ist einer von Marquardts Leuten. Und jetzt müssen Sie mich entschuldigen. Bevor er wieder ganz zu sich kommt, will ich noch den Abholservice organisieren.« Ich ging zum Telefon und nahm den Hörer ab.

»Sie wollen doch nicht die Polizei rufen!« René Graf kam herübergesprungen und drückte seinen Zeigefinger auf die Telefongabel.

»Was soll das?«

»Damit können Sie warten, bis ich wieder gegangen bin«, meinte René Graf bestimmt. »Ich sagte Ihnen doch, dass ich mich in einem Graubereich bewege und keine sonderliche Lust verspüre, mich mit der Polizei zu unterhalten.«

»Mit Graubereich meinen Sie Ihren Handel mit Kokain?«

René Grafs Grinsen wirkte wie eingefroren. »Woher wissen Sie das?«

»Keine Angst, ich habe nicht die Absicht, Sie anzuzeigen.

Vielmehr möchte ich wissen, ob Sandrine wirklich kokainsüchtig war, und ob Sie ihr den Stoff besorgt haben?«

»Das sind doch sehr interessante Fragen«, sagte René Graf und sein Grinsen taute wieder auf.

»Und deshalb hätte ich gerne eine Antwort!«, reagierte ich harsch. »Also nochmals: war Sandrine kokainsüchtig, und haben Sie ihr den Stoff besorgt?«

»Hee, hee. Nun klinken Sie sich mal wieder ein. Diese Fragen sind doch der Grund, weshalb ich Sie nochmals aufgesucht habe. Ich will Ihnen ein Angebot machen.« Er machte eine kurze Pause und deutete mit dem Kopf auf Blumenkohlnase. »Aber vielleicht sollten wir ihn zuerst einmal sicherstellen.«

»In Ordnung«, sagte ich zögernd. Ich hatte mich wieder beruhigt. »Dann helfen Sie mir mal, den Kerl ins Wohnzimmer zu transportieren, und schließen Sie bitte die Bürotür. Es braucht ja nicht jeder sehen, was für ein Fisch uns ins Netz gegangen ist.«

René Graf gab der Bürotür einen Schubs und danach hockten wir Blumenkohlnase im Wohnzimmer in die Ecke neben dem Sofa. Mangels eines Stricks banden wir ihm Hände und Füße mit zwei klitschnassen Tüchern zusammen und kehrten in mein Büro zurück.

»Also, was haben Sie mir für einen Vorschlag zu machen?«, fragte ich Graf und setzte mich wieder hinter mein Pult. Er zog sich einen Stuhl heran, drehte ihn um und setzte sich wie bei seinem letzten Besuch rittlings darauf.

»Ich will Ihnen ein bisschen entgegenkommen. Sie sollen sehen, dass meine Informationen erstklassig sind. Marquardt hat Sandrine ... Marquardt ist ...«, druckste René Graf herum. »Ich meine, ich weiß etwas über Marquardt, das ihn in große Schwierigkeiten bringen könnte.«

»Sie wissen etwas über Sandrines Tod. Habe ich Recht?«

René Graf reagierte nicht.

»Und Marquardt hat etwas damit zu tun?«

Noch immer zeigte René Graf keine Reaktion, wirkte aber sehr ernst.

»Sie haben Marquardt gesehen. In der Nacht als Sandrine starb, oder genauer: als Sandrine umgebracht wurde.« René Graf nahm auch diese Aussage kommentarlos zur Kenntnis.

»Sie wohnten damals in der Rosengartenstraße 23 zwei Stockwerke über Sandrines Wohnung. Da Sie oft nachts arbeiteten, beobachteten Sie wie Marquardt um Mitternacht mit seinem Wagen auf einen Parkplatz im Innenhof fuhr. Er ging ins Haus und klingelte. Aber Sandrine machte ihm nicht auf. Er klingelte ein zweites und ein drittes Mal. Erfolglos. Da riss Marquardt der Geduldsfaden. Er begann umherzuschreien und polterte an Sandrines Wohnungstür, bis sich ein Mieter über diesen Lärm beschwerte. Marquardt hörte sofort auf, lief wütend zu seinem Wagen und stieg ein. Mit quietschenden Reifen fuhr er weg, und dabei ...« Ich zögerte einen Moment. Aber was hatte ich schon zu verlieren. Entweder meine Vermutung stimmte oder sie stimmte nicht. »Und dabei touchierte er mit seinem blauen BMW Sandrines silbernen Mercedes.«

»Um Mitternacht, sagen Sie?«

»Genau.«

»Und beim Herausfahren soll Marquardt Sandrines Mercedes zerkratzt haben?«

»Richtig.«

René Graf legte seine Arme auf die Stuhllehne und stützte sein Kinn darauf ab. Er wirkte gelassen und schien nachzudenken. Plötzlich schoss er hoch.

»Wissen Sie«, sprudelte es aus ihm heraus »genau das wollte ich Ihnen erzählen. Als Appetithäppchen gewissermaßen.«

»Das heißt, Sie wissen noch mehr?«

Er nickte triumphierend. »Jetzt können Sie sich ausmalen, was für ein Gaumenschmaus das Hauptgericht sein muss, wenn das Appetithäppchen einem schon das Wasser im Mund zusammenlaufen lässt.«

»Sie wollen mir also noch immer Ihre Informationen andrehen?«

»Andrehen! Sie tun gerade so, als hätte ich versucht, Sie über den Tisch zu ziehen.« René Graf setzte sich wieder rittlings auf seinen Stuhl. »Wir beide profitieren von diesem Geschäft. Sie von den Informationen, und ich von Ihrem Geld.«

»In der Zwischenzeit habe ich zwar einen Auftraggeber, aber ich weiß nicht, ob er bereit ist fünftausend Franken für Ihre Information zu bezahlen. Ich werde ihn fragen und Ihnen nach Neujahr Bescheid geben. Wie kann ich Sie erreichen?«

»Nach Neujahr!« René Graf sprang erneut von seinem Stuhl auf, tigerte nervös einmal um ihn herum und setzte sich wieder. »Das ist zu spät! Viel zu spät!« Fast flehend streckte er mir eine Hand entgegen. »Herr Vainsteins, ich brauche das Geld vor Neujahr. Wenn Sie wollen, verkaufe ich Ihnen die Informationen für dreitausend Franken. Ich brauche das Geld dringend! Wirklich!«

»Sie haben Schulden, nicht?«

»Ja, verdammt noch mal!«, rief René Graf und schlug mit der flachen Hand auf mein Pult.

»Wie kam es dazu?«

»Das ist eine lange Geschichte.«

»Und ich habe lange Zeit.«

»Ich hatte eine eigene Firma. Webdesign.« René Graf schaute kurz zu mir und dann aus dem Fenster. »Begonnen hatte ich allein. Es war die Zeit, als das Internet gerade Fuß zu fassen begann. Goldgräberstimmung ist noch eine Untertreibung für das, was damals in dieser Branche abging. Innerhalb von zwei Jahren wuchs mein Geschäft von einem Einmannbetrieb zu einem mittleren Unternehmen mit zweiundzwanzig Angestellten. Und der Gewinn verdoppelte sich von einem halben Jahr zum nächsten. Mit einem Schlag war ich reich. Ich kaufte mir ein Penthouse im Seefeld mit fünf Zimmern und Seeblick und ließ es mir von einer Innenarchitektin einrichten. In meiner Garage standen ein Aston Martin, ein Alfa Romeo und ein Mercedes. Das Leben war schön. Ich hatte Erfolg und die Arbeit fiel mir leicht. Meine Stärke war das Akquirieren neuer Kunden. Da hatte ich den Dreh wirklich raus. Das wichtigste war eine top organisierte Präsentation unserer Produkte. Alles musste perfekt sein, von den professionell gestalteten Hochglanzprospekten bis hin zu der Luxus-Location. Auch auf die Details legte ich größten Wert. So fand jeder Interessent einen Mont-Blanc-Kugelschreiber mit eingraviertem Monogramm in seiner ledernen Dokumentationsmappe. Diese Präsentationen rundete ich immer mit einer Party ab. Einer Party mit allem Drum und Dran: Büfetts mit ausgesuchten Köstlichkeiten, erlesenen Weinen, Live-Musik und natürlich durften auch ein paar

Highclass-Frauen nicht fehlen. Diese Partys waren der absolute Knüller. Die Kunden flogen mir nur so zu. Ich brauchte mir absolut keine Sorgen um die Zukunft zu machen. Mein Geschäft lief wie geschmiert, und es gab nichts, was auf ein baldiges Ende hingedeutet hätte.« René Graf hielt für einen Moment inne. »Aber mit dem geschäftlichen Wachstum nahmen auch die gesellschaftlichen Verpflichtungen zu. Jeder Kunde glaubte, sich bei mir mit einer Party revanchieren zu müssen. Und nicht mit irgendeiner Party, ausschweifend musste sie sein: Frauen, Alkohol, Drogen. Auf einer dieser Partys konsumierte ich zum ersten Mal Kokain. Es wurde mir angeboten, und ich wollte nicht der Spielverderber sein. Zuerst nahm ich es nur auf solchen Partys. Dann merkte ich, dass ich damit viel konzentrierter arbeiten konnte und nahm es immer öfter. Vielleicht denken Sie jetzt, wozu ich mich konzentrieren musste, wenn ich mich nur auf Partys herumtrieb? Dem war nicht so. Für meinen Erfolg arbeitete ich viel und sehr hart. Schließlich nützte aber auch alles Arbeiten nichts. Die Börsen crashten, und das bedeutete das Aus für viele Unternehmen. Auch für meines. Innerhalb von drei Monaten war ich pleite und blieb auf einem Berg Schulden sitzen. Das Geld, das ich für meine Autos und die Wohnung erhielt, verdampfte wie ein Tropfen auf dem berühmten heißen Stein.«

»Dann kam Ihnen die Idee, ins Kokaingeschäft einzusteigen?«

»Ja, allerdings nicht das Dealen auf der Straße und in billigen Clubs. Ich hatte die großen Fische im Auge. Denn trotz Börsencrash, es gab sie noch, die zahlungskräftige Kundschaft, die gelegentlich einen Muntermacher brauchte oder ausgelassen feiern wollte. Diese Geschäftsidee war genial, und ich war genau der Richtige, sie umzusetzen. Ich kannte die Kundschaft und in der Zwischenzeit wusste ich auch, wie ich zu qualitativ hochwertigem Kokain kam.«

»Wie?«

»Ich glaube, Sie verstehen, dass ich Ihnen das nicht sagen kann.« René Graf schaute zu mir herüber, und ich nickte. »Ich fasste sofort Fuß und kam schnell zu lukrativen Aufträgen. Neben meinen Beziehungen sicher auch deshalb, weil ich neben Kokain auch zahlreiche andere Problemlöser im

Angebot hatte. Meine Kundschaft konnte sich sehen lassen: Persönlichkeiten aus Wirtschaft und Politik, Spitzensportler und Künstler. Aber trotz meines Erfolgs: diese Arbeit war sehr erniedrigend. Die Leute, mit denen ich einst Geschäfte gemacht hatte, mit denen ich befreundet gewesen war, sie behandelten mich plötzlich wie den letzten Dreck. Sie machten sich über mich lustig und ließen keine Gelegenheit aus, mir mein geschäftliches Scheitern vorzuhalten. Für sie war ich ein Versager, ein Mensch zweiter Klasse. Diese Demütigungen ertrug ich nicht mehr und hörte auf. Geblieben sind mir meine Schulden.«

»Sie haben doch wieder ein eigenes Geschäft?«

»Webdesign. Genau. Ich musste ziemlich hart arbeiten, bis ich wieder auf dem neusten Stand war. Aber die Situation in dieser Branche ist nicht einmal annähernd mit jener von damals zu vergleichen. Jetzt kannst du nur noch Geld verdienen, wenn du an einen großen Auftrag herankommst. Aber als Einmannbetrieb bist du da praktisch chancenlos.«

»Und mit mehreren kleinen Aufträgen kann man nicht überleben?«

»Kaum. Dazu kommt, dass für solche Anwendungen die heutigen Programme mittlerweile so gut sind, dass sie von jedem Abendkursabsolventen bedient werden können.« René Graf atmete einmal tief durch und stand auf. »Dann wird es wohl Zeit, ein Haus weiter zu ziehen.«

»Sie wollen doch nicht etwa zu Marquardt?«

»Wieso nicht?«, entgegnete Graf scheinbar gelassen.

»Wieso wohl!«, rief ich. »Der Mann ist gefährlich. Er hat einen Revolver in der Schublade seines Schreibtisches. Das ist kein normaler Immobilienverwalter.«

»Das ist er ganz bestimmt nicht!«, meinte René Graf mit einem hintergründigen Lächeln.

Ich stand ebenfalls auf und ging um das Pult herum zu René Graf. »Ich weiß nicht, welchen Betrag Sie bis zum Jahresende begleichen müssen. Ich könnte Ihnen dreitausend Franken vorschießen, wenn Ihnen das etwas helfen würde.«

»Danke! Das ist sehr nett. Aber ich glaube, das bringt nichts.«

»Wie Sie wollen. Mein Angebot steht.«

Wir verabschiedeten uns. Als René Graf die Treppe hinunterstieg, wirkte er müde. Sein Elan war weg.

Ich ging in mein Büro zurück und kümmerte mich um Blumenkohlnase. Er war in der Zwischenzeit wieder wach und seine Augen blickten mich zornig an.

»Hat Marquardt Sie geschickt?«, fragte ich ihn nochmals. Aber Blumenkohlnase blieb stumm wie ein Fisch. Ich rief die Polizei. Sollte die herausfinden, wer sein Arbeitgeber war.

17

Nachdem die Polizei Blumenkohlnase abgeholt hatte, rief ich Brigitte Obermeyer an. Nach zwei vergeblichen Versuchen, wollte ich mich diesmal zuerst vergewissern, ob sie auch wirklich zu Hause war, bevor ich zu ihr fuhr. Sie nahm ab, und ich fragte, ob ich ihr ein paar Fragen zu Sandrine stellen durfte. Im ersten Moment schien sie etwas überrascht und wollte wissen, wie ich gerade auf sie gekommen sei. Ich hatte die Frage erwartet und war entsprechend vorbereitet. Mit einer Selbstverständlichkeit, die jedem Test mit einem Lügendetektor standgehalten hätte, gab ich vor, für Keiser einen Kunden durchleuchtet zu haben, der im Verdacht stand, Geld zu waschen, und erwähnte dabei die Episode mit Sandrines Foto. Sie akzeptierte meine Begründung und willigte ein.

Um sechs Uhr stand ich wie abgemacht vor ihrer Wohnung und klingelte.

»Was für eine Überraschung!«, sagte Brigitte Obermeyer überschwänglich, als sie mir die Türe öffnete. »So sieht man sich wieder. Kommen Sie herein.«

»So sieht man sich wieder?«, stammelte ich. Eigentlich wollte auch ich sie begrüßen, aber mir blieben die Worte im Hals stecken. Ich war wie erschlagen. Diese Frau hatte doch nicht etwa ... Nein, das konnte, das durfte nicht sein.

»Hat sich Ihre Freundin über das Parfüm gefreut?« Sie lächelte und fügte mit einem fragenden Blick an: »Oder war es für Ihre Frau bestimmt?«

Die zweite Frage hatte ich nur noch ganz am Rande mitbekommen. Für mich gab es nur die schreckliche Tatsache: Brigitte Obermeyer hatte mich in der Parfümerie am Paradeplatz bemerkt und stürzte mich damit in die größte Krise meines Berufslebens. Was konnte es für einen Detektiv Schlimmeres geben, als von der observierten Person bemerkt zu werden.

»Sie sind nicht sehr gesprächig!«, sagte Brigitte Obermeyer.

Natürlich nicht! Wie konnte ich auch, wenn ich in meinen Grundfesten erschüttert wurde.

Brigitte Obermeyer führte mich ins Wohnzimmer und

fragte, ob ich etwas trinken wollte. Es gelang mir zu nicken, und sie ging zur Bar.

Wie erschlagen ließ ich mich in einen der ledernen Polstersessel plumpsen. Für einen Moment glaubte ich ganz unten angekommen zu sein, bis mir klar wurde, dass es noch viel weiter ging. Ich war noch lange nicht in der Hölle, bestenfalls in der Vorhölle. Hatte mich Brigitte Obermeyer womöglich schon früher bemerkt? Hatte sie in diesen fünf langen Tagen, in denen ich sie observiert hatte, nur Theater gespielt? Ging es vielleicht erst richtig zur Sache, nachdem ich um Mitternacht nach Hause gegangen war? War ich, ohne es gemerkt zu haben, vom Beobachter zum Beobachteten geworden? Abgründe taten sich auf!

»Wie weit sind Sie mit Ihren Ermittlungen?« Brigitte Obermeyer reichte mir ein Glas mit einem gelben Getränk und setzte sich mit ihrem Drink aufs Sofa. Elegant schlug sie die Beine übereinander und prostete mir zu. »Chin-chin.«

Da hatte ich mein Glas schon am Mund. Ich hatte Durst. Mein Hals war trocken und rau, als wäre ich tagelang durch die Wüste geirrt. Im Glauben, einen Orangensaft erhalten zu haben, nahm ich einen großen Schluck. Es war Orangensaft, aber er wurde mit etwas Hochprozentigem verdünnt. Ich verschluckte mich und bekam einen Hustenanfall. Ein Unglück kommt eben selten allein.

»Was ist los?«, fragte Brigitte Obermeyer besorgt.

»Nichts, nichts!« Der Husten trieb mir die Tränen in die Augen. »Es ist ... ich mag Alkohol nicht besonders.«

»Ich dachte, ein Drink würde Ihnen die Zunge etwas lösen. Soll ich Ihnen einen andern bringen?«

»Gerne. Einen Orangensaft, bitte!«, keuchte ich. »Einen reinen Orangensaft, wenn es möglich ist.«

Brigitte Obermeyer stand auf und holte mir einen an der Bar. Damit spülte ich den bitteren Geschmack hinunter und als ich mich wieder etwas erholt hatte, stellte ich die Frage aller Fragen: »Aber außer in der Parfümerie haben Sie mich noch nie gesehen?«

»Sonst?« Brigitte Obermeyer musterte mich im Stehen von oben bis unten und nippte dabei an ihrem Glas. Es kam mir wie eine Ewigkeit vor. Ich spürte das Schlagen meines Herzens bis in den Kopf. »Nein, ich glaube nicht. Ich habe eigentlich kein gutes Gedächtnis für Gesichter. An Sie erinnere ich mich nur, weil Sie sich so unbeholfen benommen haben. Das sah süß aus. Ich merkte sofort, dass Sie nicht oft in solchen Läden sind. Wieso fragen Sie?«

»Nur so.« Ich nahm nochmals einen Schluck Orangensaft. »Es gibt keinen speziellen Grund!« Brigitte Obermeyers Antwort hatte mich halbwegs beruhigt. Ich zog meinen grauen Regenmantel aus.

»Möchten Sie auch noch einen?« Brigitte Obermeyer zeigte mir ihr leeres Glas. Ich lehnte dankend ab. Sie ging zur Bar, nachdem sie zuvor eine Jazz-CD eingelegt hatte, und mixte sich ihren zweiten Drink.

Ich schaute mich etwas um. Brigitte Obermeyer wohnte vornehm. Die Einrichtung war sehr geschmackvoll ausgewählt. Alles, die Möbel, die Lampen und Bilder, die Farben der Wände und die Vorhänge waren perfekt aufeinander abgestimmt. Es gab keine Dissonanzen, wohin man auch schaute. Ich konnte mir genau vorstellen, wie viele Boutiquen und Galerien Brigitte Obermeyer abklappern hatte müssen, bis sie all die Gegenstände, angefangen bei der Lampe über die Vorhangkordel bis hin zu der kleinen Maya-Statue auf dem antiken Sekretär, gefunden hatte, die das Erscheinungsbild dieses Wohnzimmers so vollkommen abrundeten. Neben dieser Maya-Statue entdeckte ich ein in Gold eingerahmtes Foto ihres Bruders Björn, mit dem sie den Neoprenanzug gekauft hatte.

»Wie heißen Sie schon wieder?« Brigitte Obermeyer hatte sich wieder aufs Sofa gesetzt und ihre Beine übereinander geschlagen.

»Vainsteins! Aimé Vainsteins!«

»Aimé!« Sie konnte meinen Namen nicht richtig aussprechen. »Das klingt irgendwie geheimnisvoll. Diesen Vornamen werde ich ganz bestimmt nicht mehr vergessen. Es macht dir doch nichts aus, wenn ich dich Aimé nenne?«

Eine rhetorische Frage.

»Woher kannten Sie ...«

»Mir macht es auch nichts aus, wenn du mich Brigitte nennst!«

»Brigitte. Gut«, wiederholte ich steif. »Woher kanntest du Sandrine?«

»Ohh, du bist ein Mann, der sich nicht aus dem Konzept bringen lässt. Einer der weiß, was er will. Das gefällt mir!«

»Sandrine ...«

»Ja, ja!«, unterbrach sie mich erneut. »Ich weiß, du bist ihretwegen hier. Und wenn ich plötzlich verschwunden wäre, würdest du mich auch suchen?«

»Wir kommen vom Thema ab.« Ich überging ihre Frage und nahm einen weiteren Anlauf, etwas über Sandrine zu erfahren. »Wie hast du Sandrine kennengelernt?«

»Du wünschst dir, dass sie noch lebt?«

Langsam, aber sicher nervte mich diese Frau. Wieso konnte sie nicht einfach meine Fragen beantworten?

»Du möchtest es!« Sie schaute mich an und lächelte, so als hätte sie die Bestätigung gerade von meinem Gesicht abgelesen. »Ich habe für denselben Escort-Service wie Sandrine gearbeitet.«

»Du hast für einen Escort-Service gearbeitet?«

»Was glaubst du wohl, wie ich meinen Keiser kennengelernt habe.« Sie sagte es langsam und beobachtete mich dabei genau. »Wir haben beide für Keiser gearbeitet. Ich ... du weißt schon, wie, und du ... Es ging um einen Kunden von Keiser, nicht?«

»Um einen Kunden. Genau. Ein dubiosen Geschäftsmann, ich musste ihn observieren.«

»Ich würde mich nicht wundern, wenn dieser dubiose Geschäftsmann Brigitte Obermeyer geheißen hätte. Keiser ist schrecklich eifersüchtig!« Brigitte hatte einen Blick, als könnte sie damit durch Wände sehen. Mein Puls bewegte sich wie ein Jo-Jo. Hatte er sich in den letzten Minuten etwas beruhigt, schnellte er jetzt von neuem in die Höhe.

»Du hast mich durchschaut, Kleines, aber du kommst vom Thema ab!«, mimte ich den coolen Detektiv und hoffte, dass die blanke und nackte Wahrheit wirklich die beste aller Tarnungen war. Mein Gemütszustand allerdings war alles andere als cool. Bei dieser Frau wusste ich nicht, woran ich war. Hatte sie mich durchschaut, oder hatte sie mir meine Geschichte abgenommen?

»Wie genau hast du Keiser kennen gelernt?«, unternahm ich einen unbeholfenen Versuch, die Befragung fortzuführen.

Ich wollte mich nicht versprechen und glaubte, dass dies der beste Weg sei.

»Jetzt kommst du aber vom Thema ab, oder glaubst du wirklich, dass dir diese Information bei der Aufklärung von Sandrines Tod hilft?«

»Ich taste das Feld ab. Man weiß nie, wo man auf eine brauchbare Information stößt«, versuchte ich, mich so gut wie möglich aus der Affäre zu ziehen. »Du brauchst die Frage nicht zu beantworten.«

»Ich würde sie aber gerne beantworten!«

»Bitte!«

»Keiser rief in der Agentur an und bestellte mich in sein Büro. Wir machten zusammen Überstunden auf seinem Schreibtisch. Keiserchen spielte den wilden Liebhaber und ich seine liebestolle Sekretärin. Es war ganz passabel! Reicht das, oder möchtest du das Feld noch genauer abtasten?«

Wer interviewte hier wen? Dieser Frau war wirklich nicht beizukommen. Wie Keiser wohl mit ihr zurechtkommt?

»Zurück zu Sandrine ...«

»Schade, ich hatte gehofft, dass du dich jetzt etwas mehr für mich interessieren würdest!«

»Was kannst du mir sonst noch über Sandrine erzählen? Keiser sagte, dass du sie zur Einweihungsparty dieser Wohnung eingeladen hast. Wart ihr befreundet?«

Brigitte wurde wieder ernster. »Das kann man nicht sagen. Wir waren zu verschieden. Ich hätte beispielsweise nie mit ihr zusammen von einem Kunden gebucht werden wollen. Dafür war die Distanz zwischen uns zu groß. Verstehe mich bitte nicht falsch. Ich hatte nichts gegen Sandrine. Sie war eine äußerst schöne und attraktive Frau und ehrlich gesagt, ich beneidete sie um ihre dunklen, mandelförmigen Augen. Aber da war etwas zwischen uns, das uns meilenweit voneinander trennte.«

»Was war das?«

»Wir kamen aus zwei völlig verschiedenen Welten. Sie wuchs in Kamerun auf und ging nur wenige Jahre zur Schule. Sie kam von ganz unten und wollte nach oben. Sie war eine Kämpferin, die nie aufgab. Ich dagegen wuchs, wie man so sagt, in einem wohl behüteten Umfeld in Tölz bei München auf. Ich begann ein Jurastudium, und wenn ich es beendet hätte, würde ich jetzt in einer guten Rechtsanwaltskanzlei arbeiten. Aber ich bin nicht Rechtsanwältin geworden, sondern Callgirl. Das konnte Sandrine nie verstehen. Ich habe es nicht weitergebracht als sie, die doch so viel schlechtere Voraussetzungen gehabt hatte.« Brigitte schaute zu mir. »Kannst du mich verstehen?«

»Wieso hast du nicht fertig studiert?«

»Ich langweilte mich.« Brigitte schlug die Beine andersherum übereinander. Auch diesmal tat sie es mit großer Eleganz. »Die Vorlesungen waren langweilig und die Leute an der Uni waren langweilig. Ich suchte etwas, das ganz anders war als das Studentenleben, und da ich sowieso immer knapp mit Geld war, meldete ich mich auf ein Inserat eines Escort-Services in München. Zuerst arbeitete ich aushilfsweise vor allem an Wochenenden und gelegentlich an einem Abend in der Woche. Ich lernte viele Leute kennen, die ganz passabel waren. Einflussreiche Leute, die viel Geld verdienten. Ich wurde immer öfter gebucht. Ich war begehrt und konnte mir die Kundschaft aussuchen. Nach drei Semestern ließ ich das Studium sausen und kam nach Zürich. Da verdient man noch etwas besser. Für was sollte ich mich vier oder sogar fünf Jahre durch ein Studium quälen, wenn ich auf diese Weise genauso viel oder sogar mehr Geld verdienen konnte? Es ist doch ganz egal, wie man sein Geld verdient. Natürlich ist Keiser kein Kaiser, aber er ist ganz passabel. Ich kann mehr oder weniger das Leben führen, das ich mir vorstelle und muss mich nicht sonderlich anstrengen. Was will ich mehr? Aber du hast mir nicht geantwortet. Kannst du mich verstehen?«

Ich konnte es nicht und noch viel weniger konnte ihr das sagen. »Ein weites Feld«, sagte ich und hoffte, auf diese Weise einen Ausweg aus dem Dilemma gefunden zu haben.

»Du kannst es nicht. Habe ich Recht?« Sie starrte auf ihr Glas und drehte es nervös in ihrer Hand.

Ich nickte.

»Siehst du, niemand versteht mich. Aber was spielt das für eine Rolle? Hauptsache, ich tue es«, sagte sie schnell und nahm einen weiteren Schluck ihres Drinks. Sie hatte sehr einsam geklungen. Darüber vermochte auch das gekonnte Lächeln, das Brigitte ihrer Aussage nachschickte, nicht hinwegtäuschen. Irgendwie hatte ich nicht erwartet, so etwas von ihr zu hören.

»Nochmals zurück zu der Einweihungsparty. Du mochtest Sandrine nicht speziell und trotzdem hast du sie eingeladen. Wieso?«

»Sandrine bat mich darum. Sie hoffte, einen Mann kennen zu lernen, der sie heiraten würde. Vermutlich hat ihr Ex-Mann wieder einmal Schwierigkeiten gemacht.«

»Was weißt du von ihm?«

»Sandrine heiratete ihn, um eine Aufenthaltsbewilligung zu bekommen, und zahlte ihm dafür viel Geld. Immer wenn er wieder pleite war, erpresste er sie. Ich weiß nicht, wie viel Geld sie diesem Halunken schon gegeben hatte. Ich habe Sandrine geraten, sich einen Rechtsanwalt zu nehmen.«

War Bosshard der Grund für Sandrines Besuch bei diesem Rechtsanwalt? Das widersprach meinen bisherigen Ermittlungsergebnissen. Wenn es wirklich um ihn gegangen wäre, weshalb dann Marquardts Interesse?

»Weißt du, wo Bosshard wohnt?«

»Er betreibt eine Garage, und seine Wohnung befindet sich im gleichen Gebäude im ersten Stock. Die Garage liegt in der Zugerstraße ausgangs Sihlbrugg. Du kannst sie nicht verfehlen. Das Haus steht allein und die Unordnung darum herum fällt einem sofort auf.«

Ich schaute Brigitte verwundert an.

»Stimmt etwas nicht?«

»Wie soll ich sagen ... Woher weißt du das?«

»Von Sandrine!«

»Sandrine?« Ich wurde misstrauisch. »Sie wohnte nicht mit Bosshard zusammen. Weshalb hätte sie dir sagen sollen, wo er wohnt?«

»Sie erwähnte es einmal. Ich weiß nicht mehr, weshalb.«

»Aber an Details wie die Unordnung um das Haus erinnerst du dich?«

»Manche Dinge bleiben einem, andere nicht!« Sie setzte ein provozierendes Lächeln auf und schaute mir dabei direkt in die Augen.

»Ist dir die Wegbeschreibung vielleicht deshalb so präsent, weil sich vor kurzem schon einmal jemand danach erkundigt hat?«

»Wer sollte das gewesen sein?«

»Ein großer, muskulöser Mann aus Kamerun, vielleicht?« Ich wies auf das Foto von Brigitte Obermeyers Bruder auf dem antiken Sekretär. »Hat er ihm die Informationen über Bosshard weitergeleitet?«

Brigitte drehte sich zum Foto um. »Er?«, sagte sie sichtlich bemüht, überrascht zu wirken. »Ganz bestimmt nicht. Das ist mein Bruder. Er wohnt nicht in der Schweiz.«

»Ich habe ihn vor kurzem zusammen mit diesem Mann aus Kamerun am Limmatplatz gesehen.«

»Das muss eine Verwechslung gewesen sein. Oder jemand hat meinen Bruder um ein Autogramm gebeten. Er ist einer der besten Surfprofis der Welt.« Brigitte Obermeyer drehte sich demonstrativ vom Bild ihres Bruders ab und nippte an Ihrem Glas.

Wieso verheimlichte sie mir etwas? Das machte mich misstrauisch.

»Kennst du einen Mann namens Marquardt?«

»Leider!«, entgegnete sie mit einer abschätzigen Geste. »Ein Zuhälter wie er im Buche steht, große Autos, schmieriges Auftreten und geschmückt wie ein Christbaum. Weißt du, dass er immer bei seiner Mutter zu Mittag isst und sie ihm die Wäsche macht?«

Ich musste unweigerlich an Mama Marquardts Anruf denken und fragte mich, ob sie wegen eines verpassten Mittagsessens oder seiner schmutzigen Unterhosen so aufgebracht war.

»Sandrine und Marquardt wollten heiraten. Hast du davon gewusst?«

»Marquardt wollte, Sandrine bestimmt nicht! Bevor sie zu unserem Escort-Service kam, arbeitete sie in seinem Bordell, lief aber weg, weil sie sich dort nicht wohl fühlte. Es ist mir unbegreiflich, weshalb Sandrine immer an so miese Typen geraten musste. Sie sah gut aus und mit Sicherheit hätte sie einen passablen Mann finden können.«

»Bist du dir ganz sicher, dass Sandrine Marquardt nicht heiraten wollte?«

»Ganz sicher!«

Also wollte Marquardt Sandrine zur Heirat zwingen. Und der merkwürdige Brief, den er mir gezeigt hatte, war Sandrines Einwilligung. Damit blieb noch Marquardts Druckmittel zu klären.

»Nochmals zurück zu Sandrines Besuch bei ihrem Rechtsanwalt. Marquardt behauptet, Sandrine hätte ihn aufgesucht, um ein Visum für ihre Schwester zu beantragen, damit diese zu ihrer Hochzeit kommen konnte.«

»Das ist gelogen. Sandrine wollte nicht heiraten und ... so viel ich weiß, hatte Sandrine keine Geschwister.« Brigitte dachte einen Moment nach. »Also, eigentlich bin ich mir sicher, dass Sandrine ein Einzelkind war. Ihre Mutter starb bei Sandrines Geburt. Sie war ihr einziges Kind.«

Damit war nicht nur Marquardt, sondern auch Fabrice als Lügner überführt. Unter den gegebenen Umständen war es unmöglich, dass er Sandrines Bruder war. Und ebenso war die Geschichte, die Marguerite Akoumba mir über den Streit zwischen Sandrine und ihrer Mutter erzählt hatte, eine Lüge.

Brigitte Obermeyers Aussagen passten genau in das Bild, das meine bisherigen Ermittlungen ergeben hatten und zerstreuten mein Misstrauen ihr gegenüber. Zwar konnte ich mir noch immer nicht erklären, weshalb sie um das Treffen ihres Bruder mit Fabrice so ein Geheimnis machte. Aber vielleicht wusste sie wirklich nichts davon, oder sie hatte private Gründe, es nicht zu sagen.

»Die Einweihungsparty, die du vorhin erwähnt hast, weißt du noch, wann sie stattgefunden hat?«

Brigitte Obermeyer holte ihre Handtasche, nahm ihr Smartphone hervor und schaute in der integrierten Agenda nach.

»Am 18. September«, sagte sie und legte das Smartphone wieder beiseite.

Sandrines Brief an Marquardt datierte vom 22. September und drei Tage später war sie tot. Offenbar unternahm Sandrine an Brigittes Party einen letzten Versuch, die Heirat mit Marquardt noch abzuwenden.

»Wusstest du, dass Sandrine drogensüchtig war?«

»Nein, aber es überrascht mich nicht. Viele Mädchen im Escort-Business nehmen Drogen, obwohl es strengstens verboten ist. Das war auch in der exklusiven Agentur, für die ich tätig war, nicht anders. Obwohl ... oder gerade weil diese Agentur eine wohlhabende Kundschaft hat, kommen die

Mädchen immer wieder mit Drogen in Berührung. Die Kunden schwimmen im Geld und etwas Kokain gehört einfach dazu.«

»Hast du auch Kokain genommen?«

»Nie! Zum einen ist mir meine Gesundheit schlicht zu wichtig und zum andern war ich Geschäftsfrau und wollte die Kontrolle nicht verlieren. Aber sonst! Du machst dir keine Vorstellungen, was in diesen Kreisen alles konsumiert wird. Ich hatte mal einen Banker als Kunden, der ganz nach oben wollte. Er sagte, um das zu schaffen, müsste er mehr leisten als seine Vorgesetzten. Er arbeitete vierzehn bis sechzehn Stunden am Tag und das sechs bis sieben Tage in der Woche. Damit er das durchstand, pumpte er sich Aufputschmittel voll.«

»Und hat er es geschafft?«

»Natürlich.« Brigitte Obermeyer trank ihren Drink aus.

»Starb Sandrine an einer Überdosis?«

»Es sieht so aus. Woher hast du von ihrem Tod erfahren?«

»Eine Kollegin rief mich an. Solche Neuigkeiten verbreiten sich schnell.«

»Arbeiteten neben Sandrine noch andere Frauen aus Kamerun bei diesem Escort-Service?«

»Da gab es noch eine andere schwarze Frau. Eine ziemlich arrogante Person. Aber Sandrine und sie verstanden sich ganz gut. Ob sie allerdings aus Kamerun war, weiß ich nicht.«

»Glichen sich die zwei Frauen?«

Brigitte Obermeyer wog den Kopf gleichgültig hin und her. »Schon. So genau habe ich sie nicht angeschaut. Siehst du, ich wusste, dass du dir Sandrine herbeisehnst.«

»Weißt du noch, wie sie hieß?«

»Keine Ahnung!«

»Kannst du mir den Namen oder die Telefonnummer dieses Escort-Service geben?«

»VIP Escort. Die Nummer weiß ich nicht auswendig.« Sie griff nochmals zu ihrem Smartphone, schaute sie nach und nannte sie mir. Danach holte sich Brigitte Obermeyer den dritten Drink. »Auch noch einen?«, fragte sie mit einem süffisanten Lächeln. »Diesmal vielleicht einen Richtigen?«

Ich lehnte ab und schaute auf die Uhr. Es war kurz vor halb acht. »Ich mache mich langsam auf den Heimweg.«

»Wie du meinst«, sagte Brigitte in gleichgültigem Ton.

Ich stand auf. »Eine letzte Frage noch: kannst du dir vorstellen, dass Sandrine absichtlich eine Überdosis Kokain genommen hat?«

»Selbstmord?«, fragte Brigitte und schaute nachdenklich auf das Glas in ihrer Hand. »Spontan gesagt: Nein! Wie gesagt, Sandrine war nicht die Frau, die einfach aufgab. Aber wahrscheinlich gab es auch bei ihr Momente, in denen sie völlig erschöpft war und nicht mehr mochte. Du kennst diese Momente bestimmt auch, wo einem alles zu viel wird!« Hastig nahm Brigitte einen Schluck des Drinks, den sie sich gerade gemixt hatte und ging an mir vorbei zum Fenster. »Mehr kann ich dazu nicht sagen. Tut mir Leid.«

Brigitte Obermeyer hatte zweimal *auch* gesagt, und ich fragte mich, wie passabel ihr Leben wirklich war.

»Ich gehe dann«, sagte ich etwas verlegen und zog meinen grauen Regenmantel an. »Und besten Dank für deine Hilfe.«

Für einen Moment war es ganz ruhig, und ich sah, wie sich Brigitte Obermeyer mit dem Finger über die Wange fuhr. Danach drehte sie sich wieder zu mir und sagte in einem übertrieben heiteren Ton: »Gern geschehen, Aimé!« Anschließend wandte sie sich wieder zum Fenster. »Du nimmst es mir doch nicht übel, wenn ich dich nicht zur Türe begleite?«

»Nein, nein«, sagte ich schnell. Mit solchen Situationen war ich überfordert. »Ich finde den Weg auch so.«

»Und falls du weitere Fragen hast, du kannst jederzeit wieder vorbeikommen.«

»Gerne.« Ich verabschiedete mich und ging.

Zurück in meinem Büro rief ich den VIP Escort an. »Wir sind kein Auskunftsbüro«, reagierte der Mann am Telefon gereizt, nachdem ich mich nach dem Namen von Sandrines Kollegin erkundigt hatte. Ich erwähnte, dass Brigitte Obermeyer mich an ihn verwiesen hätte, doch seine Antwort blieb dieselbe. Also meldete ich mich nochmals bei Brigitte Obermeyer und fragte, ob sie mir den Namen beschaffen könnte. Sie wollte es tun, allerdings nicht mehr an diesem Tag.

18

Am nächsten Morgen, dem 31. Dezember, machte ich mich auf den Weg nach Sihlbrugg zu Bosshard. Ich war der Aufklärung von Sandrines Tod ganz nahe und war überzeugt, den Fall bis zum Abend abgeschlossen zu haben.

Meine Zuversicht rührte daher, dass Fabrice, der für die Verschleierung von Sandrines Tod zuständig war, sich bei Brigitte Obermeyer nach Bosshard erkundigt hatte. Das bedeutete, dass Bosshard etwas Entscheidendes über Sandrines Tod wusste. Er war der Schlüssel zur Lösung dieses Falls. Ich fühlte mich so gut und stark, wie schon lange nicht mehr. Wäre ich Radrennfahrer gewesen, in dieser Form hätte ich die Tour de France gewinnen können.

Bosshards Garage war tatsächlich nicht zu verfehlen. Sie lag unmittelbar an der Hauptstraße kurz nach Sihlbrugg. Es war ein sehr schlichtes Haus: quadratischer Grundriss, vier Seiten und ein Giebeldach. Es gab keinen Balkon, keinen Erker und auch keine Lukarne. Es war ein Haus in seiner ursprünglichsten Erscheinungsform, so wie man es gelegentlich auf Kinderzeichnungen sieht. Im Erdgeschoss befand sich die Garage und darüber die Wohnung. Doch das Haus war in einem völlig verwahrlosten Zustand. An allen Ecken und Kanten fehlte etwas oder war kaputt. Der Verputz bröckelte ab und war vom Ruß der vielen Autos, die täglich vorbeifuhren, ganz grau. Auf dem Dach fehlten Ziegel, und im ersten Stock gab es ein Fenster mit einem großen Loch. Anstatt die Scheibe zu ersetzen, hatte man das Loch nur behelfsmäßig mit einer Plastikfolie abgeklebt.

Vor dem Haus, unter einer freistehenden, ovalen Dachkonstruktion standen zwei weiße, blank geputzte Tanksäulen, auf die das farbige Signet der Erdölfirma gemalt war. Sie bildeten so etwas wie eine Insel der Sauberkeit. Alles andere auf dem Gelände der Garage war schmutzig und in einem ebenso schlechten Zustand wie das Haus. Hinter dem Haus, da wo früher einmal ein Garten war, breitete sich ein riesiger Schrottplatz aus. Stapel von abgefahrenen Autoreifen, alte Motorblöcke, Fahrgestelle und zerbeulte Karosserien, denen eine Tür oder ein Kotflügel fehlten, lagen kreuz und quer übereinander.

Ich parkierte mein Auto und öffnete die Tür. Noch bevor ich einen Fuß auf die Erde gesetzt hatte, schoss ein grimmiger Köter hinter dem Haus hervor. Ich hatte die Türe schon wieder geschlossen, als er in vollem Lauf zurückgerissen wurde. Die Kette war aufgebraucht und der plötzliche Ruck drohte ihn fast zu erwürgen. Aber er ließ nicht locker, zog und zerrte mit aller Kraft und bellte sich dabei fast das Herz aus dem Leib.

Ich stieg aus, lief in einem großen Bogen um ihn herum zur Garage und öffnete eine braune Metalltüre.

Die Unordnung von draußen fand innen ihre Fortsetzung. Die Garage war dunkel, verdreckt und der Gestank von Benzin, Motoröl und Abgasen bohrte sich mir in den Kopf. Überall lag Werkzeug herum und auf dem Boden standen offene Behälter mit verbrauchtem, braun-schwarzem Motoröl.

Kein Wunder war Bosshard ständig pleite. Wer wollte sein Auto schon in einer solchen Garage reparieren lassen.

»Hallo, ist da jemand?« Meine Frage verhallte ungehört. Als ich es etwas später ein zweites Mal versuchte, fiel ein Werkzeug, gefolgt von einem groben Fluch scheppernd zu Boden. Ich warf einen Blick in den hinteren Teil der Garage und entdeckte zwei Beine, die unter einem aufgebockten Auto hervor lugten.

»Könnte ich Sie einen Moment sprechen?« Ich legte den Kopf etwas zur Seite, um unter das Auto zu sehen.

Ein junger Mechaniker in einem verfleckten Overall, schob sich auf einer Montagerollliege unter dem Wagen hervor und wischte sich mit dem Handrücken über die Stirn. »Was ist?«, fragte widerwillig.

»Ist Bosshard hier?«

»Sehen Sie hier außer mir noch jemand?«, gab er in schnoddrigem Ton zurück und wollte sich sogleich wieder unter das Auto verabschieden.

»Nicht so hastig, Freundchen!« Ich blockierte mit dem Fuß seine Montagerollliege. »Die Fragestunde ist noch nicht zu Ende!«

»Ich habe keine Zeit!«

»Wo ist dein Chef?«

»Haben Sie nicht verstanden: Ich habe keine Zeit!«, sagte er angriffig und stand auf.
»Dann nimm sie dir!«
»Sie haben mir nichts zu befehlen!«
»Hör mal, dein Benehmen gefällt mir nicht! Wenn ich dir eine Frage stelle, dann hätte ich gerne eine Antwort! Also nochmals: wo ist dein Chef?«
»Ich habe keine Ahnung, wo der sich herumtreibt.«
»Du lügst, und das mag ich nicht!«, sagte ich und wollte den jungen Mechaniker schon an seinem Overall packen, doch er wich geschickt zurück.
»Was wollen Sie, Mann!«, rief er energisch. »Und verdammt noch mal, Sie haben nicht das Recht, mich so zu behandeln. Wer sind Sie überhaupt?«
Ja, wer war ich? So wie ich mich aufgeführte, erkannte ich mich beinahe selbst nicht mehr. Um herauszufinden, wer Sandrine getötet hatte, schienen mir alle Mittel recht. Ich schaute weder nach links noch nach rechts und war im Begriff alles niederzuwalzen, was sich mir in den Weg stellte.
»Mein Name ist Vainsteins«, sagte ich in versöhnlichem Ton. »Ich bin Detektiv.«
»Und?«, meinte er kämpferisch. »Das gibt Ihnen noch lang nicht das Recht, hier hereinzuspazieren, mich zu duzen und sich so megakrass aufzuspielen.«
»Das tut es in der Tat nicht und dafür möchte ich mich entschuldigen.«
»Schon okay!«, entgegnete er schnell. Es war ihm sichtlich peinlich. »Was ist mit Bosshard? Hat er Scheiße gebaut?«
»Sie wissen davon?«
»Nicht direkt«, druckste er herum. »Ich hab es vermutet: Wirklich wissen, tue ich nichts!«
»Sie mögen Ihren Chef nicht, hab ich Recht?«
»Bei diesem Thema halte ich lieber die Klappe. Ich bin im vierten Lehrjahr und in sechs Monaten bin ich fertig. Dann können Sie mich fragen, was Sie wollen. Aber jetzt, so kurz vor dem Abschluss ... Ich möchte nicht gefeuert werden.«
»Was Sie mir über Ihren Chef sagen, bleibt unter uns. Das kann ich Ihnen garantieren.«
»Sicher?«

»Ganz sicher!«

Der junge Mechaniker reinigte sich die Hände mit Putzfäden und schaute zu mir. Es war, als hätte er nachprüfen wollen, ob er mir auch wirklich vertrauen konnte. »Sie haben Recht, mein Chef ist ein Schwein. Er zahlt mir nur das gesetzliche Minimum und das auch nur mit großer Verspätung. Ein, zwei Monate ist er immer im Verzug, und von einem Bonus kann ich nur träumen. Dabei erledige ich die ganze Arbeit allein. Sehen Sie ...« Mit einer hilflosen Handbewegung deutete er auf zwei Autos vor der Garage. »Die müssten heute noch fertig werden. Ich weiß nicht, wie ich das noch hinkriegen soll.«

»Hilft Ihnen Bosshard nicht?«

»Nie!«, sagte er energisch und fluchte. Verzweiflung und Wut war in seinem Gesicht abzulesen. »Seit ich im zweiten Lehrjahr bin, hat Bosshard hier keine Schraube mehr in die Hand genommen. Den Bürokram erledigt er. Mit dem Rest muss ich alleine klarkommen. Obwohl ich die Termine eigentlich immer einhalte, hat er mich noch nie gelobt. Aber wehe, wenn ich ein bisschen verspätet bin, dann scheißt er mich zusammen, als hätte ich was weiß ich verbrochen. Bosshard ist kein guter Chef. Einmal, da zitierte er mich in sein Büro und beschimpfte mich aufs Übelste, weil ich angeblich eine Lambdasonde falsch eingebaut hatte. Aber das war gelogen. Das war nur ein Vorwand, um mir den Preis für dieses Teil vom Lohn abziehen zu können. Wahrscheinlich war er gerade wieder einmal pleite. Ich kann es kaum erwarten, hier rauszukommen!«

Nach dem, was ich schon über Bosshard wusste, kam es mir vor, als hätte ich die Geschichte des jungen Mechanikers schon hundert Mal gehört. Ich zog das Foto von Sandrine aus meinem grauen Regenmantel und zeigte es ihm. »Kennen Sie diese Frau?«

Er schaute sich das Foto an und gab es mir mit den Worten »Seine Ex!« zurück. Ich steckte es wieder ein.

»Er hat sie erpresst, nicht?«, sagte der junge Mechaniker mit einem triumphierenden Lächeln.

»Woher wissen Sie das?«

»Von Bosshard, aber der weiß nichts davon. Bosshard hält mich für blöde, aber das bin ich nicht. Im Gegenteil, er ist blöd, dass er es nicht gemerkt hat!«, fügte der junge Mechaniker stolz an. Und ohne dass ich nachhaken musste, legte er los, als hätte er nur darauf gewartet, diese Geschichte endlich loszuwerden.

»Letzten September klingelte das Telefon in der Garage. Ich nahm ab und ein Mann, der Bosshard sprechen wollte, meldete sich. Er hatte seinen Namen nicht genannt und deshalb fragte ich ihn danach. Bosshard will das so. Ich solle ihm verdammt noch mal Bosshard geben, schrie der Mann mich an. Ich sagte nichts. Sollte er seinen Namen doch für sich behalten, mir war das egal. Ich rief Bosshard und übergab ihm wortlos den Hörer. ›Wer ist da?‹, brüllte er und kam sich mächtig groß und stark vor. Doch innert Sekunden schrumpfte er zusammen wie ein Ballon, dem man die Luft ausgelassen hat. Er zog den Schwanz ein, sagte lange gar nichts und schließlich: ›Gut, ich mach es!‹ Er hängte auf und für den Rest des Tages sah ich ihn nicht mehr. Wissen Sie, es hat mir richtig Spaß gemacht, Bosshard so winzig klein zu sehen. In diesem Moment war er ein Nichts, weniger Wert als irgendein Fliegendreck an seinem Bürofenster.«

»Was passierte dann?«

»Einen Tag später tauchte seine Ex, die Frau auf dem Foto, hier auf. Der Chef führte sie ins Büro und kaum war die Türe zu, entbrannte ein fürchterlicher Streit zwischen den beiden. Sie schrien so laut, dass ich ihre Stimmen durch die geschlossene Türe hören konnte.«

»Verstanden Sie, um was ging?«

»Nein, aber das brauchte ich gar nicht. Einige Minuten später riss Bosshards Ex die Türe auf und rannte durch die Garage. Sie war sehr zornig. Kurz vor dem Garagentor stoppte sie und drehte sich nochmals um. ›Weshalb machst du das?‹, schrie sie ihn an. Bosshard antwortete nicht. ›Wieso lässt du dich von diesem Dreckskerl einspannen, um mich fertigzumachen?‹«

»Und was erwiderte Bosshard?«

»›Heirate ihn und du bist deine Problem los! Bei mir hast du dich auch nicht so geziert.‹ Sie ließ ihn gar nicht ausreden. ›Du weißt ganz genau, dass es nicht darum geht!‹ Bosshard sagte nichts und grinste nur blöde.«

»Und Sandrine?«

»›Du verdammtes Arschloch!‹, schrie sie Bosshard an. Aber dem war das völlig egal. Je zorniger seine Ex wurde, umso mehr schien ihn das zu amüsieren. Es hätte nicht viel gefehlt, und sie wäre auf ihn losgegangen. Doch dazu kam es nicht. Sie kickte eine offene Dose Motoröl durch die Garage und lief davon.«

»Sandrine sagte, dass es um etwas anderes als diese Hochzeit ging. Was meinte sie damit?«

»Keine Ahnung«, sagte der junge Mechaniker kopfschüttelnd.

»Macht nichts. Das werde ich schon noch erfahren. Denken Sie, Bosshard kommt heute noch?«

»Ich hoffe es. Neben dem Lohn für den November und Dezember schuldet er mir auch noch den dreizehnten Monatslohn.« Der junge Mechaniker schaute auf die Uhr, die über dem Eingang zum Büro hing. »An Ihrer Stelle würde ich es am Nachmittag nochmals versuchen. Frühestens um zwei Uhr. Vorher werden Sie wohl kein Glück haben.«

»Wie heißen Sie?«, fragte ich den jungen Mechaniker, als wir uns verabschiedeten.

»Goran Brankovic. Wenn Sie wollen, können Sie Goran sagen«

»Okay, ich heiße Aimé. Also bis später!«

Goran setzte sich wieder auf seine Montagerollliege, und ich ging zur braunen Metalltüre.

»Ich weiß nicht, ob das von Bedeutung ist ...«, sagte Goran zögernd.

»Ob was von Bedeutung ist?« Ich drehte mich wieder zu ihm.

»Etwa vor zwei Wochen parkte Bosshard sein Auto vor dem Seiteneingang.« Goran deutete mit der Hand nach links. »Das tat er sonst nie.«

»Und?«, sagte ich ungeduldig.

»So konnte er direkt in seine Wohnung verschwinden, ohne dass ich ihn sah. Aber ich habe ihn trotzdem gesehen. Sein Gesicht war voller Blutergüsse und sein rechtes Auge war stark angeschwollen. Drei Tage tauchte er danach nicht mehr auf, und als er sich dann wieder in der Garage zeigte, behauptete er, einen Unfall gehabt zu haben.«

»Es war kein Unfall?«

»Kann ich mir nicht vorstellen. Viel wahrscheinlicher ist, dass Bosshard in eine Schlägerei geriet. Er verkracht sich andauernd mit jemand und das endet nicht selten so. Aber ...« Goran zögerte etwas. »Merkwürdig war, dass er seitdem auffallend nervös ist. Das war die anderen Male nicht so.«
»Hast du eine Erklärung dafür?«
»Ich musste an seine Ex denken? Vielleicht hat sie ihm jemand vorbeigeschickt ...«
»Sandrine ist letzten September gestorben.«
»Das wusste ich nicht ...«, sagte Goran erschrocken.
»Und du glaubst, Bosshard hat sie ...«
»Könntest du dir das vorstellen?«
»Ich ...« Goran zögerte. »Das kann ich nicht sagen.«
»Schon gut.«

Goran machte sich wieder an die Arbeit, und ich setzte mich in meinen Wagen und fuhr los. Ich suchte ein Restaurant, wo ich etwas essen konnte.

Ich war mir beinahe sicher, dass Fabrice Bosshard diese Visage verpasst hatte. Vermutlich war das die Quittung für Bosshards loses Mundwerk. Oder Marquardt wollte ihm auf diese Weise klar machen, dass er sich in Acht nehmen und sich nicht verplappern sollte. Eines aber zeigte dieser Zwischenfall glasklar: Bosshard wusste etwas, das Marquardt in arge Schwierigkeiten bringen konnte.

Im Freischütz, dem einzigen Restaurant vor Ort, kehrte ich ein. Es war eine kleine, überheizte Spelunke, die so verraucht war, dass man von der Tür das Büfett nur schemenhaft erkennen konnte. Das Lokal war gut besetzt. Ein Skirennen wurde gezeigt und alle Gäste schauten gebannt zum Fernseher in der Ecke hoch. Ich ging langsam durch die Reihen und hielt nach einem freien Platz Ausschau. An jedem Tisch, an dem ich vorbei kam, verstummte das Gespräch für einen Moment und man starrte mich an, als wäre es ein Verbrechen, fremd zu sein. Ich fühlte mich wie Spencer Tracy in *Bad Day at Black Rock*. Als ein Mann dann auch noch seine Jacke auf den freien Stuhl neben sich legte, hatte ich genug und machte kehrt. Ich fuhr zum nächsten McDonald's, aß einen fettigen Fischburger und trank dazu einen Orangensaft. Sein Aroma erinnerte mich an Gummibärchen, aber ganz bestimmt nicht an Orangen. Ich ließ ihn stehen und holte mir ganz gegen meine Gewohnheiten ein Mineralwasser. Nach zehn Minuten war ich fertig und da Bosshard nicht vor zwei Uhr zurück war, versuchte ich im Auto ein Nickerchen zu machen. Aber um richtig schlafen zu können, war ich zu aufgedreht.

Um halb zwei hielt ich es nicht mehr aus und fuhr zu Bosshards Garage zurück. Mein Herz begann heftiger zu schlagen, und ich brannte richtig darauf, mir Bosshard endlich vorzuknöpfen. Ich stieg aus und betrat die Garage.

»Ist da jemand?«

Außer Bosshards grimmigem Köter schien mich erneut niemand bemerkt zu haben. Es dauerte einige Minuten, dann sah ich Goran, zwei Autoreifen vor sich her rollend, über den Platz vor der Garage kommen. Er öffnete die braune Metalltüre und trat ein.

»Du hast Glück«, sagte er, »Bosshard ist vor einer Viertelstunde gekommen. Er ist oben, ich hole ihn gleich.« Er legte die Räder neben das aufgebockte Auto, an dem er schon am Vormittag gearbeitet hatte und putzte sich die Hände. »Du kannst dich auf einiges gefasst machen. Bosshard ist schlecht drauf und stinkt nach Alkohol.«

Goran rannte über eine enge und düstere Wendeltreppe nach oben und umkurvte dabei geschickt die vielen Kartonschachteln, die überall auf den Tritten herumlagen.

Es vergingen einige Minuten, dann hörte ich, wie jemand über die Wendeltreppe nach unten kam. Ein kleiner, bulliger Mann mit schütterem, dunkelblondem Haar betrat, gefolgt von Goran, die Garage. Das also war Bosshard. Ich hatte ihn mir imposanter vorgestellt. Er kam langsam auf mich zu und blieb etwa zwei Meter vor mir stehen. »Was wollen Sie?«, fragte er in grimmigem Ton und stützte seine Hände in die Seiten. Seine Handgelenke waren auffallend breit und kräftig.

»Ich würde mich gerne einen Moment mit Ihnen unterhalten. Es geht um ...«

»Keine Zeit!«

»Ich bin extra aus Zürich hierher gekommen und möchte den weiten Weg nicht nochmals machen.«

»Ist mir scheißegal, woher Sie kommen. Ich habe keine Zeit!« Er warf mir einen finsteren Blick zu. Seine kleinen, giftigen und eng beieinander liegenden Augen bildeten einen merkwürdigen Gegensatz zum Rest seines sonst so harmlos, fast knabenhaft wirkenden Gesichtes. »Wenn Sie etwas von mir wollen, kommen Sie ein andermal. Oder noch besser: kommen Sie gar nicht mehr!«

Bosshard kehrte mir den Rücken zu und wollte an Goran vorbei zur Wendeltreppe zurück.

»Kein Wunder läuft Ihr Geschäft so schlecht, wenn das Ihr Umgang mit Kunden ist. Früher konnten Sie noch Ihre Ex-Frau erpressen, wenn es wieder mal knapp wurde. Aber jetzt wo sie tot ist ...«

Mit einer schnellen Bewegung drehte er sich wieder zu mir um. »Wer sind Sie?«, fuhr er mich an und drohte mir sogleich mit der Polizei.

»Die Polizei würde ich an Ihrer Stelle aus dem Spiel lassen.«

»Was wollen Sie?«

»Mit Ihnen über Sandrines Tod sprechen!«

»Bezahl ich dich fürs Herumstehen!«, schnauzte Bosshard plötzlich Goran an. »Hast du nichts zu tun! Geh und wasch mein Auto!«

Goran warf mir einen verlorenen Blick zu und trottete davon.

»Wenn es gegen die Kleinen geht, sind Sie ganz vorne dabei!«, sagte ich.

Bosshard reagierte nicht und deutete mit einer Handbewegung in die Richtung seines Büros an, dass wir uns dort weiter unterhalten wollten. Es befand sich in einer Ecke und war durch zwei Stellwände, von denen eine ein Fenster hatte, vom Rest der Garage abgetrennt. Er ging wortlos voraus, öffnete die Tür und trat ein. Ich folgte ihm. Die Luft in dem kleinen Raum war muffig und verbraucht. Das Fenster war tatsächlich voller Fliegendreck. An der andern Wand hing ein alter Kalender eines Herstellers von Autozubehör. Auf dem vergilbten Foto war eine blonde Frau abgebildet, die in einem nassen T-Shirt die Frontscheibe eines Autos einseifte.

Bosshard setzte sich hinter seinen Schreibtisch, auf dem sich Prospekte, lose Zettel und geöffnete und ungeöffnete Briefe türmten. Einen Computer oder eine Schreibmaschine sah ich nicht.

»Damit das ganz klar ist: mit Sandrines Tod habe ich nichts zu tun! Sandrine starb an einer Überdosis Kokain.« Bosshard hatte etwas von seiner Sicherheit eingebüßt und versuchte, dies mit einem aggressiven Ton zu kompensieren. »Diese Tatsache sollten Sie sich ganz dick hinter die Ohren schreiben!«

»Sollte ich das?«, sagte ich ironisch und schaute mich nach einer Sitzgelegenheit um. Außer einem Bürostuhl, der mit Ordnern überhäuft war, gab es keine. Ich zögerte nicht lange, kippte die Ordner vom Bürostuhl und setzte mich. »Sie haben nichts mit Sandrines Tod zu tun und natürlich haben Sie sie auch nie erpresst!«

»Sie haben es erfasst!«

»Das ist gelogen! Und das wissen Sie verdammt gut.«

»Ich bin kein Erpresser!« Bosshard drehte sich unruhig auf seinem Stuhl hin und her. »Ich habe Sandrine ein-, höchstens zweimal um Geld gebeten. Es ging mir beschissen. Die schlechte Wirtschaftslage ... Hier bekommen wir die immer besonders hart zu spüren ... Ich musste etwas unternehmen, sonst wäre ich Konkurs gegangen. Wenn ich nicht schaue, wo ich bleibe ... Mir hilft ganz bestimmt niemand. Es war abgemacht, dass ich Sandrine das Geld zurückgebe, sobald die Garage wieder in Schwung gekommen ist.«

»Mir anderen Worten: nie!«

»Ja, ja, machen Sie sich nur lustig. Aber das ist die Wahrheit.«

Ich schlug eine härtere Gangart an. »Warum und weshalb Sie früher Geld von Sandrine wollten, interessiert mich im Moment nicht. Ich will wissen, weshalb Sie Ihre Ex-Frau kurz vor ihrem Tod erpresst haben?«

Bosshard wurde nervös. »Ich weiß nicht, wovon Sie sprechen. Ich habe Sandrine nicht erpresst. Wie ich schon sagte, ich habe sie ein-, zweimal um Geld gebeten, aber das liegt schon lange zurück.« Er vermied jeglichen Augenkontakt und begann im Durcheinander auf seinem Schreibtisch nach etwas zu suchen. Einige Momente später fischte er ein Päckchen Zigaretten unter einem offenen Ordner hervor und steckte sich eine an. Er nahm rasch einen Zug und sagte: »Sie müssen mir glauben, ich habe nichts Unrechtes getan.«

»Sie haben Sandrine für Marquardt erpresst. Weshalb?«

»Weshalb, weshalb!« Bosshard zog drei-, viermal hastig an seiner Zigarette und drückte sie anschließend halb geraucht in einem Aschenbecher voller Kippen aus. Kaum war er damit fertig, zündete er sich die Nächste an. Schweißperlen glänzten auf seiner Stirn. »Sandrine hatte einige Klienten und Marquardt wollte, dass ...«

»Sandrine arbeitete für einen Escort-Service, der nichts mit Marquardt zu tun hatte. Sie war unabhängig von ihm.«

Ein hinterlistiges Lächeln kroch plötzlich über Bosshards Gesicht. »Das genau war es«, sagte Bosshard durch einen Schleier stinkenden Zigarettenrauches. »Sandrine verdiente sehr gut und Marquardts Geschäfte gingen schlecht. Er wollte, dass Sandrine wieder für ihn arbeitete.«

»Und diese Heirat. Was hatte es damit auf sich?«

»Sandrine konnte wählen: Entweder sie arbeitete wieder für Marquardt oder sie heiratete ihn. Meine Aufgabe bestand gewissermaßen darin, sie zu ihrem Glück zu zwingen. Auf diese Weise sah Marquardt wie ihr Retter aus.«

»Sie geben also zu, Sandrine erpresst zu haben.«

»Ich war nur der Ausführende«, wimmerte Bosshard in Mitleid erregendem Ton. Aufgrund seiner langjährigen Erfahrung mit solchen Situationen hielt er den Zeitpunkt für gekommen, seinen Standpunkt aufzugeben und auf Schadensbegrenzung zu machen. »Der Auftrag kam von Marquardt. Er hat mich dazu gezwungen. Wegen meiner Scheinehe mit Sandrine konnte Marquardt von mir verlangen, was er wollte. Ich war ihm machtlos ausgeliefert!«

»Sie hätten ihn genauso anzeigen können!«

»Ich Marquardt anzeigen? Was meinen Sie: wem hätte man geglaubt, einem erfolgreichen Geschäftsmann aus Zürich oder einem Garagisten in finanziellen Schwierigkeiten aus dem Sihltal? Nicht einmal angehört hätten die mich! Nein, Herr ... Nein, so naiv bin ich nicht.«

Als Verteidiger in eigener Sache war Bosshard große Klasse.

»Ich hatte keine Wahl. Ich musste Sandrine zwingen, für Marquardt zu arbeiten, sonst wäre ich verurteilt worden.«

»Auch Sandrine hätte Sie anzeigen können?«

»Das hätte sie nie getan. Vorher hätte sie sich das Geld geliehen«, meinte Bosshard mit einem fiesen Grinsen. »Das machte es ja so einfach, Sandrine zu ... mit Sandrine Geschäfte zu machen. Sie fürchtete sich vor allem, was auch nur im Entferntesten mit den Behörden oder der Polizei zu tun hatte.« Im Gegensatz zu vorhin zog Bosshard nun genüsslich an seiner Zigarette. Geblieben war einzig sein ekelhaftes Gegrinse. Es juckte mich in den Finger, ihm eine in die Visage zu hauen. »Selbst wenn Sandrine ihre Angst für einen Moment überwunden hätte, die aktuelle politische Diskussion über die Ausschaffung renitenter Ausländer hätte sie sogleich wieder zur Vernunft gebracht. Nein, Sandrine hätte mich niemals angezeigt. Darüber brauchte ich mir keine Sekunde den Kopf zu zerbrechen.« Bosshard klopfte die Asche seiner Zigarette ab. »Wissen Sie, ich und Sandrine, wir kamen immer gut miteinander aus. Sie war eine tolle Frau, und ich verstand ihre Angst. Wenn sie ihren Pass verloren hätte und ausgewiesen worden wäre, dann hätten ihre Leute in Kamerun erfahren, dass sie nicht als Sekretärin in einem Büro gearbeitet hatte, sondern ihr Geld ... Sie wissen schon, wie ... verdient hatte. Das wäre eine Tragödie für Sandrine gewesen.«

»Sandrine besaß einen Schweizer Pass. So einfach, wie Sie sich das vorstellen, hätte man sie bestimmt nicht ausweisen können.«

»Was spielt das für eine Rolle, wenn Sandrine sich in diesen Dingen nicht auskannte.« Bosshard warf einen Blick auf seine Zigarette, nahm einen letzten Zug und drückte sie aus. »Gerade weil ich wusste, wie teuflisch Marquardts Plan war, fiel es mir so unheimlich schwer, ihn auszuführen.«

»Könnte gar nicht soviel fressen, wie ich kotzen möchte!«, murmelte ich.

»Sie glauben mir nicht. Aber es ist die reine Wahrheit. Ich habe Höllenqualen durchlitten! Marquardt, dem macht das nichts aus. Der geht über Leichen, der würde sogar seine Mutter ...«

»Sie sind keinen Dreck besser! Sie würden alles tun, um Ihre Haut zu retten.«

»Das ist nicht wahr! Ich verstehe nicht, weshalb Sie mich derart scharf attackieren. Das habe ich wirklich nicht verdient.« Bosshard stand auf und stellte sich hinter seinen Stuhl, so als müsste er sich vor mir schützen. »Ich habe mich für Sandrine eingesetzt. Ich konnte nicht länger mit diesen Schuldgefühlen leben. Ich rief Sandrine an. ›Vergiss es!‹, habe ich zu ihr gesagt. ›Ich will dein Geld nicht! Soll Marquardt die Drecksarbeit doch selber machen!‹ Ich entschuldigte mich und ...«

»Sie haben sich noch nie bei jemandem entschuldigt!«

»Sie wissen wohl alles, hnn!«

»Alles nicht, aber dass Sie sich niemals selbstlos für jemanden eingesetzt haben, das weiß ich mit Sicherheit!«

»Ich habe mich für Sandrine gewehrt und ...«

»... und Marquardt hatte natürlich vollstes Verständnis für Ihre plötzlichen Schuldgefühle: ›Sie haben Recht, Herr Bosshard, ich bin ein schlechter Mensch und werde mich bessern! Vergessen wir es!‹ Für wie bescheuert halten Sie mich!«

»Marquardt vergisst nie etwas, und er wird sich rächen. Da bin ich mir sicher. Aber das nehme ich auf mich. Eine Kostprobe von dem, was mich erwartet, hat mir Marquardt übrigens schon zukommen lassen. Einer seiner Männer hat mir einen Denkzettel verpasst. Sie hätten ihn sehen sollen, Marquardts Mann. Ein schwarzer Schwergewichtsboxer mit Fäusten aus Beton. Ich hatte keine Chance. Er hat mich grün und blau geschlagen.«

Eigentlich bestätigte diese Aussage meine Theorie und hätte mich beflügeln müssen. Aber das Gegenteil traf ein. Mit einem Schlag wurde mir klar, dass ich mich völlig vertan hatte. Wenn Fabrice tatsächlich einer von Marquardts Leuten war, dann hätte er sich nicht bei Brigitte Obermeyer nach Bosshards Adresse erkundigen müssen. Marquardt kannte Bosshard seit langem. Er hatte die Scheinehe zwischen Bosshard und Sandrine arrangiert. Dieser Fehler hätte mir nicht unterlaufen dürfen. Meine ganze Beweisführung fiel in sich zusammen, und ich war weiter denn je von der Aufklärung von Sandrines Tod entfernt. Aber anstatt dies zu akzeptieren und mich mit irgendeiner billigen Ausrede aus der Affäre zu ziehen, ließ ich nicht locker und verrannte mich vollends.

»Sandrine war bei einem Rechtsanwalt!«, sagte ich schnell. »Und dafür habe ich Beweise.«

»Niemals!«

»Auf seinen Rat hin ließ Sandrine die Hochzeit mit Marquardt platzen. Sie erschien einfach nicht auf dem Standesamt und blamierte Marquardt vor der ganzen Hochzeitsgesellschaft. Dafür musste sie sterben.«

»Das glauben Sie ja selbst nicht«, erwiderte Bosshard mit einem genüsslichen Lächeln.

»Ich werde es Ihnen beweisen. Sie werden noch von mir hören.«

Dann verließ ich Bosshards Büro und eilte zu meinem Wagen. Ich stieg ein und fuhr mit durchdrehenden Rädern los. Ich wollte nur noch weg von hier. Obwohl ich völlig erschöpft war, bog ich wie ein Rennfahrer ins Sihltal ein und raste Richtung Zürich.

Schwarze Wolken waren aufgezogen und verwandelten das enge Tal in einen überdimensionalen, pechschwarzen Tunnel. Einsame Häuser, verlassene Bahnhöfe und ein Nachtklub in einem alten Chalet zuckten wie Gespenster und Skelette in einer Geisterbahn kurz an meiner Seite auf. Doch je näher ich Zürich kam, umso dichter wurde der Verkehr und zwang mich, das Tempo der andern anzunehmen. Mit 70km/h fuhren wir durch die weiten Kurven entlang der Sihl. Es war die reinste Bummelfahrt.

Kurz vor Zürich brach ein Gewitter los. Es blitzte und donnerte wie im Sommer und die Autos begannen sich vor einer großen Baustelle zu stauen. Immer wieder schlug ich gereizt aufs Lenkrad. Meine Nerven waren zum Bersten gespannt. Dieses ständige Anfahren und Abbremsen des Kolonnenverkehrs war nicht zum Aushalten. Ich war eingeklemmt und musste mir einen Rhythmus aufzwingen lassen, den ich nicht wollte. Es war wie in Sandrines Fall. Ich kam nicht vorwärts. Am liebsten wäre ich mit Vollgas aus der Kolonne ausgeschert und auf der Gegenfahrbahn an ihr vorbeigeschossen.

Ich stellte mir vor, wie ich den Fuß aufs Gaspedal drückte, und musste dabei an meinen besten Freund denken, der vor achtzehn Jahren mit dem Auto an der Côte d'Azur verunglückt war. Sein Sportwagen war bei überhöhter Geschwindigkeit von der Straße abgekommen und über eine Klippe ins Meer gestürzt. Das Auto, oder besser: was davon übrig blieb, hatte man gefunden, nicht aber ihn. Man ging davon aus, dass ihn die Strömung aufs offene Meer getrieben hatte und er längst tot war.

Bei der nächsten Parkmöglichkeit stellte ich mein Auto ab und beugte mich erschöpft über das Lenkrad. Als der Regen etwas nachgelassen hatte, stieg ich aus und atmete einige Male tief durch. Die kalte, saubere Luft tat mir gut. Nach dreißig oder vielleicht auch vierzig Minuten, als der Stau sich aufgelöst hatte, fuhr ich in die Stadt zurück.

Ich leerte den Briefkasten und ging in meine Wohnung. Erledigt ließ ich mich im Wohnzimmer in einen der Polstersessel fallen und schaltete den Fernseher ein. Ein Lokalsender berichtete über eine Leiche, die in der Limmat gefunden worden war. Ein Passant hatte sie im Rechen des Flussbades Unterer Letten in den frühen Morgenstunden entdeckt, als er mit seinem Hund dort unterwegs war. Im Bericht sah man die Leiche nur kurz. Aber diese Sequenz genügte mir, um zu erkennen, wer es war: René Graf. In seinem Fischgratmantel lag er in einer Wasserlache auf den Planken des Stegs, der das Flussbad umgab. Sein hageres Gesicht war blau angelaufen. Blut oder eine offene Verletzung konnte ich keine erkennen. Der Reporter beendete seinen Bericht mit dem Satz: »Wie aus Polizeikreisen zu vernehmen war, geht man von einem Abrechnungsmord im Drogenmilieu aus.«

Diese Nachricht traf mich so hart wie der Faustschlag eines Boxchampions, und ich fragte mich, ob René Graf noch am Leben wäre, wenn ich ihm seine Informationen abgekauft hätte?

19

Vom diesjährigen Silvester bekam ich nichts mit. Ich fiel ins Bett und schlief sofort ein. Für einmal gelang es mir, mich über die Schwelle des Schlafes davonzuschleichen und die quälende Frage nach meiner Mitschuld an René Grafs Tod einfach hinter mir zu lassen. Ich schlief so tief, dass ich nach dem Aufwachen am nächsten Tag einige Zeit brauchte, um zu begreifen, wo ich war. Kaum hatte ich mich wieder zurechtgefunden, meldete sich auch die Erinnerung an René Grafs Tod zurück.

Ich setzte mich auf die Bettkante und starrte auf die leere Wand gegenüber meinem Bett. Da kam mir plötzlich der Traum der vergangenen Nacht in den Sinn. Ich saß in dem kühl eingerichteten Wartezimmer meines Hausarztes und wartete auf die Untersuchungsergebnisse. Seit einigen Wochen hatte ich mich müde und erschöpft gefühlt und deshalb einen Termin mit ihm ausgemacht. Mein Hausarzt holte mich im Wartezimmer ab und führte mich wie einen alten Mann in einen seiner Behandlungsräume. Er wartete, bis ich mich gesetzt hatte, und eröffnete mir dann die niederschmetternde Diagnose: Ich hatte das Herz eines Achtzigjährigen.

Das war exakt der Traum des ehemaligen Schweizer Radrennfahrers, wie er ihn in dem Interview wiedergegeben hatte. Wieso träumte ich seinen Traum? Ich hätte von Sandrine oder René Graf träumen müssen, aber bestimmt nicht von ihm.

Ich stand auf und ging zum Fenster hinüber. Das Licht draußen war plötzlich viel heller geworden. Ich kurbelte den Rollladen gerade soweit nach oben, dass ich zwischen den Lamellen auf die Straße schauen konnte. Die Sonne hatte die dicke Nebeldecke durchbrochen und projizierte lange Schatten auf die schneebedeckte Straße, durch die sich einige wenige Reifenspuren zogen. Schnee? Sonne? Erschrocken schaute ich auf die Uhr. Ich hatte das Gefühl, Tage geschlafen zu haben. Es war zwei Uhr nachmittags am ersten Januar. Als würde ich meiner Uhr nicht trauen, warf ich einen zweiten Blick auf die Langstraße und sah einen Trolleybus vorbeifahren. Dieses Bild beruhigte mich. Es war, wie ich es von andern Neujahrstagen kannte: Im Bus gab es kaum Fahrgäste und die Langstraße war leer und verlassen.

Ich ging zu meinem Bett zurück, als mir einfiel, dass ich meinen Vater im Altersheim besuchen wollte. Es hatte sich in den letzten Jahren so eingebürgert, dass wir an Neujahr zusammen frühstückten. Bis jetzt hatte ich es nie vergessen. Ich schaute nochmals auf die Uhr. Fürs Frühstück war es zu spät, aber ein gutes Neues Jahr konnte ich ihm noch immer wünschen. Ich duschte und rasierte mich, zog frische Kleider an und verließ meine Wohnung. Als ich auf die Langstraße hinaustrat, blieb ich einen Moment überrascht stehen und hatte erneut das Gefühl, viel länger als nur eine Nacht geschlafen zu haben. Die Distanzen erschienen mir viel größer. Es kam mir vor, als wäre die Langstraße in der Zwischenzeit breiter geworden und dadurch der Spielsalon auf der andern Seite weiter weggerückt.

Ein Trolleybus hielt an der Haltestelle vor meiner Haustür und fuhr einige Sekunden später, ohne dass jemand aus- oder eingestiegen war, wieder ab. Als sich der Trolleybus schon einige Meter von er Haltestelle entfernt hatte, kam plötzlich ein großer Mann, ganz in Schwarz, angerannt und schlug einige Male heftig mit der Hand gegen die Tür des fahrenden Trolleybusses. Es nützte nichts. Der Trolleybus hielt nicht mehr an.

Ich drehte mich ab, schlug den Kragen meines grauen Regenmantels nach oben und ging die wenigen Schritte zu Fuß zum Altersheim St. Peter und Paul.

»Ein gutes Neues Jahr wünsche ich Ihnen, Herr Vainsteins!« Die Heimleiterin höchst persönlich öffnete mir die Tür. »Wie schön, dass Sie Ihren Vater besuchen kommen. Er freut sich bestimmt. Ich sage ihm gleich Bescheid.«

Ich hob zum Dank die Hand und schaute mich in der Eingangshalle etwas um. Die Tafel mit der Zimmereinteilung war neu gestaltet worden. Neben den Namen und die Zimmernummer hatte man zwei Fotos des jeweiligen Bewohners geklebt. Das eine zeigte ihn als alten Menschen, das andere bei der Arbeit vor vielen Jahren. Mein Vater hatte ein Bild ausgewählt, auf dem er am Flügel in seinem perfekt aufgeräumten Studio abgebildet war. Er arbeitete als Klavierlehrer oder Musiker, wie er stets betonte. Kurz nach seiner Pensionierung starb meine Mutter. Einige Jahre versuchte er, alleine zurechtzukommen, aber es ging nicht. Er konnte nicht kochen und nicht waschen und so blieb als einzige Option das Altersheim.

»Sie sind doch ...« Ich spürte ein kraftloses Pochen an meinen Rücken und drehte mich um. Es war die Zimmernachbarin meines Vaters. »Jetzt fällt mir Ihr Name nicht ein.« Sie lächelte verlegen und hielt dabei den Kopf etwas zur Seite, so wie sie das auch auf den zwei Fotos an der Tafel mit der Zimmereinteilung getan hatte.

»Mein Name ist Aimé Vainsteins. Ich bin der Sohn Ihres Nachbarn.«

»Der Sohn von Ludwig. Genau!« Sie schien sich wieder zu erinnern. »Sie kommen oft zu Besuch. Meine Kinder sind dafür noch zu klein. Aber wenn sie älter sind, kommen sie bestimmt auch.«

»Wie alt sind denn Ihre Kinder?«

Die Frau musste lange nachdenken. »Fünf und sieben«, flüsterte sie mir zu und schlich lächelnd davon.

In diesem Moment trat mein Vater aus dem Lift und rief schon auf halbem Weg: »Figlio mio!« Kaum war er bei mir, umarmte er mich überschwänglich, und wir wünschten uns gegenseitig ein gutes Neues Jahr. »Schön, dass du gekommen bist. Komm wir gehen in die Cafeteria.«

Er hatte nicht gefragt, wo ich am Morgen geblieben war, und so erwähnte ich es auch nicht. In der Cafeteria holten wir einen Kaffee und einen Orangensaft an der Selbstbedienungstheke und setzten uns an den letzten Tisch am Fenster. Es war der einzige, der noch im Sonnenlicht stand.

»Komm, lass dich ansehen. Wie geht es dir?«

Ich zog unschlüssig die Schultern hoch.

»Du siehst bleich und müde aus. Stimmt etwas nicht?«

Mein Vater merkte immer, wenn es mir nicht so gut ging. Das war schon so, als ich noch ein Kind war. Aber die Zeit, sich um mich zu kümmern oder mich zu pflegen, nahm er sich nie. Er träumte davon, ein großer Pianist zu werden, und diesem Traum ordnete er alles unter. Während der Woche, oftmals auch samstags, verbrachte er den ganzen Tag in seinem Studio. Er gab Klavierstunden und übte dazwischen und danach für sich selbst. In den Schulferien gingen wir nie fort, damit er sich voll auf seine Studien konzentrieren konnte. Doch den Durchbruch schaffte mein Vater nie. Mit Sicherheit hatte er gemerkt, dass er nicht das Zeug zu einem großen Pianisten hatte. Aber er konnte es sich nicht eingestehen und arbeitete verbissen, mit einer an Besessenheit grenzenden Disziplin an der Erreichung seines Ziels. »Wenn du nicht erreicht hast, was du willst, dann hast du dich nicht genügend angestrengt«, pflegte er zu sagen. Erst als meine Mutter starb, konnte er sich von dieser fixen Idee lösen. Von einem Tag auf den andern hörte er auf. Er übte nur noch selten und gab Klavierabende in Altersheimen und Kirchen, was er früher stets abgelehnt hatte. Es war, als hätte er sich zeigen wollen, wo er hingehörte. Was genau meinem Vater zu einem großen Pianisten gefehlt hatte, vermochte ich nicht sagen. Aber manchmal kam es mir so vor, als hätte es um ihn herum eine Mauer gegeben, über die seine Musik nicht bis zum Publikum gelangte.

»Was ist mit dir?«, wiederholte mein Vater seine Frage.

»Nichts. Wie war dein Silvester?«

»Wie immer. Um Mitternacht gehen ein paar Tischbomben los und wecken diejenigen, die eingeschlafen sind. Es gibt einen billigen Sekt, etwas Musik und die, die noch können, tanzen ein bisschen. Spätestens um eins ist Schluss. Und wie war es bei dir?«

»Ich war zu Hause.«

»Du vermisst die Radrennen, habe ich Recht?«, sagte er mit einem Lächeln. Dann wollte er einen Schluck Kaffee trinken, merkte aber gerade noch rechtzeitig, dass er viel zu heiß war. Er stellte die Kaffeetasse wieder ab und begann, darin zu rühren. »Was du nur an diesen Radrennen findest, werde ich nie begreifen. Radfahren kann doch nun wirklich jeder! Wenn du dich für Formel-1-Rennen interessieren würdest, das könnte ich noch verstehen. Aber Radrennen ...«

Mein Vater versuchte, mich mit meiner Vorliebe für Radrennen aufzuziehen. Üblicherweise revanchierte ich mich dafür, indem ich ihn mit seinem schmalen Sportwissen neckte. Das war so etwas wie unser Running Gag. Für gewöhnlich entstanden daraus ganz unterhaltsame Sticheleien. Aber an diesem Tag war mir nicht nach solchen Spielchen.

»Es gibt Tage, da möchte man im Bett bleiben und nie

mehr aufstehen.« Er war wieder ernster geworden. Er hatte aufgehört im Kaffee zu rühren. Aber sein Blick blieb auf die Kaffeetasse gerichtet. »Manchmal, wenn ich an deine Mutter denke, geht es mir auch so. Leider habe ich bis heute kein Rezept gefunden, wie solche Tage am besten zu meistern sind.«

Niedergeschlagenheit hätte sich mein Vater vor dem Tod meiner Mutter nie eingestanden. Ich schaute zu ihm und hätte ihn gerne gefragt, weshalb ihm seine Karriere so wichtig gewesen war, dass er ihr alles untergeordnet hatte. Aber ich brachte diese Frage nicht über die Lippen und erzählte ihm stattdessen von den Schwierigkeiten mit meinem Fall.

»Worum geht es?«

»Um eine vermisste, junge Frau aus Kamerun. Sie heißt Sandrine.«

»Cherchez la femme«, meinte mein Vater mit einem hintergründigen Lächeln.

»Die Frau ist tot, und ich habe sie nicht gekannt.«

»Na und?«

»Wie kann ich da etwas für sie empfinden«, erwiderte ich leicht genervt. »Das ist nicht möglich.«

»Bist du sicher?«

»Ich? Sicher? Ich bin das Gegenteil von sicher!« Ich machte eine kurze Pause. Die Sonne beschien nur noch eine kleine Ecke des Tisches. »Gestern glaubte ich, diesen Fall abschließen zu können, bis mir klar wurde, dass ich nichts begriffen hatte. Nicht einmal mit Sandrines Tod bin ich mir ganz sicher. Anstatt ihn offiziell abzuklären, übernahm ich leichtgläubig Marquardts Darstellung der Ereignisse. Marquardt war Sandrines Verlobter. Gemäß seiner Aussage hatte Sandrine in stark alkoholisiertem Zustand Kokain konsumiert und sich dabei selbst vergiftet. Er sprach von einem bedauerlichen Unglücksfall.«

»Gibt es Gründe für deine Zweifel?«

»Marquardt ist eine dubiose Figur. Ein Immobilienverwalter mit einem Bordell. Oder ein Bordellbesitzer mit einer Immobilienverwaltung. Aber sonst ... Etwas Konkretes habe ich gegen ihn nicht in der Hand.«

»Ich meinte eigentlich, ob es Zweifel an Sandrines Tod gibt?«

»Sandrine ist tot!«, sagte ich schnell und musste dabei an die grazile, junge Frau mit dem Rosebud-T-Shirt denken. »Zweifel habe ich diesbezüglich keine. Ich ärgere mich nur, dass ich mich von diesem Marquardt habe einwickeln lassen. Ich kann nicht verstehen, weshalb ich seine Aussage nicht sofort überprüft habe.«

»Vielleicht hast du insgeheim gehofft, dass Sandrine noch lebt.«

»Jetzt fängst du schon wieder an? Ich sagte dir doch, dass ich die Frau nicht gekannt habe.«

»Ich weiß, ich weiß«, entgegnete mein Vater seelenruhig, rührte nochmals kurz in seinem Kaffee und nahm anschließend einen ersten Schluck. »Denkst du, die Frau wurde ermordet?«

»Vermutlich.«

»Weshalb?«

»Marquardt zeigte mir einen Brief von Sandrine. Darin erklärt sie sich einverstanden, Marquardt zu heiraten.«

»Wo ist da die Verbindung zu einem Mord?«

»Es war ein Brief ohne jegliche Emotionen. Mir kam er wie ein Geschäftsbrief vor, in dem eine Firma ihren Widerstand gegen die Übernahme durch eine andere aufgibt. Eine Kapitulation. Dieser Brief könnte ein Indiz dafür sein, dass Sandrines Tod kein bedauerlicher Unglücksfall war.«

»Ich sehe noch immer nicht, wie du daraus ableitest, dass Sandrine ermordet wurde.«

»Mehrere Zeugen haben mir unabhängig voneinander bestätigt, dass Sandrine Marquardt nicht heiraten wollte. Also hat er sie gezwungen. Es könnte sein, dass sich Sandrine nicht mit ihrem Schicksal abfinden wollte und sich zur Wehr setzte. Dafür spricht, dass sie kurz vor ihrem Tod einen Rechtsanwalt ...«

»Was ist? Wieso sprichst du nicht weiter?«

»Wieso jetzt?«

»Was meinst du?«

»Sandrine wurde jahrelang von Marquardt erpresst. Zwar hatte sie immer wieder versucht, von ihm loszukommen, aber es ist ihr nie gelungen. Ihre Versuche schlugen fehl, weil sie nicht gewagt hatte, juristisch gegen Marquardt vorzugehen. Letzten Herbst hat sie diese Angst plötzlich abgelegt und einen Rechtsanwalt aufgesucht. Wieso tat sie dies nicht schon viel früher?«

Mein Vater zog ratlos die Schulter in die Höhe.

»Glaubst du, dass es eine Grenze gibt, und wenn die überschritten ist, können einem die Drohungen eines Erpressers nichts mehr anhaben?«

»Ich weiß es nicht?«, sagte mein Vater, nachdem er einen Moment nachgedacht hatte. »Schon möglich. Womit wurde Sandrine denn erpresst.«

»Sandrine war als junge Frau illegal in die Schweiz eingereist. Um hier bleiben zu können, ging sie eine Scheinehe ein und wurde so erpressbar. Denn sie war der festen Überzeugung, dass sie aus der Schweiz ausgewiesen worden wäre, wenn die Behörden von ihrer Scheinehe erfahren hätten. Als Folge davon hätte ihre Familie in Kamerun erfahren, wie sie ihr Geld verdient hatte.«

»Wie verdiente sie es?«

»Als Call-Girl.«

»Und davon und von ihrer Scheinehe hatte Marquardt Wind bekommen?«

»Wind bekommen, ist gut. Er hat sie arrangiert.«

»Aber weshalb hatte Marquardt Sandrine damals nicht geheiratet?«

»Keine Ahnung. Das habe ich mich auch schon gefragt. Sein Verhalten könnte allerdings ein Hinweis dafür sei, dass diese Heirat nur ein vorgeschobener Grund war. Möglicherweise ging es um etwas anderes. Aber frage mich nicht, was das war.«

Mein Vater trank einen weiteren Schluck Kaffee. »Was meinst du, war Sandrine drogensüchtig?«

»Ganz sicher bin ich mir auch da nicht. Aber es spricht vieles dafür.«

»Sie könnte also auch im Drogenmilieu in eine üble Geschichte geraten und so zu Tode gekommen sein. Vielleicht hat dieser Marquardt wirklich nichts mit Sandrines Tod zu tun. Weißt du, woher Sandrine die Drogen hatte?«

»Vermutlich von einem Drogendealer, der im selben Haus wie sie gelebt hatte.«

»Und wieso fragst du ihn nicht?«

»Weil er tot ist.«

»Auch tot«, sagte mein Vater nachdenklich und trank seinen Kaffee aus. »Sandrine scheint da wirklich in eine ganz üble Geschichte geraten zu sein.«

»Möglich. Aber Mutmaßungen helfen mir jetzt nicht weiter. Ich muss endlich herausfinden, weshalb Sandrine sterben musste! Wenn mir das nicht bald gelingt, kommt Sandrines Mörder womöglich ungeschoren davon.«

»Du magst diese Frau, hab ich Recht?«

»Wann begreifst du es endlich: Sandrine tot ist! Ich brauche einen Hinweis, wie ich ihre Mörder finden und überführen kann und keine Analyse meiner Gemütslage.«

Mein Vater nickte und schaute in die leere Kaffeetasse. »Am Anfang meiner Ausbildung am Konservatorium fragte mich mein Lehrer, ob ich die Rhapsodien Opus 79 von Johannes Brahms, an denen ich gerade arbeitete, auswendig vortragen könnte. Ich bejahte, denn während des Übens hatte ich sie schon verschiedene Male durchgespielt, ohne auf die Noten zu sehen. Doch als ich sie ihm vortragen wollte, geriet ich schon nach wenigen Takten ins Stocken. Daraufhin empfahl mir mein Lehrer, die Stücke so auswendig zu lernen, dass ich sie Note für Note aufschreiben konnte. Mit dieser Methode fand ich die Stellen, bei denen ich mich jedes Mal durchgemogelt hatte, sofort. Vielleicht würde eine analoge Vorgehensweise in deinem Fall auch funktionieren?«

»Vielleicht«, meinte ich zähneknirschend. Wer wurde schon gern von einem Laien belehrt, vor allem wenn dieser auch noch der eigene Vater war. Ich schaute auf die Uhr und danach zu meinem Vater. Er sagte nichts und legte den leeren Kaffeerahmbecher auf die Untertasse. Erst da bemerkte ich, dass ich meinen Orangensaft noch nicht angerührt hatte. Ich nahm das Glas und leerte es in einem Zug. »Ich werde über deinen Ratschlag nachdenken. Aber jetzt muss ich gehen.« Ich stand auf, verabschiedete mich und verließ das Altersheim.

20

Vor dem Altersheim blieb ich einen Augenblick stehen und schaute mich um. Die verschneite Stadt im Licht der tiefstehenden Sonne war so einladend, dass ich mich kurzerhand entschloss, noch einen Spaziergang zu machen. Ich ging den Schanzengraben entlang Richtung See und versuchte, wie es mein Vater vorgeschlagen hatte, Sandrines Fall Punkt für Punkt durchzugehen. Vielleicht würde es mir auf diese Weise tatsächlich gelingen, Antworten auf meine offenen Fragen zu finden. Doch kaum hatte ich begonnen, mich in den Fall zu vertiefen, hörte ich Schritte hinter mir. Reflexartig drehte ich mich um, aber niemand war zu sehen. Alles war ruhig und friedlich.

Ich ging weiter und versuchte mich wieder auf meinen Fall zu konzentrieren, aber es ging nicht. Anstatt an Sandrine musste ich an Fabrice denken. Er hatte mich schon einmal verfolgt, damals als ich gerade das Büro von Marquardt, seinem Chef, verlassen hatte. Wie konnte mein Vater angesichts dieser Tatsache denken, dass Marquardt nichts mit Sandrines Tod zu tun hatte? Aus welchem Grund sonst ließ mich Marquardt verfolgen? Nein, Sandrine war nicht von einem skrupellosen Drogenboss umgelegt worden, sondern von Marquardt. Was aber, kam mir plötzlich der Einfall, wenn Marquardt dieser Drogenboss war? Die Immobilienverwaltung und das Bordell, dienten sie ihm nur als Tarnung für seine Drogengeschäfte? Ich brauchte einen Moment, um mich an diesen Gedanken zu gewöhnen. Doch je länger ich darüber nachdachte, umso mehr kam ich zu der Überzeugung, dass einiges für sie sprach: Die Pistole in Marquardts Schreibtisch und die Überwachungskameras vor seinem Büro. Ein gewöhnlicher Immobilienverwalter hätte diese Dinge nicht gebraucht. Ein Bordellbesitzer vielleicht und ein Drogenboss sicher. Hatte Marquardt wirklich mit Drogen zu tun? Rührte sein übersteigertes Bedürfnis nach Sicherheit daher, dass er sich vor Repressalien aus diesem Milieu fürchtete?

Ich versuchte, meine Gedanken weiterzuspinnen. Womöglich hatte Sandrine von Marquardts Drogenhandel erfahren und sah darin ihre Chance, endlich von ihm loszukommen? War das die Erklärung für Sandrines plötzlichen Besuch bei dem Rechtsanwalt? Mit diesem Ansatz wäre auch Marquardts übermäßiges Interesse an Sandino geklärt. Denn wusste Sandino tatsächlich von Marquardts Drogengeschäften, stellte er eine ernstzunehmende Gefahr für ihn dar.

Erneut riss mich das Geräusch aufschlagender Absätze aus meinen Gedanken. Ich hatte das Gefühl, die Blicke meines Verfolgers förmlich auf meinem Rücken zu spüren. Aber obwohl ich mich blitzschnell umdrehte, sah ich auch diesmal niemanden. Wohin ich auch schaute, keine Menschenseele weit und breit. Litt ich unter Verfolgungswahn?

Am Bürkliplatz warf ich einen letzten Blick zurück, auch diesmal ohne jemand zu sehen. Vielleicht war ich nach der letzten Nacht einfach etwas übersensibel. Ich setzte mich auf eine Bank am Seeufer und versuchte meinen Fall für einen Moment zu vergessen. Ich beobachtete, wie die Sonne langsam hinter dem Horizont verschwand, und das linke Seeufer mehr und mehr im Dunkel des Schattens versank. Sofort bildeten sich erste Nebelbänke, und unaufhaltsam kroch der Schatten weiter. Er überquerte den See und schob sich am gegenüberliegenden Ufer den Hang hinauf, bis auch dieser ganz in ihn eingetaucht war. Ein Flugzeug flog in großer Höhe über Zürich und in seinem Kondensstreifen reflektierte sich das Sonnenlicht ein letztes Mal.

Ich musste an das Chanson *Dimanche à Orly* von Gilbert Bécaud denken. Meine Mutter war Französin und hat es oft gesungen. Es handelte von einem jungen Mann, der sonntags auf den Flugplatz Orly ging und den Flugzeugen nachschaute.

Das Flugzeug verschwand hinter dem Horizont und sein Kondensstreifen löste sich langsam auf. Die Nacht brach unaufhaltsam über die Stadt herein. Ich wendete mich wieder meinem Fall zu und versuchte, meine Gedanken über Marquardt neu zu ordnen. Aber eine aufdringliche Männerstimme hinter mir störte mich. Ich drehte mich um. Ein Mann ganz in Schwarz mit einer auffallend großen, modernen Sonnenbrille aus einem Stück Glas ging nervös gestikulierend die Quaimauer auf und ab und unterhielt sich am Handy in einer Sprache, die ich nicht verstand. Seine Statur und die dunklen Kleider erinnerten mich an den Mann, den ich vor meiner Haustüre gesehen hatte, als ich mich auf den Weg ins Altersheim machte. Hatte er mich verfolgt?, schoss es mir durch den Kopf. Ich verwarf diesen Einfall sogleich wieder, denn er schien sich nicht sonderlich für mich zu interessieren. Er schaute nur sehr selten in meine Richtung und wenn er es tat, schien es rein zufällig zu sein. Ich versuchte mich erneut auf Sandrines Fall zu konzentrieren, als ich unmissverständlich hörte, wie der Mann mit der modernen Sonnenbrille Marquardts Namen erwähnte. Sofort blickte ich zu ihm und sah gerade noch, wie er sein Handy zuklappte und zu einem schwarzen Offroader rannte, der eben auf das Trottoir gefahren und dort angehalten hatte. Er stieg ein, und der schwarze Wagen fuhr Richtung Bellevue weiter.

Ich winkte ein Taxi herbei und wies die junge Fahrerin an, dem schwarzen Offroader zu folgen. Ich erklärte ihr, dass ich Detektiv sei und die Leute in dem Wagen für mich sehr wichtig seien. Sie war in keinster Weise überrascht und meinte, dass ich mit einem solchen Auftrag bei ihr genau an der richtigen Adresse sei. Das war ich in der Tat. Ohne den schwarzen Offroader aus den Augen zu verlieren, folgte sie ihm ruhig und unauffällig bis zum Flughafen und hielt hundert Meter hinter ihm auf der Rampe vor dem Terminal A an. Der Mann mit der modernen Sonnenbrille stieg aus und verschwand im Flughafengebäude. Ich bezahlte und mit dem Wechselgeld gab mir die junge Fahrerin ihre Visitenkarte. »Wenn Sie mich wieder mal brachen, rufen Sie diese Nummer an!«

»Okay«, sagte ich mit einem Lächeln, stieg aus und folgte dem Mann mit der modernen Sonnenbrille. Er ging durch die große Check-in-Halle und nahm eine Rolltreppe ins Untergeschoss. Ich wartete hinter einer Säule, denn gleichzeitig mit ihm auf der Rolltreppe stehen, schien mir zu riskant. Er hätte sich umdrehen können, und da es auf einer Rolltreppe kaum eine Möglichkeit gab, sich zu verstecken, wäre er auf mich aufmerksam geworden. Ich wartete bis er unten angekommen war, um ihm dann mit sicherem Abstand zu folgen. Doch wie ich die Rolltreppe betreten wollte, baten mich zwei Polizisten mit einem Hund freundlich, aber sehr bestimmt zu einer Kontrolle. Sie führten mich zu einer Nische und stellten mir alle möglichen Fragen. Es dauerte eine volle Viertelstunde, bis ich ihnen klar machen konnte, dass ich Detektiv und kein Terrorist war.

Danach war der Mann mit der modernen Sonnenbrille natürlich längst verschwunden. Ich überlegte, was er auf dem Flughafen gewollt haben könnte. Gepäck hatte er keines bei sich, also stand keine Reise an. Er war in Richtung Ankunftshalle unterwegs. Wollte er jemand abholen? Ich warf einen Blick auf die Liste der ankommenden Flüge und entdeckte, dass die Air France vor zwanzig Minuten aus Yaoundé gelandet war. Das sah viel versprechend aus. Ich nahm die gleiche Rolltreppe wie er und kam in einen langen, breiten Gang, in dem viele Reisende unterwegs waren. Ich ging bis zu dessen Ende, von wo eine weitere Rolltreppe zur Ankunftshalle hinunter führte. Plötzlich entdeckte ich zwischen den Reisenden hindurch den Mann mit der modernen Sonnenbrille. Er kam direkt auf mich zu. Neben ihm ging nicht ganz überraschend Marquardt und zwischen den zwei Männern lief in einen groben, viel zu großen Wintermantel die schlanke, schwarze Frau, die ich auf dem Foto in Marquardts Schreibtischschublade gesehen hatte. Sie war wirklich noch fast ein Mädchen. Schnell versteckte ich mich hinter einer Gruppe japanischer Touristen und wartete, bis Marquardt vorbei war.

War die schlanke, schwarze Frau Sandrines Nachfolgerin, Marquardts neue Verlobte? So recht mochte ich das nicht glauben. Kein einziges Mal hatte sich Marquardt zu ihr umgedreht. Nicht einmal den kleinen, abgeschabten Koffer hatte er ihr abgenommen. Die zwei Männern eskortierten die schlanke, schwarze Frau wie eine Gefangene durch den Flughafen und bogen schließlich nach rechts in die Passerelle ab, die zum Parkhaus hinüber führte. Ich folgte ihnen. Marquardt drehte den Kopf kaum merkbar zu dem Mann mit der modernen Sonnenbrille und sagte ihm etwas. Darauf packte der die schlanke, schwarze Frau am Arm und zerrte sie vorwärts. Plötzlich hatten sie es sehr eilig. Hatten sie mich bemerkt? Die drei hetzten über die Passerelle. Aber so einfach ließ ich mich nicht abschütteln. Ich blieb ihnen auf den Fersen, und als Marquardt den Lift im Parkhaus erreicht hatte, stand auch ich dort.

»Herr Marquardt!«, gab ich mich überrascht. »Wie klein die Welt doch ist.«

»Was wollen Sie?«

»Sie sind in Begleitung. Möchten Sie mich nicht vorstellen?«

»Verschwinden Sie!«, schnauzte Marquardt mich an.

»Schlecht gelaunt?« Ich lächelte genüsslich. »Ach ja, der Namen meines Klienten. Dumm gelaufen, die Sache mit Ihrem Pistolero. Vielleicht haben Sie mich doch ein bisschen unterschätzt.«

»Wer zuletzt lacht, lacht am besten!«

»So ist es. Ist Ihre Begleiterin eine von Sandrines vielen Schwester?«

»Verschwinden Sie endlich«, fauchte Marquardt erneute, »oder ich rufe die Sicherheitsleute!«

»Vous conaissez Sandrine Malimbé?«, sprach ich die schlanke, schwarze Frau direkt an.

Sie antwortete nicht und schaute fragend zu Marquardt.

»Tais-toi«, drohte er ihr und zerrte sie zu sich. »Verschwinden Sie endlich, Vainsteins!«

»Sandrine est morte? Vous savez quelque chose?«

Die Lifttüren öffneten sich und jemand tippte mir von hinten auf die Schultern. Ich drehte mich um und konnte gerade noch erkennen, wie die Faust des Mannes mit der modernen Sonnenbrille auf mich zugeflogen kam. Dann wurde mir schwarz vor den Augen. Ich verlor das Gleichgewicht, taumelte und stürzte benommen zu Boden. Unfähig, etwas dagegen zu tun, musste ich mit anschauen, wie Marquardt in den Lift stieg und sich aus dem Staub machte. Das war geradezu sinnbildlich für diesen Fall: Marquardt konnte machen, was es wollte, und ich kriegte ihn nicht zu fassen. Als ich mich nach einer Weile wieder aufgerappelt hatte, versuchte ich über die Treppe die Verfolgung aufzunehmen, aber bereits nach wenigen Stufen wurde mir schwindlig, und ich musste mich hinsetzen.

21

Der rote Sekundenzeiger strich über das letzte Viertel des Zifferblatts und blieb für einen Moment auf der Zwölf stehen. Es war exakt sieben Uhr abends, als ich mit der Rolltreppe aus dem S-Bahnhof in die große Bahnhofshalle hochfuhr.

Zuvor hatte ich über eine Stunde in einer Bar im Flughafen gesessen, etwas getrunken und mir die Wange mit Eis gekühlt. Der Barkeeper, ein junger Inder, grinste mich dabei dämlich an und fragte bestimmt ein halbes Dutzend Mal, ob ich noch mehr Eis benötigte. Mit Sicherheit dachte er, ich hätte mir die geschwollene Backe bei einer Auseinandersetzung um eine Frau geholt. Ganz Unrecht hatte er dabei nicht.

Für einen Neujahrstag war in der Bahnhofshalle erstaunlich viel Betrieb. Um die große Würfeluhr beim Treffpunkt versammelten sich junge Leute, an den Imbissbuden drängten sich hungrige Reisende und auf den Perrons trafen die ersten Ferienheimkehrer ein.

Ich verließ den Bahnhof und stieg davor in ein Tram der Linie 3. Ich setzte mich, und es fuhr los. Zweihundert Meter weiter wirkte die Stadt noch immer verlassen. Es waren kaum Autos auf der Straße und Fußgänger sah man nur vereinzelt. Vielleicht fielen mir deshalb die drei Männer sofort auf, die dicht hintereinander, einer vorne, die andern zwei dahinter, die Straße vor der Haltestelle bei der Kaserne überquerten. Das Tram hielt an. Ich schaute etwas genauer hin. Der Mann vorne war Fabrice und hinter ihm ging der Mann mit der modernen Sonnenbrille, der mich am Flughafen niedergeschlagen hatte. Den Dritten, er hatte einen weichen, breitkrempigen Hut auf, hatte ich noch nie gesehen. Sie steuerten geradewegs auf den schwarzen Offroader zu. Ich wollte aussteigen, aber die Türen ließen sich nicht mehr öffnen, und das Tram fuhr los. Ich lief in den hinteren Teil des Trams, von wo ich die drei Männer besser beobachten konnte. Sie hatten den schwarzen Offroader erreicht. Der Mann mit dem breitkrempigen Hut schloss den Wagen auf, und der Mann mit der modernen Sonnenbrille stieg als erster hinten ein. Dann erhielt Fabrice den Autoschlüssel und setzte sich hinter das Steuer. Erst dann ging der Mann mit dem breitkrempigen Hut um den Wagen herum und nahm auf dem Beifahrersitz Platz. In diesem Moment bog das Tram beim Stauffacher um die Ecke und ich sah nur noch wie der schwarze Offroader Richtung Bahnhof davon fuhr.

Am Stauffacher dauerte der Halt etwas länger als üblich. Die Linie 3 wartete die Linie 9 ab. Unweit der Haltestelle kontrollierten zwei Polizisten einen schwarzen Mann. Er stand, die Hände mit einem Kabelbinder hinter dem Rücken gefesselt, barfuß neben seinen Turnschuhen, während der eine Polizist ihm mit Gummihandschuhen die Taschen leerte. Der andere Polizist stand mit griffbereitem Schlagstock daneben und ließ den schwarzen Mann keine Sekunde aus den Augen. Ich wusste es schon als Kind, auf der Seite der Polizei wollte ich nie stehen.

An der nächsten Station stieg ich aus und lief zu meinem Hauseingang. Als ich das Treppenhaus betrat, hörte ich mein Telefon klingeln. Das war merkwürdig, denn auch wenn sich mein Büro im ersten Stock befand, das Telefon hörte man üblicherweise nicht. Etwas stimmte nicht. Ich rannte die zwei Treppen nach oben und sah den Grund. Die Bürotür war nur angelehnt und Teile des Schlosses waren aus dem Türrahmen gerissen. Bei mir war eingebrochen worden. Ich drückte die Bürotür auf und machte Licht. Das Telefon hatte in der Zwischenzeit aufgehört zu klingeln. In meinem Büro sah es aus, als wäre ein Orkan hindurch gefegt. Der Aktenschrank war aufgebrochen und überall lagen Hängeregistraturen und lose Datenblätter herum. Ich stand mitten in einem fürchterlichen Durcheinander und so langsam begann ich zu erahnen, was passiert war. ›Wer zuletzt lacht, lacht am besten!‹, halten Marquardts Worte in meinem Kopf nach. Ich bückte mich und fing an, die Hängeregistraturen einzusammeln. Unter ihnen fand ich jene von Sandino. Sie war leer. Nun hatte Marquardt, was er wollte. Plötzlich ergaben die Ereignisse des Tages einen Sinn. Seit ich am frühen Nachmittag meinen Fuß vor die Türe gesetzt hatte, wurde ich von dem Mann mit der modernen Sonnenbrille überwacht. Während dem Besuch bei meinem Vater im Altersheim und dem anschließenden Spaziergang hatte Fabrice genügend Zeit, in mein Büro einzubrechen. Nach seinem Besuch bei mir vor einigen Wochen kannte er sich ja bestens aus. Am Bürkli-Platz hatte meinen Beobachter die Nachricht erreicht, dass die Aktion erfolgreich abgeschlossen wurde, und er mich nicht weiter zu verfolgen brauchte.

Das Telefon klingelte erneut, und ich nahm ab.

»Vainsteins.«

»Manuel Sandino hier!« Er war im Tram unterwegs. Die Nebengeräusche machten es schwierig, ihn genau zu verstehen. »Sie erinnern sich doch an mich?«

Ich sagte nichts. Eine solche Frage hätte mich auch genervt, wenn nicht gerade bei mir eingebrochen worden wäre.

»Wo waren Sie?«, fragte Sandino ungeduldig und schon fast vorwurfsvoll. »Ich versuche schon zum dritten Mal, Sie zu erreichen. Ich habe Sie doch nicht geweckt?«

»Was wollen Sie?«

»Ich habe nicht viel Zeit. Aber raten Sie mal, was passiert ist.« So aufgedreht kannte ich Sandino gar nicht.

»Keine Ahnung, aber Sie werden es mir bestimmt gleich ...«

»Sandrine lebt!«, platzte es aus ihm heraus.

»Klar! Sandrine ist von Toten auferstanden und wünscht sich nichts sehnlicher, als von Ihnen in die Arme genommen zu werden. Ein Mann hat Sie angerufen und Ihnen die frohe Botschaft überbracht.«

»Woher wissen Sie das?« Erschrockene Neugier verdrängte Sandinos Enthusiasmus.

»Ich bin Hellseher!«

»Ihren Spott können Sie sich sparen!«, erwiderte Sandino scharf. Die Vorstellung, dass Sandrine noch am Leben war, schien seinem Selbstvertrauen Auftrieb gegeben zu haben. »Dass Sie mir glauben, habe ich sowieso nicht erwartet. Aber Sandrine ist nicht tot, ob es Ihnen nun passt oder nicht! Sie lebt und ist nur untergetaucht, wie ich das immer vermutet habe. Sie zog einen Strich unter ihr bisheriges Leben, um an einem andern Ort neu anzufangen. Aber mich«, fügte er mit Stolz an, »hat sie nicht vergessen.«

»Wo hat Sandrine neu angefangen?«

»Das werde ich bald erfahren.«

Ich musste wieder an René Graf denken und wollte verhindern, dass Sandino auch so endete. »Ich kann gut verstehen, dass Sie sich nichts sehnlicher wünschen, als Sandrine wieder zu sehen. Aber sie ist tot!«, gab ich mich scheinbar überzeugt. Dabei konnte auch ich dem Reiz, Sandrine endlich persönlich kennen zu lernen, kaum widerstehen. »Sandrine ist nicht mehr am Leben. Eine Frau, die einmal mit ihr zusammen gearbeitet hatte, bestätigte mir ihren Tod.«

»Und mir hat ein Mann bestätigt, der Sandrine persönlich kennt, dass sie noch lebt!«

»Das war Marquardt!«

»Glauben Sie wirklich, ich könnte Marquardts Stimme nicht von einer andern unterscheiden?«

»Einer seiner Helfer hat sie angerufen.«

»Und dass sich Ihre Informantin täuscht«, sagte Sandino in arrogantem Ton, »ist natürlich ausgeschlossen!«

Ich ging nicht darauf ein und wollte herausfinden, ob Sandino etwas über den Grund für Sandrines Besuch bei dem Rechtsanwalt wusste. »Jahrelang unternimmt Sandrine nichts gegen Marquardts Gemeinheiten und lässt ihn gewähren. Und dann, von einem Tag auf den andern die Kehrtwende. Warum? Und weshalb gerade zu diesem Zeitpunkt?«

»Keine Ahnung«, murmelte Sandino, nachdem er kurz nachgedacht hatte.

»Sandrine könnte herausgefunden haben, dass Marquardt im Drogenhandel tätig war? Es wäre möglich, dass diese Erkenntnis der Grund für ihren Besuch bei dem Rechtsanwalt war. Vielleicht hatte Marquardt davon erfahren und sie deshalb ermordet.«

»Das haben Sie mich schon einmal gefragt!«, sagte Sandino mit einem überheblichen Lacher. »Und meine Antwort bleibt dieselbe: Marquardt wollte Sandrine heiraten und nicht töten. Auch ist die Prostitution und nicht der Drogenhandel seine Branche. Ihre Idee überzeugt mich nicht!«

»Dann überzeugt Sie vielleicht, dass Marquardt in der Mordnacht vor Sandrines Wohnung in der Rosengartenstraße 23 gesehen wurde.«

»Das beweist noch gar nichts.«

»Aber es ist eine Spur. Ein Hinweis. Denken Sie nochmals nach, ob Sandrine Ihnen etwas gesagt hat, das Marquardt in die Nähe von Drogengeschäften rückt. Das kann eine scheinbar harmlose Bemerkung, eine Andeutung oder auch nur ein Wort gewesen sein.«

»Ich kann mich nicht erinnern. Wenn Sie Marquardt unbedingt als Drogenhändler hinter Schloss und Riegel bringen wollen, dann bitte. Mich geht das nichts an. Ich habe Sandrine gefunden, und mehr will ich nicht.«

»Marquardt hat heute in mein Büro eingebrochen, um sich Ihre Telefonnummer zu holen.«

»Und jetzt?«

»Begreifen Sie denn nicht? *Er* steckt hinter dem Anruf!«

»Das hatten wir doch schon.«

»Um fünf Uhr wurde bei mir eingebrochen und kurz danach erhielten Sie Ihren Anruf. Habe ich Recht?«

»Und jetzt?«

»Sie sollten diese Sache nicht auf die leichte Schulter nehmen. Marquardt ist gefährlich.«

»Sie wollen mir Angst machen? Finden Sie das nicht etwas kindisch?«

»Sie kennen Marquardt nicht. Er ist ...«

»Nennen Sie mir einen Grund, weshalb Marquardt etwas gegen mich haben sollte?«

»Sind sie blind?«

»Na schön, er könnte eifersüchtig auf mich sein, weil Sandrine sich bei mir und nicht bei ihm gemeldet hat. Aber erstens weiß er das nicht und zweitens würde er mich deswegen nicht gleich umbringen. Ihre Theorie stimmt nicht! Es gibt keinen plausiblen Grund, weshalb Marquardt sich für mich interessieren sollte?«

»Leiden Sie unter Realitätsverlust ...« Ich brach ab und versuchte ruhig zu bleiben. Vorwürfe, auch wenn sie berechtigt sind, helfen in einer so verfahrenen Situation nicht weiter. »Sie wissen von Sandrines Besuch bei diesem Rechtsanwalt. Damit liegt die Vermutung nahe, dass Sie auch über den Grund für dieses Treffen informiert sind.«

»Vermutung! Sie sagen es. Es ist möglich, dass ich den Grund kenne, aber genau so gut kann es sein, dass ich ihn nicht kenne. Und so ist es. Ich habe keine Ahnung, was Sandrine mit diesem Rechtsanwalt besprochen hat.«

»Es geht nicht darum, was Sie wissen. Es geht darum, was Marquardt denkt, dass Sie wissen könnten.«

Ein Polizeiauto mit Blaulicht und heulender Sirene bog mit quietschenden Reifen von der Badenerstraße in die Langstraße ein.

»Haben Sie mich verstanden?«

Sandino blieb stumm. Das Einzige was ich hörte, war ein nervöses Klopfen.

»Zum dritten Mal: könnte Marquardt etwas mit Drogen zu haben, und könnte Sandrine davon gewusst haben?«

»Marquardt ein Drogenhändler!«, sagte Sandino in herablassendem Ton. Das nervöse Klopfen hatte aufgehört. »Und als nächstes wollen Sie mir weismachen, dass Sandrine seine Dealerin war. Dass sie drogensüchtig ist, wissen wir dank Ihrer Ermittlungen ja bereits. Ich habe weder Zeit noch Lust, mich weiter mit Ihnen zu unterhalten. Ich weiß gar nicht, weshalb ich Sie angerufen habe. Aber lassen Sie sich das eine noch gesagt sein: Sandrine hatte nie auch nur das Geringste mit Drogen zu tun! Verstehen Sie, nie!« Seine Stimme hatte etwas Bedrohendes. »Sie hat Drogen weder konsumiert noch verkauft, denn das hätte ich gewusst. Ich war ihr Freund. Haben Sie das vergessen. Wir waren ein Jahr lang zusammen, und im Gegensatz zu Ihnen kenne ich Sandrine ganz genau. Sie haben keine Ahnung von ihr. Sie wissen gar nichts!« Sandino setzte einen Moment ab, als wollte er damit seiner Aussage größere Wirkung verschaffen. Dann fragte er mit abgeklärtem Ton: »War es das?«

»Gehen Sie nicht zu diesem Treffen. Marquardt ist unberechenbar und ...«

»Was reden Sie immer von Marquardt!«

»Er steckt mit Sicherheit hinter diesem Anruf. Ich warne sie nochmals eindringlich. Er ist ein gefährlicher Mann. Gehen Sie auf keinen Fall zu diesem Treffen.«

Bad Allenmoos, hörte ich, wie die nächste Haltestelle angekündigt wurde. Damit stand fest, Sandino war in einem Tram der Linie 11 unterwegs.

»Ich finde es ja rührend, wie Sie sich um mich kümmern«, meinte Sandino. »Aber ich gehe trotzdem!«

»Wir könnten gemeinsam zu diesem Treffen fahren. In einer Viertelstunde könnte ich bei Ihnen sein. Ich würde im Hintergrund bleiben und nur im Notfall eingreifen. Wohin wollen Sie?«

»Netter Versuch!«, erwiderte Sandino in schnoddrigem Ton. »Nicht Ihr Glückstag heute, wie?«

Da hatte er ausnahmsweise mal Recht. Obwohl ich von seiner arroganten Art die Schnauze allmählich voll hatte und den Hörer am liebsten aufgehängt hätte, riss ich mich nochmals zusammen. »Kennen Sie den Mann, der sich mit Ihnen treffen will? Wissen Sie, wie er heißt, und woher er Ihre Adresse hat?«

»Meine Adresse hatte er natürlich von Sandrine. Sie hat ihm aufgetragen, mich aufzusuchen. Seinen Namen kenne ich nicht, aber den brauche ich auch gar nicht zu wissen. Der Mann kommt aus Kamerun und damit ist klar, auf welcher Seite er steht!«

»Das ist einer von Marquardts Leuten. Fabrice Mboma. Sie selbst sind Ihm schon begegnet. In meinem Büro bei ihrem ersten Besuch. Während meinen Recherchen bin ich ihm immer wieder begegnet. Er hat mich verfolgt, und ich bin mir fast sicher, dass er Ihre Akte aus meinem Büro entwendet hat.« Ich war so angespannt, dass ich den Telefonhörer mittlerweile wie einen Hammer hielt. »Gehen Sie nicht zu diesem Treffen!«

Regensbergbrücke. Offenbar war Sandino auf dem Weg nach Oerlikon.

»Dieser Fabrice Mboma sprach nur Französisch. Der Mann, der mich angerufen hatte, aber sprach Deutsch. Mit Akzent zwar, aber doch recht gut.«

»Fabrice Mboma kann Deutsch. Ich habe ihn im Café Sudan getroffen. Sie haben mir den Tipp gegeben. Er ist der Mann, der Sie angerufen hat. Da besteht kein Zweifel. Er gehört zu Marquardt!«

»Selbst wenn es so wäre, ich würde trotzdem zu diesem Treffen fahren. Solange Sandrines Tod nicht eindeutig feststeht, werde ich nichts unversucht lassen, sie wieder zu finden. Ich fürchte mich nicht! Ohne sie hätte mein Leben sowieso keinen Sinn.«

»Sind Sie blind! Marquardt ist kein Verbrecher aus einer Derrick-Folge. Er ist real und würde keinen Moment zögern, Sie zu beseitigen, falls Sie ihm gefährlich werden könnten!«

»Herr Vainsteins, merken Sie nicht, dass Sie die Situation völlig verkennen. Die Welt ist nicht so, wie Sie denken. Aber vermutlich können Sie sich das nicht einmal vorstellen. Für Sie existiert nur, was Sie sich in Ihrem Kopf zurecht gebogen haben. Sie tun mir ja so Leid! Sie sitzen einsam und allein in Ihrem Büro und haben keine Freundin. Sie treiben sich in der Langstraße herum und merken nicht, wie das Leben an Ihnen vorbeizieht!«

»Sind Sie nun fertig mit Ihrer Predigt?«

»Nein!«, entgegnete Sandino bissig. »Am 26. September, an Sandrines angeblichem Todestag, versuchte sie mich kurz nach zwei Uhr morgens auf dem Handy zu erreichen. Leider schlief ich schon, so dass ich nicht mit ihr sprechen konnte. Obwohl sie nichts sagte, hörte ich auf der Combox deutlich, wie sie atmete und wie im Hintergrund Musik lief. Ich bin sicher, dass sie mir mitteilen wollte, wohin sie geht, und dass ich sie einmal besuchen sollte!«

»Vielleicht lag Sandrine aber auch vergiftet in ihrer Wohnung und hoffte, dass sie ihr helfen könnten!«

Sandino hängte ohne ein weiteres Wort auf.

Sollte er doch machen, was er wollte. Ich hatte endgültig genug von seinen Launen. Alles brauchte ich mir von so einem Flegel schließlich nicht bieten zu lassen. Ich legte den Hörer auf. Überhaupt gab es Interessanteres, als einem lebensfremden Studenten hinterherzulaufen. Wenn er sich unbedingt ins Verderben stürzen wollte, dann bitte.

Erst jetzt bemerkte ich, dass ich eine Nachricht auf dem Anrufbeantworter hatte. Ich spielte sie ab: »Hallo Aimé. Hier ist Brigitte. Der richtige Name von Sandrines Freundin ist Félicité. Eine Kollegin konnte sich erinnern. Den Nachnamen wusste sie allerdings auch nicht. Hoffentlich hilft es dir. Lass mal was von dir hören. Ciao! Ach, und ein gutes Neues Jahr!«

Ich ging in die Küche, holte mir einen frisch gepressten Orangensaft und kehrte damit in mein Büro zurück. Ich stellte den Bürosessel auf und setzte mich ans Fenster. Auf diese Weise hatte ich die Unordnung nicht ständig vor Augen.

In der Langstraße nahm alles seinen gewohnten Gang. Die Trolleybusse fuhren in regelmäßigen Zeitabständen beinahe leer vorbei, und der Spielsalon gegenüber war zwar offen, aber es lief nichts. Die zwei Angestellten standen untätig vor dem Eingang und rauchten eine Zigarette. Plötzlich schauten sie erstaunt auf. Ein roter italienischer Sportwagen hatte mit heulendem Motor vor ihnen auf dem Trottoir gehalten. Sogleich öffnete sich die rechte Tür, und die grazile junge Frau, die ich vor vier Wochen an dieser Stelle zum ersten Mal gesehen hatte, stieg aus. Sie trug nicht mehr das Rosebud-T-Shirt unter ihrem leichten Regenmantel, sondern eine türkisfarbene Bluse. Träumte ich wieder? Ich öffnete das Fenster. Der heulende Motor des roten Sportwagens war deutlich zu hören. Wie damals drehte sich die grazile junge Frau kurz zu dem Mann hinter dem Steuer, sagte etwas und schlug die Tür zu. Danach ging sie Richtung Helvetiaplatz davon und der rote Sportwagen fuhr weiter. Es hatte leicht zu schneien begonnen.

Ich schloss das Fenster und trank meinen Orangensaft. Anschließend sammelte ich die herumliegenden Datenblätter ein und begann eines nach dem andern in die zugehörige Hängeregistratur abzulegen. Nachdem ich vier Akten vervollständigt hatte, musste ich an Sandinos Anruf denken. Hatte ich womöglich ein entscheidendes Detail übersehen? Lebte Sandrine vielleicht doch noch? Diese Ungewissheit hielt ich nicht mehr aus. Ich ließ die restlichen Datenblätter liegen, packte meinen grauen Regenmantel und rannte Richtung Helvetiaplatz, zum Restaurant Sonne, einem Milieulokal. Ich war mir beinahe sicher, die grazile, junge Frau dort zu finden.

22

Ich wollte die Eingangstür des Restaurant Sonne aufziehen, als eine Hand, so groß wie ein Raddeckel, dagegen drückte. Sie gehörte dem Türsteher.

»Das Lokal ist voll«, brummte er und stellte sich mit verschränkten Armen vor die Tür.

Ich musste zehn Minuten warten, bis endlich zwei Männer herauskamen und es keinen Grund mehr gab, mir den Eintritt zu verweigern. Ich öffnete die Tür und eine Geruchswolke aus Alkohol, Rauch, Parfüm und Schweiß schlug mir entgegen. Ich trat ein. Das Lokal war in der Tat völlig überfüllt. Der Lärm war ohrenbetäubend: Ein lautes Durcheinander von Worten, gellenden Rufen, kreischendem Lachen und schrillen Schreien vermischten sich mit Musik. Diese kam von den Thai Pearls, einer Band aus vier nicht mehr ganz jungen, nur mit Miniröckchen und knappen BHs bekleideten Thailänderinnen. Sie standen auf einer kleinen Bühne links des Eingangs und gaben einen Evergreen nach dem andern mit asiatischem Flair zum Besten.

Ich schaute mich in dem verqualmten Saal nach der grazilen, jungen Frau um, aber überall standen Leute und verdeckten mir die Sicht. Ich konnte mich noch so strecken und recken, in diesem Getümmel hatte ich keine Chance sie irgendwo zu sehen, zumal die Bar von meiner Position aus nicht einsehbar war. Wollte ich sie in diesem Getümmel finden, blieb mir nichts anderes übrig, als mich durchs Lokal zu kämpfen und mich überall etwas umzuschauen. Als erstes nahm ich mir die Bar vor. Um dorthin zu gelangen, musste ich vorne an der Bühne vorbei, wo sich die meisten Leute aufhielten. Je näher ich dieser kam, umso langsamer ging es vorwärts, bis ich schließlich einen Punkt erreichte, wo es weder vor- noch rückwärts ging. Ich versuchte, mich seitwärts an zwei Männern vorbeizudrücken und dabei trat mir eine junge Frau mit einem ihrer Stillettos auf den Fuß. Ein höllischer Schmerz durchzuckte meinen Körper und reflexartig schubste ich sie zur Seite. Die Frau war angetrunken und verlor sofort das Gleichgewicht. Aber sie fiel nicht zu Boden, sondern in die Arme des Mannes hinter ihr. Sichtlich erfreut, drückte der sie einen Moment voll derber Gier an sich und stellte sie dann wieder auf die Füße. Kaum hatte die Frau ihre Balance wieder gefunden, deckte sie mich mit höchst unliebsamen Ausdrücken ein, von denen ›wüster Rüpel‹ noch der harmloseste war. Ihr russischer Akzent unterstrich die Grobheit ihrer Schimpftiraden noch. Auch ihr Retter in Not zeterte los, als hätte ich versucht, mir sein Eigentum unter den Nagel zu reißen. Ich drehte den beiden den Rücken zu, vernahm aber gerade noch, wie die Frau ihren Ton von grob auf zuckersüß modulierte und den Mann um einen Drink bat. Wie diese Unterhaltung weiterging, wusste ich nur allzu gut.

Ich unternahm einen weiteren Versuch, zur Bar vorzustoßen, aber auch der schlug fehl. Und wie immer, wenn zu viele Leute in einem engen Raum zusammen sind, verlor auch im Restaurant Sonne einer die Nerven und eine unkontrollierbare Drängelei war die Folge. Es wurde geschoben und gezerrt und ohne dass ich mich dagegen hätte wehren können, wurde ich in den hinteren Teils des Lokals gespült, wo ich mich in einer schummerigen Nische wieder fand. Ich versuchte, mich zu orientieren, schaute mich um und plötzlich stand sie vor mir.

»Sandrine?«, stammelte ich verwirrt.

Die grazile, junge Frau stand mir direkt gegenüber und lächelte mich an. »Ich bin nicht Sandrine. Aber du bist nicht der Erste, der mich mit ihr verwechselt.«

Ich schaute mir ihre Augen an. Sie hatten nicht die Intensität, wie jene von Sandrine. Wenn ich meinen Verstand nicht völlig ausgeschaltet und diese Frau richtig angeschaut hätte, wäre mir dieser peinliche Irrtum nicht unterlaufen.

»Ich heiße Félicité. Und du?«

Sie musste Sandrines Freundin gewesen sein. Ich sagte aber nichts. Nochmals wollte ich mich nicht blamieren. »Ich heiße Aimé. Aimé Vainsteins.«

»Aimé. Das tönt französisch. Woher kommst du?«

»Aus Zürich. Meine Mutter war Französin.«

»Ich habe dich noch nie hier gesehen. Bist du das erste Mal in der Sonne?«

»Das nicht. Aber oft bin ich nicht hier.« Ich suchte nach einer Überleitung. »Du sagtest, dass du schon einige Male mit Sandrine verwechselt worden bist. Kanntest du sie?«

»Wir waren befreundet. Und du?«
»Ich kannte sie nicht persönlich. Ich bin Detektiv ...«
»Bist du von der Polente?«, unterbrach Félicité mich vehement und machte einen Schritt zurück.
»Nein, nein«, versicherte ich ihr. »Ich bin Privatdetektiv und versuche Sandrines Tod aufzuklären.«
»Wer ist dein Auftraggeber?«
»Ein Mann. Er ...«
»Wie heißt er?«
»Er gab an, mit Sandrine befreundet ...«
»Seinen Namen will ich wissen!«
»Den kann ich dir nicht sagen. Nur soviel: er heißt *nicht* Marquardt. Weißt du etwas über Sandrines Tod?«
Félicité kam zögernd wieder näher, griff nach ihrem Sektglas, das hinter ihr auf einer Theke stand und leerte es in einem Zug.
»Was passierte in dieser Nacht vom 25. auf den 26. September? Du warst doch in dieser Nacht mit Sandrine zusammen?«
»Woher weißt du das?« Ihr Misstrauen flammte erneut auf.
»Ich habe mich in dem Haus umgehört, in dem Sandrine gewohnt hat.«
Félicité schaute auf das leere Sektglas in ihrer Hand und dann mit einer schnellen Kopfbewegung zu mir.
»Du hast sicher nichts mit Marquardt zu tun?«
»Einen seiner Leute würde er wohl kaum verfolgen und niederschlagen lassen. Das Einzige, was uns verbindet, ist Sandrines Tod. Ich möchte ihn aufklären, und er will ihn vertuschen. Sandrine ist doch tot?«
»Sandrine ...«
»RAZZIA!«, schallte es vom Eingang her und übertönte Félicités Stimme. Mit einem Schlag hörte die Musik auf zu spielen und ein heilloses Durcheinander brach aus. Jeder versuchte zu retten, was noch zu retten war. Einige glaubten, durch den Hintereingang oder ein Fenster in den Innenhof entkommen zu können. Andere ließen kleine Plastikbeutel in Pflanzentöpfen verschwinden oder rannten aufs WC, um dort ihre Ware loszuwerden. Die Frau, die mir mit einem ihrer Stilettos auf den Fuß getreten war, suchte verzweifelt

nach ihrem Ausweis, und ein Mann schob eine junge Brasilianerin, die eben noch auf seinen Knien gesessen hatte, grob beiseite und versuchte seine Seriosität durch das Umbinden einer Krawatte zurückzugewinnen. Dann stellte sich ein Polizist mit Megafon vorne auf die Bühne und informierte die Anwesenden, dass jeder kontrolliert werden würde, und dass es zwecklos sei, sich diesem Prozedere entziehen zu wollen.

»Merde!«, rief Félicité.

»Was ist?«

»Was wohl. Ich bin illegal in der Schweiz. Komm!« Noch ehe ich ein Wort sagen konnte, packte sie mich am Arm und zog mich in einen düsteren Gang. Ich versuchte, ihr klar zu machen, dass wir keine Chance hätten, aber sie hörte nicht auf mich und drängte sich unbeirrt durch die Leute bis zu einer Tür. Sie schaute kurz nach links und rechts, ließ meine Hand los, öffnete die Tür einen Spalt und schlüpfte behände wie eine Katze hinein.

»Komm schnell!«, rief Félicité und winkte hektisch. »Man darf uns nicht sehen!«

Ich folgte ihr in einen großen, leeren Saal. Nur eine lange verstaubte Theke mit zwei angelaufenen Zapfhähnen zog sich entlang einer fensterlosen Wand und in einer Ecke stand, mit Tüchern zugedeckt, ein Stapel alter Stühle. Ein Geruch hing in dem Raum, als wäre hier schon lange nichts mehr los gewesen.

»Sandrine ist doch tot, oder?«

»Später! Komm weiter!«, drängte Félicité. Sie stand hinter der Theke und hielt ungeduldig eine Falltür im Boden auf. »Hier hinunter und beeil dich. Wenn uns jemand entdeckt, bin ich verloren!«

»Warst du am 25. September mit Sandrine zusammen?«, fragte ich, als ich hinter ihr über eine schmale und sehr steile Treppe ins Untergeschoss stieg.

»Ja!«, sagte Félicité genervt. »Aber komm jetzt!«

»Hat Marquardt Sandrine getötet?«

Die Frage verklang ungehört in der Dunkelheit. Félicité hatte die Falltür hinter sich zugezogen. Ich sah nichts mehr, nur Félicité spürte ich noch an meiner Seite. Sie schien etwas zu suchen.

»Wo sind wir?«, fragte ich, erhielt aber erneut keine Antwort.

Plötzlich zuckte ein Licht auf. Félicité hielt eine Taschenlampe in der Größe eines Kugelschreibers in der Hand. Sie dirigierte den Lichtkegel über den Boden des engen Ganges und ging auf eine Metalltüre zu. Ich folgte ihr.

»Ich brauche eine Münze, um die Tür zu öffnen. Hast du eine?«

»Eine Münze?«

»Oder hast du vielleicht einen Vierkantschlüssel dabei?«, fragte Félicité sarkastisch.

Ich gab ihr eine Münze und fünf Sekunden später war die Metalltüre auf und unsere Flucht ging weiter. Wir durchquerten einen Heizungsraum. Es roch nach Öl und die Luft war trocken und heiß. Félicité schlängelte sich an dem dröhnenden Brenner und dem großen Tank vorbei, so dass ich größte Mühe hatte, bei ihr zu bleiben. Und wie es so kommt, wenn man über dem Limit lebt, man übersieht etwas. Mit voller Wucht schlug ich mit meiner Hüfte gegen einen harten Gegenstand.

»Verdammt!«, rief ich und rieb mir die malträtierte Stelle. »Gibt es denn hier kein Licht?«

»Wahrscheinlich schon, aber ich hatte noch nie Zeit, den Schalter zu suchen. Wenn ich hier durchkomme, bin ich immer etwas in Eile.« Félicité hatte angehalten und sich nach mir umgedreht. »Geht es? Bleib einfach dicht hinter mir!«

»Das versuch ich ja die ganze Zeit, aber so einfach ist das nicht.«

»Schnell!« Félicité packte mich erneut am Arm und zog mich zu einer weiteren Tür. Sie öffnete sie, schob mich in den Gang und schloss die Tür wieder. Hier roch es nach Fäkalien und Frühlingsrollen. Wir standen vor den Toiletten, die zu dem kleinen chinesischen Take-away gehörten, das sich links des Restaurant Sonne im gleichen Gebäude befand. Über eine schmale Wendeltreppe stiegen wir nach oben und verließen den Imbiss wie ganz normale Gäste.

Um das Restaurant Sonne herum hatte die Polizei ein rotweiß-gestreiftes Plastikband gespannt, hinter dem sich eine Traube von Schaulustigen gebildet hatte. Neugierig begafften sie die Leute, wie sie aus dem Lokal traten. Einige kamen scheinbar lässig heraus und andere blickten beschämt zu Boden, in dem sie wohl am liebsten versunken wären.

»Komm, Aimé!« Félicité ging weiter Richtung Langstraße. »Ich habe mich nicht aus dem Restaurant Sonne davongeschlichen, damit mich die Polizei davor verhaftet.«

Wir gingen über die Langstraße zur Bäckeranlage, einem kleinen Park ganz in der Nähe. Es schneite noch immer. Die Schneeflocken waren größer geworden und begannen, sich auf der Straße festzusetzen.

»Was ist mit Sandrine?«

»Sie ist tot!«, sagte Félicité scheinbar ungerührt und bog in die Bäckeranlage ein.

»Bist du ganz sicher?«

»Ich war bei ihrer Beerdigung in Kamerun. Reicht das, ober brauchst du etwas Schriftliches?«

»Nein«, sagte ich zögernd und schaute zu ihr hinüber. Ihr Spott irritierte mich. »Was passierte an Sandrines Todestag?«

»Wir waren ...«

»Hat Marquardt sie getötet?«

»Nein ... Ich meine, ich weiß es nicht.«

»Warst du nun bei ihr oder nicht?«

»Verdammt!« Félicité stoppte abrupt, packte mich am Arm und drehte mich energisch zu sich. »Lässt du mich jetzt endlich ausreden!«

»Was ist los mit dir?«

»Entschuldigung!« Félicité lief weiter, ohne etwas zu sagen. Ich schaute ihr nach und überlegte, ob ich sie gehen lassen sollte. Schließlich folgte ich ihr dennoch, und als ich wieder auf ihrer Höhe war, sagte sie: »Ich lebe in ständiger Angst vor der Polizei. Wenn sie mich erwischt, werde ich ausgewiesen. Eine Razzia wie eben macht mich völlig fertig. Früher machte mir das nichts aus. Heute zucke ich schon zusammen, wenn ich einen Polizisten sehe.«

Wir gingen einige Schritte stumm nebeneinander her.

»Sandrine starb in der Nacht vom 25. auf den 26. September«, begann Félicité zu erzählen. »Es war ein Wochenende. Sandrine und ich wollten zusammen ausgehen. Wir planten, in ihrer Wohnung etwas zu trinken und so gegen Mitter-

nacht in eine Disco zu gehen. Aber es kam alles ganz anders.«
»Weshalb?«
»Sandrine war betrunken. Schon als ich zu ihr kam. Sie trank den ganzen Abend weiter und dazu schnupfte sie Kokain. Um elf Uhr war sie so zugedröhnt, dass sie kaum noch stehen konnte. Ich sagte ihr mehrmals, dass sie damit aufhören sollte.«
»Aber das tat sie nicht?«
Félicité nickte.
»Kannst du dir erklären, weshalb Sandrine sich so sinnlos betrunken hat?«
»Vielleicht lag es daran, dass Sandrine Marquardt angezeigt ...«
»Entschuldige, wenn ich dich schon wieder unterbreche. Aber gibt es einen Grund, dass Sandrine für ihre Anzeige gerade diesen Zeitpunkt ausgewählt hatte? Ich meine, sie hätte das doch schon viel früher machen können?«
Félicité zog nur ratlos die Schultern die Höhe.
»Weshalb wollte Sandrine Marquardt anzeigen?«
»Wegen Vergewaltigung.«
»Marquardt hat Sandrine vergewaltigt!«, rief ich fassungslos.
»Nicht wirklich«, sagte Félicité.
»Was heißt hier nicht wirklich?«
»Er hat es versucht! Sandrine hatte Glück und konnte entwischen. Aber viele Frauen, die für ihn arbeiten, hatten dieses Glück nicht! Marquardt fackelt nicht lange, wenn er etwas will. Was spielt es also für eine Rolle, ob er Sandrine wirklich vergewaltigt hat oder nicht!«
Der Schneefall wurde immer stärker.
»Kann es sein, dass Marquardt etwas mit Drogen zu tun hat?«
»Natürlich«, sagte Félicité, als wäre das die selbstverständlichste Sache der Welt. »Marquardt handelt im großen Stil mit Kokain. Wusstest du das nicht? Sandrine war seine beste Dealerin.«
»Langsam, langsam«, sagte ich ganz verwirrt. »Sandrine verkaufte Kokain für Marquardt?«
»Sandrine wollte das nicht. Aber Marquardt hat sie dazu

gezwungen und ihre Versuche auszusteigen, scheiterten allesamt. Letzten Sommer probierte es Sandrine erneut. Sie war fest entschlossen aufzuhören, doch gegen Marquardts perfiden Plan war sie chancenlos. Marquardt wies Bosshard an, Sandrine ein weiteres Mal mit ihrer Scheinehe zu erpressen ...«

»Dann hätte sie ihn wegen Drogenhandel anzeigen können?«

»Theoretisch vielleicht. Praktisch nicht. Marquardt machte sich die Hände nicht schmutzig. Dafür hatte er seine Helfershelfer. Auch hatte er sich über viele Jahre hinweg ein Netz von Firmen und Scheinfirmen aufgebaut. Es hätte zu viel Zeit beansprucht, das alles zu herauszubekommen. Seine Straftaten wären verjährt, und er wäre nie verurteilt worden.«

»Dann war das ganze Gerede von der Hochzeit nur Tarnung?«

»Das glaube ich nicht. Marquardt ist ein Psychopath. Ich bin überzeugt, dass er Sandrine heiraten wollte.«

»Wieso hat er sie dann zuerst an Bosshard vermittelt, anstatt sie selbst zu heiraten?«

»Das wollte er. Es sollte eine richtige Hochzeit mit allem Drum und Dran werden. Sandrine war einverstanden, bis sie merkte, dass mit Marquardt etwas nicht stimmt. Der Typ ist pervers. Der kann keine normale Beziehung mit einer Frau führen. Er verlangte von Sandrine, dass sie sich hochhackige Schuhe anzog. Danach zog er sich vor ihren Augen aus und küsste ihr die Füße.«

»Also heiratete Sandrine Bosshard.«

»Und Marquardt begann sein perfides Spiel. Wenn er sie schon nicht für sich allein haben konnte, dann sollte sie zumindest von ihm abhängig sein.«

»Aber glaubst du tatsächlich, dass er Sandrine auf diese Weise zurückzugewinnen hoffte?«

»Das tue ich. Und jeder, der Marquardt kennt, wird mir beipflichten.«

»Der Typ ist wirklich krank!«

»Wo du Recht hast, hast du Recht.«

Félicités Sarkasmus überraschte mich.

»Wie brachte Marquardt Sandrine dazu, Kokain für ihn zu verkaufen?«

»Marquardt hatte Sandrine einige Male einen Gefallen getan. Er beschaffte ihr eine Wohnung und arrangierte die Hochzeit mit Bosshard. Danach schaute er, dass sie ihre Papiere bekam, und als das geregelt war, sorgte er für einen reibungslosen Ablauf ihrer Scheidung.«

»Und dafür verlangte Marquardt eine Gegenleistung?«

»Nicht direkt. Es fing damit an, dass Marquardt Sandrine bat, einem seiner Klienten etwas Kokain zu liefern, weil er angeblich verhindert war. Sie brauchte es nur zu bringen, einkassiert hatte Marquardt schon. Dann verlange Marquardt immer öfter einen solchen Gefallen von ihr, bis Sandrine schließlich alles machte: Bestellungen aufnehmen, liefern und einkassieren. Erst da erkannte sie, wohin Marquardt sie gebracht hatte und wie abhängig sie von ihm war. Sie wollte nichts mehr mit ihm zu tun haben. Sie weigerte sich, weiter Kokain für ihn zu verkaufen, und wechselte von seinem Bordell zu einem exklusiven Escort-Service, wo er nichts zu sagen hatte. Was im ersten Moment wie ein Befreiungsschlag aussah, entpuppte sich als fataler Fehler. Mit diesem Schritt spielte Sandrine Marquardt direkt in die Hände, denn ihre Kunden waren Manager, Direktoren, Anwälte, Chirurgen und Banker, also genau die Typen, die Kokain konsumierten und sehr zahlungskräftig waren. Eine kleine Drohung genügt und Sandrine tat, was Marquardt verlangte. Und er? ... Er war wieder im Geschäft und das besser als je zuvor.«

»War Sandrine damals schon kokainsüchtig?«

»Vermutlich schon. Und wenn sie es da noch nicht war, dann wurde sie es spätestens bei den Partys, zu denen sie von ihrer exklusiven Kundschaft eingeladen wurde. Ich habe mehrmals versucht, ihr klarzumachen, was sie da tat. Aber Sandrine lachte nur und behauptete, dass sie nicht süchtig sei und jederzeit aufhören könnte. Sie meinte, das bisschen Kokain täte ihr gut. Etwa ein Jahr vor ihrem Tod hatte sie einen ersten Zusammenbruch, ein halbes Jahr später den zweiten. Der war so gravierend, dass sie ins Irrenhaus eingeliefert werden musste.«

»Etwas verstehe ich noch immer nicht. Sandrine hatte Marquardt angezeigt, und es bestand die Hoffnung, dass sie endlich von ihm loskam. Trotzdem betrinkt sie sich am Abend des 25. Septembers bis zur Besinnungslosigkeit. Weshalb?«

»Seit Sandrine diese Anzeige gemacht hatte, befürchtete sie permanent, verhaftet und ausgewiesen zu werden. Diese Angst konnte sie nicht mehr ertragen und wollte sie, egal wie, loswerden. Nur wer so etwas schon einmal erlebt hatte, weiß wie schrecklich diese Angst ist.«

Ich musste daran denken, dass Sandino erzählt hatte, wie außer sich Sandrine gewesen war, als er ihr vorgeworfen hatte, ihn nur aus Berechnung heiraten zu wollen.

»Und was passierte, als Marquardt dann so gegen Mitternacht tatsächlich auftauchte?«

»Das kannst du dir ja vorstellen. Sandrine war felsenfest davon überzeugt, dass Marquardt mit der Polizei vor ihrer Tür stand. Sandrine drehte fast durch.«

»Konnte Marquardt zu diesem Zeitpunkt überhaupt wissen, dass Sandrine ihn angezeigt hatte?«

»Vermutlich nicht. Aber Leute wie Marquardt haben überall ihre Informanten.«

»Begriff Sandrine nicht, dass Marquardt die Polizei gar nicht rufen konnte, wenn er sich selbst nicht in Schwierigkeiten bringen wollte?«

»Sandrine konnte ihren fatalen Vorstellungen nicht entrinnen. Sie war so verzweifelt, dass sie nicht mehr wusste, was sie tat. Aus Angst, die Polizei könnte Kokain bei ihr finden, schüttete sie den Rest eines geöffneten Kokainbeutels in ihren Whiskey und wollte ihn trinken. Ich konnte ihr den Drink gerade noch aus der Hand schlagen. ›Bist du wahnsinnig!‹, schrie ich sie an. ›Marquardt ist allein und kann dir nichts tun. Du bist in Sicherheit! Der Schlüssel steckt von innen.‹ Sandrine konnte sich nicht beruhigen, zumal Marquardt immer lauter wurde und ihr zu drohen begann. Sie zitterte am ganzen Körper und kalter Schweiß lag auf ihrer Haut. Es war entsetzlich. Wie in einem Albtraum. Zum Glück beschwerte sich in diesem Moment jemand im oberen Stock und Marquardt zog endlich ab.«

»Was passierte dann?«
»Ich weiß es nicht.«
»Wieso?«

»Weil ich nach Hause gegangen bin!«

»Was bist du?«, fuhr ich Félicité entrüstet an. »Wie konntest du Sandrine in diesem Zustand allein lassen?«

Félicité schaute mich vorwurfsvoll an. »Sandrine muss dir ja sehr imponiert haben!«

Es entstand eine Pause.

»Es tut mir Leid. Ich wollte dir keinen Vorwurf machen. Aber weshalb hast du Sandrine ... Ich meine, weshalb bist du gegangen?«

»Nachdem Marquardt weg war, drehte Sandrine vollends durch. Sie knallte Gläser, Vasen und CDs auf den Boden und dann ging sie plötzlich auf mich los. Sie schrie mich an und warf mir vor, sie an Marquardt verraten zu haben. Wie wild schlug sie auf mich ein und nur mit Mühe konnte ich sie wegstoßen. Sie fiel um, und weil sie so besoffen war, konnte sie nicht mehr aufstehen. Sie versuchte, mich anzuspucken und warf mit einem Aschenbecher nach mir!«

»Wann war das?«

»Halb eins? Ich weiß es nicht mehr genau.«

»Dann ...«, stammelte ich fassungslos. »Ich meine ... Das könnte bedeuten, dass Marquardt nichts mit Sandrines Tod zu tun hat, und sie sich tatsächlich selbst vergiftet hat.«

Félicité sagte nichts. Ein plärrendes Radio aus einem vorbeifahrenden Auto zerschnitt für einen Augenblick die Ruhe des Parks.

Marquardt unschuldig? Das konnte, das durfte nicht sein. Verzweifelt begann ich nach einem Gegenargument zu suchen. Üblicherweise brachte ich unter solchem Druck nichts Brauchbares zustande. Nicht so in diesem Fall. Ich erinnerte mich sogleich an Sandrines Anruf. Sie hatte um zwei Uhr morgens versucht, Sandino zu erreichen, konnte zu diesem Zeitpunkt also noch nicht tot sein. Im Gegenteil, sie schien sich wieder so weit erholt zu haben, dass sie ihr Handy bedienen konnte.

»Könnte es sein, dass Marquardt nochmals zurückkam und Sandrine dann getötet hat?«

»Möglich? Aber können wir das nicht später ...«

»Hast du die Tür abgeschlossen, als du gegangen bist?«

»Natürlich und den Schlüssel habe ich anschließend unter der Wohnungstür durchgeschoben. Aimé, ich ...«

»Dann hätte Marquardt mit seinem Schlüssel problemlos in Sandrines Wohnung kommen können.«
»Du kannst nicht locker lassen.«
»So schnell gebe ich bestimmt nicht auf. Typen wie Marquardt sind nie unschuldig. Weißt du, weshalb man Sandrines Leiche in einer Wohnung in der Brahmsstraße gefunden ...«
»Aimé, ich kann nicht mehr!«
Erschrocken schaute ich zu Félicité. Sie zitterte am ganzen Körper und Tränen liefen ihr übers Gesicht. Ich war so mit Marquardts Überführung beschäftigt, dass ich gar nicht realisierte, wie unerträglich meine Fragerei für sie sein musste. Félicité war nicht irgendeine Zeugin, sondern sie war mit Sandrine befreundet gewesen. Dazu kam, dass sie Sandrine in der Nacht vom 25. auf den 26. September allein gelassen hatte. An diesem Umstand trug sie bestimmt sehr schwer.

Schnell zog ich meinen Regenmantel aus, legte ihn über Félicités Schultern und entschuldigte mich für mein Verhalten. Danach begleitete ich sie auf ihr Zimmer in einer heruntergekommenen Absteige in der Magnusstraße und versprach ihr, sie in den nächsten Tagen in ein schickes Lokal zum Nachtessen auszuführen. Ich wünschte ihr eine gute Nacht und ging. Ich kam mir mies vor. Wieso musste Félicité zuerst weinen, bevor ich begriff, wie elend sie sich fühlte? Was war nur los mit mir?

Auf dem ganzen Weg zurück in mein Büro kämpfte ich mit diesen Fragen, ohne eine Antwort gefunden zu haben. Ich drückte die kaputte Bürotür auf und setzte mich, ohne Licht zu machen, in meinen Bürostuhl am Fenster. Mittlerweile schneite es wie in den Bergen. Bei Nacht sah es aus, als fielen die Schneeflocken aus den Straßenlampen.

Ich musste wieder an meinen Fall denken. Marquardt hatte Sandrine in der Nacht vom 25. auf den 26. September ein zweites Mal aufgesucht! Folglich hatte er von Sandrines Anzeige gewusst. Was sonst hätte ihn um diese Zeit veranlassen können, nochmals zu ihrer Wohnung zu fahren. Sandrine hatte es gewagt, sich gegen ihn zur Wehr zu setzen, und das ließ ein Mann wie Marquardt nicht zu. Wer ihn angriff, den bekämpfte er ohne Gnade. Für Sandrine und René Graf bedeutete das den Tod. Und wenn Sandino sich nicht in Acht nahm, würde es ihm genau gleich ergehen. Dabei spielte es keine Rolle, ob er sich nun gegen Marquardt gestellt hatte oder nicht. In seiner Situation genügte die bloße Möglichkeit ein Mitwisser zu sein. Ich durfte Sandino nicht sich selbst überlassen, egal was zwischen uns gewesen war. Ich nahm meinen Autoschlüssel, lief zu meinem Wagen und fuhr nach Oerlikon, wohin Sandino zuvor unterwegs gewesen war.

Als erstes nahm ich mir die Gegend rund um das Hallenstadion vor. Hier gab es genügend dunkle Ecken, wo Marquardt Sandino ungestört ausquetschen konnte. Aber in dieser Nacht war in und um das Hallenstadion zu viel los. Das diesjährige Sechstagerennen wurde in diesen Stunden entschieden. Ich wollte schon weiterfahren, als ich auf die offene Rennbahn auf der andern Straßenseite aufmerksam wurde. Sie befand sich etwas abseits der Straße und lag völlig im Dunkeln.

Ich parkierte und ging zu Fuß hinüber. Ein schwarzer Offroader stand unweit der einen Steilwandkurve.

23

»Was weißt du von diesem Rechtsanwalt?«, tönte es von der offenen Rennbahn her. Ich schlich mich näher heran. Marquardt stand zwischen zwei Betonpfeilern unter der Steilwandkurve in einer dunklen Ecke. Ihm gegenüber war Sandino. »Sag schon, was du weißt!«, schnauzte Marquardt ihn an. Er konnte so laut brüllen, wie er wollte, hier hörte ihn niemand. Die offene Rennbahn war im Winter so verlassen wie ein Freibad.

Ich lief zum Hallenstadion zurück, rief von einer Telefonkabine die Polizei und schlich mich wieder zur offenen Rennbahn zurück. Ein Mann drückte Sandino gegen einen der Betonpfeiler. Bei genauerem Hinschauen erkannte ich ihn. Es war der Mann, der mich den ganzen Tag verfolgt und im Flughafen niedergeschlagen hatte. Er trug noch immer eine Sonnenbrille, allerdings nicht mehr jene moderne aus einem Stück Glas, sondern eine kleinere, die etwas bieder wirkte. Sonst war niemand zu sehen. Wo waren Marquardts andere Helfer: Fabrice und der Mann mit dem breitkrempigen Hut?

»Wirst du mir jetzt endlich sagen, was du weißt!«, schrie Marquardt Sandino an und machte einen Schritt auf ihn zu. Er riss ihm seinen wollenen Wintermantel auf und zerrte ihn ihm vom Körper.

»Wo ist der Mann aus Kamerun?«, fragte Sandino. Er war nervös. Sein Atem war in der kalten Luft deutlich erkennbar. »Wenn er nicht kommt, dann geh ich!«

»Klappe!«, wies Marquardt ihn zurecht. »Ich will eine Antwort und keine Frage!«

Sandino versuchte, sich nicht einschüchtern zu lassen und erwiderte: »Ich gehe!« Es klang nicht überzeugend und vermutlich glaubte Sandino selbst nicht dran, dass Marquardt ihn einfach ziehen lassen würde. Dennoch versuchte er sich aus dem Griff des Mannes mit der Sonnenbrille zu lösen. Aber er tat dies so zaghaft und kraftlos, als wollte er nur sehen, wie sein Fluchtversuch vereitelt wurde. Der Mann mit der Sonnenbrille erneuerte seinen Griff und drückte Sandino noch fester an den Betonpfeiler.

»Also nochmals von vorn.« Marquardt sprach langsam,

ruhig und fast zahm, so als hätte er ein gewisses Verständnis für Sandinos Verstocktheit. »Du weißt, dass Sandrine einen Rechtsanwalt aufgesucht hatte. Richtig?«

Sandino nickte.

»Ja oder nein?«, Marquardt wurde wieder aggressiver. »Und schau mich gefälligst an, wenn ich mit dir spreche!«

»Ja, ich habe davon gewusst. Aber das habe ich Ihnen doch schon gesagt.«

»Dann sagst du es eben nochmals! Was machte Sandrine bei diesem Rechtsanwalt?« Er hielt seinen Kopf vor Sandinos Gesicht, so dass dieser seinen Atmen spüren musste.

»Ich habe keine Ahnung! Wirklich!«

Marquardt haute Sandino eine runter. Etwas Blut lief aus seiner Nase und tropfte auf den feuchten Sand am Boden. Die Lage begann unangenehm zu werden. Ich schaute auf die Uhr und hoffte, dass der Polizeibeamte alles verstanden und korrekt weitergeleitet hatte.

»Dass Sandrine bei einem Rechtsanwalt war, ist dir bekannt. Aber was sie mit ihm besprochen hat, willst du nicht wissen. Ist das nicht etwas unglaubwürdig?«

»Es ist die Wahrheit«, stammelte Sandino. »Ich hatte lange keinen Kontakt mehr zu Sandrine und rief sie ganz spontan an. Sie sagte nur, dass sie gerade bei ihrem Rechtsanwalt sei. Mehr nicht! Das müssen Sie mir glauben!«

»Du weißt also nichts!« Es tönte hämisch und ließ nichts Gutes erahnen.

»Nein! Ich schwöre es!«

»Du willst mir doch nicht weismachen, dass du sie nie danach gefragt hast?«, brüllte Marquardt und ohrfeigte Sandino erneut. »Für wie blöde hältst du mich!«

»Ich wollte sie fragen, aber ich kam nicht mehr dazu. Sandrine war da schon tot.« Sandino schaute ängstlich zu Marquardt, der zufrieden lächelte. Auch Sandino versuchte es, aber sein Lächeln verkam zur Grimasse.

»Lüg-mich-nicht-an!«, schrie Marquardt, jedes einzelne Wort betonend. Eben hatte er noch gelacht und nun diese Fratze. Während des Bruchteils einer Sekunde fiel er von einem Extrem ins andere. »Lüg mich nicht an, sonst knall ich dich ab!« Plötzlich hatte Marquardt eine Pistole in seiner schwarz behandschuhten Hand und hielt sie Sandino zwischen den Augen an die Stirn. Sandino sackte kraftlos zusammen, und Marquardt brach in schallendes Gelächter aus. Sein sadistisches Spiel kannte keine Grenzen. Ich wusste mir nicht anders zu helfen, als immer und immer wieder auf die Uhr zu schauen, nur um ohnmächtig festzustellen, dass die Polizei auch nach fünfzehn Minuten noch nicht aufgetaucht war. Lag es an dem starken Schneefall, dass es so lange dauerte?

»Hast *du* Sandrine geraten, einen Rechtsanwalt aufzusuchen?«

Wie eine Puppe hatte der Mann mit der Sonnenbrille Sandino wieder auf die Beine gestellt und ihn vor Marquardt positioniert. Dabei fiel mir auf, dass er nur einen Arm benutzt hatte. Der andere hing schlaff an der Seite nach unten. Wollte er seine Kraft demonstrieren oder hatte er etwas am Arm?

»Gib es zu! Du warst es!« Marquardt fuchtelte mit dem Lauf seiner Pistole vor Sandinos Gesicht herum.

»Nein, nein! Bestimmt nicht! Ich hatte keinen Kontakt mehr zu Sandrine. Sicher! Wir hatten uns getrennt. Vor langer Zeit! Wirklich! Dieser Anruf war der erste seit Monaten.«

»Aber du warst einmal Sandrines Freund?«

»Ja, ja. Das ist richtig. Wir waren ein Paar!«

»Ihr wart also ein Paar«, wiederholte Marquardt den Satz langsam und ließ seine Pistole nach unten sinken. »Dann warst du also oft in Sandrines Wohnung?«

»Ja.«

»Mach gefälligst einen anständigen Satz, wenn du mit mir sprichst!«

Völlig verunsichert murmelte Sandino etwas, was ich nicht verstand.

»Und du hast mit Sandrine geschlafen?«

»Wir waren ein Paar ...«

Ein harter Faustschlag traf Sandino in der Magengegend und ließ ihn, nach Luft ringend, ein weiteres Mal zu Boden gehen.

Marquardt stellte sich über ihn. »Habt ihr über mich gesprochen?« Gekrümmt vor Schmerzen lag Sandino am Boden und rang nach Luft. Er konnte nicht antworten. »Habt ihr über mich gesprochen, ja oder nein?«, wiederholte Marquardt seine Frage rabiat und trat Sandino erbarmungslos in die Seite.

Sandino schüttelte den Kopf. »Nein. Nicht. Bitte!«, presste er mit letzter Kraft hervor.

Es war entsetzlich mit anzusehen. Aber was sollte ich tun? Eingreifen? Ich hatte keine Waffe, mit der ich Marquardt und den Mann mit der Sonnenbrille hätte in Schach halten können, bis die Polizei eintraf. Wo steckte die nur? Ich schaute ein weiteres Mal zum Hallenstadion hinüber, wo sie auftauchen musste. Aber es tat sich noch immer nichts. Wenn man diese verdammte Polizei wirklich brauchte, war sie nie da!

»Und was sollte dieser Detektiv?«, fragte Marquardt.

Mühsam formte Sandino die Worte. »Herausfinden ...« Er hustete. »Herausfinden ... weshalb Sandrine ... sterben musste. Aber er ... er arbeitet nicht mehr ... für mich. Ich wollte ... nicht mehr!«

»Warum?«

»Er hat ... nichts herausgefunden. Im Gegenteil ...« Hier brach Sandino ab und mir war nicht klar, ob er nicht mehr konnte oder nicht mehr wollte.

»Im Gegenteil, ... was?«

Sandino sagte nichts mehr und versuchte wegzukriechen.

»Bring ihn hierher!«, befahl Marquardt dem Mann mit der Sonnenbrille und zeigte vor sich an den Boden.

Der ging zu Sandino, packte ihn, schleifte ihn zu Marquardt zurück und stellte ihn mit einem Ruck wieder auf die Beine. Auch diesmal benutzt er nur den linken Arm. Aber das war kein Imponiergehabe. Er konnte nicht anders. Trotz aufgesetzter Sonnenbrille hatte ich deutlich erkennen können, wie er sein Gesicht vor Anstrengung verzogen hatte. Sein rechter Arm war verletzt, sonst hätte er ihn mit Sicherheit zu Hilfe genommen. Auch mit seinem Bein schien etwas nicht zu stimmen. Er zog es leicht nach. Das tat er am Nachmittag noch nicht. Was war in der Zwischenzeit passiert, und wo waren Marquardts andere Helfer?

»Dieser Detektiv, was hat er gesagt?«

»Er sagte ... Er ...« Sandino drohte das Gleichgewicht zu verlieren. Schnell packte der Mann mit der Sonnenbrille ihn am Kragen und hielt ihn wie eine Marionette aufrecht. »Er sagte, dass Sandrine mit Drogen ... Aber das stimmt nicht. Ich weiß, dass das nicht stimmt. Ich habe ihm ...«

Sandrine war viel mutiger als ich. Sie hatte Marquardt die Stirn geboten, während ich nichts anderes tat, als immer auf die Uhr zu schauen und zu hoffen, dass die Polizei endlich eintreffen würde.

»Zum letzten Mal: was weißt du?« Marquardt nahm erneut seine Pistole, spannte den Hahn und zielte auf Sandinos Kopf. »Sprich!«

Sandino verlor für einen Moment das Bewusstsein und plumpste, zu schwer für den Mann mit der Sonnenbrille, auf den Boden.

»Er weiß nichts!«, rief ich und trat aus meinem Versteck. Vielleicht konnte ich Marquardt so lange hinhalten, bis die Polizei eintraf. »Aber ich kann Ihnen genauestens Auskunft geben!«

Marquardt schaute zu mir und dann zu Sandino hinüber, der wieder zu sich gekommen war. »Du bist alleine gekommen, hhnn?« Er trat Sandino zwischen die Beine und wandte sich mit einem fiesen Lächeln mir zu. »Ich mag es nicht, wenn man mich anlügt.«

»Er hat nicht gelogen. Er weiß wirklich nichts.«

»Wie schrecklich. Dann hab ich ihn zu Unrecht getreten«, meinte Marquardt zynisch und steckte seine Pistole wieder ein. »Wie ich gehört habe, wollen Sie mich wegen Drogenhandel hinter Schloss und Riegel bringen. Das ist doch nicht Ihr Ernst, oder sind Sie wirklich ein so hoffnungsloser Idealist?«

»Ein Idealist bin ich vermutlich schon. Aber um Sie zu überführen, reicht etwas Pragmatismus. Sie haben so viel auf dem Kerbholz, dass man sich bequem ein Verbrechen aussuchen kann. Klappt es nicht mit Drogenhandel, dann klappt es mit Mord!«

Marquardt lachte laut. »Sie wollen mir den Tod dieser dahergelaufenen Negerin in die Schuhe schieben. Die brauchte ich gar nicht umzubringen, das hat die gleich selbst erledigt. Sie war schon tot, als ich sie am nächsten Tag fand.«

»Sie fanden Sandrine nicht am nächsten Tag, sondern noch in der gleichen Nacht. Nachdem es Ihnen um Mitternacht nicht gelungen war, in Sandrines Wohnung zu kommen, weil der Schlüssel von innen gesteckt hatte, fuhren sie zirka zwei Stunden später nochmals hin. Dieses Mal kamen sie problemlos in die Wohnung und fanden Sandrine. Aber war sie da wirklich schon tot oder haben Sie ...«

»Sie lag tot auf dem Boden, erstickt an ihrer eigenen Kotze.«

»Sie leugnen also nicht, Sandrine ein zweites Mal aufgesucht zu haben?«

»Was spielt das für eine Rolle, was ich hier sage. Um mich zu überführen, brauchen Sie Beweise. Die können Sie aber nicht haben, weil ich Sandrine nicht getötet habe.«

Die hatte ich wirklich nicht. Félicité ging, bevor Marquardt ein zweites Mal auftauchte, und Hasler, der Mieter über Sandrine, wusste nur von Marquardts erstem Besuch. In diesem Moment ging mir ein Licht auf.

»Sie haben Recht. Ich habe weder einen Beweis für Ihren zweiten Besuch, noch dafür dass Sie Sandrines Mörder sind.«

»Der bin ich auch nicht!«

»Aber wie ich Ihnen schon sagte, die Liste Ihrer Verbrechen ist lang.«

»Zuerst Drogenhändler, dann Mörder und jetzt wieder Drogenhändler? Mir scheint, Sie wissen selbst nicht so recht, was Sie wollen.«

»Ich spreche nicht von Ihren Drogengeschäften, sondern von Ihrem Mord an René Graf. Wieso mussten Sie ihn töten? Was war Ihr Motiv?«

»Was erzählst du da für einen Scheiß!«, fuhr der Mann mit der Sonnenbrille rabiat dazwischen und zog mit seiner linken Hand etwas unbeholfen eine Pistole aus seiner Jacke.

»Treffen Sie auch mit links?«

»Schnauze!«, krächzte er mit heiserer Stimme und zielte mit ausgestrecktem Arm auf mich.

»Lass den Scheiß!«, herrschte Marquardt ihn an. »Was regst du dich so auf. Er hat keine Beweise.« Mit einem spöttischen Grinsen hatte er sich wieder mir zugedreht.

»Sie suchten Sandrine in dieser Nacht ein zweites Mal auf. Etwas nach zwei Uhr betraten Sie ihre Wohnung ...«

»Sie wiederholen sich, Herr Vainsteins.«

»... und um halb drei Uhr verließen Sie sie wieder. Sie waren mit Ihren Nerven völlig am Ende, so als hätten Sie gerade einen Mord begangen ...«

»Sie können mich nicht provozieren!«

»Sie rannten zu Ihrem blauen BMW, stiegen ein und fuhren los. Dabei traten Sie so ungestüm aufs Gas, dass Sie beim Herausfahren den silbernen Mercedes von Sandrine streiften, der auf dem Parkplatz daneben stand. Dafür gibt es einen Zeugen: René Graf.«

»Nur ist der bedauerlicherweise letzte Nacht ertrunken.«

»Sie haben ihn ermordet und in die Limmat geworfen, weil er versucht hatte, Sie zu erpressen!«

»Ein toter Zeuge. Ist das alles, was Sie haben?«

»Nein!« Jetzt musste ich aufs Ganze gehen. »Ich habe eine beglaubigte, schriftliche Aussage von René Graf!«

»Haben Sie!« Marquardt wirkte unsicher. »Dann sollten Sie mir diese schleunigst geben, sonst enden auch Sie bei den Fischen.«

»Kaum«, gab ich mich scheinbar gelassen. »Die Polizei wird jeden Moment hier eintreffen!«

Marquardt schaute sich nervös nach allen Seiten um. »Wir gehen!«, befahl er dem Mann mit der Sonnenbrille. »Schau nach, ob er eine Waffe hat!«

Routiniert warf der Marquardt seine Pistole zu und filzte mich, während Marquardt mich in Schach hielt. Ich hatte keine Chance mich zu wehren oder einen Fluchtversuch zu unternehmen.

»Nichts!«, sagte der Mann mit der Sonnenbrille und schaute irritiert zu Marquardt.

»Sein Problem. Los, wir gehen!« Marquardt gab dem Mann mit der Sonnenbrille seine Pistole zurück und lief zu einer dunklen Seitenstraße, von der ein schmaler Trampelpfad wegführte.

»Und der andere?«, rief der Mann mit der Sonnenbrille Marquardt nach und deutete auf Sandino.

»Lassen wir, wo er ist. Komm endlich!«

Der Mann mit der Sonnenbrille bohrte mir den Lauf seiner Pistole in den Rücken. »Los! Vorwärts«, drängte er mich. »Was sind Sie für eine Pfeife. Gehen zum Schützenfest und lassen die Knarre zu Hause.«

»POLIZEI! – Stehen bleiben!«

Im größten Schneetreiben kam eine Hand voll Polizisten mit schusssicheren Westen und weißen Helmen, ihre Waffen im Anschlag um die Ecke gestürmt. Einer rief, dass wir uns ausgestreckt, den Kopf nach unten, auf den Boden legen sollten. Ich ließ mich fallen und sah gerade noch, wie Marquardt den schmalen Trampelpfad erreicht hatte und weiter rannte. Auch der Mann mit der Sonnenbrille versuchte abzuhauen. Aber er konnte nur humpeln und wurde schon nach wenigen Metern von zwei Polizisten überwältigt.

Ein anderer Polizist kam zu mir und erkundigte sich, ob ich in Ordnung sei.

»Ich schon«, sagte ich. »Aber um den sollten Sie sich kümmern.« Ich zeigte zu Sandino hinüber. »Ihn hat man ganz schön in die Mangel genommen!«

»Die Sanität ist schon unterwegs.«

»Und Marquardt, ist er entkommen?«, fragte ich.

»Unsere Leute sind überall positioniert. Er kommt nicht weit. Sie können ganz beruhigt sein, wir haben alles im Griff.«

Alles im Griff. Das tönte gut.

Man brachte mir etwas Tee und führte mich zu einem Polizisten in Zivil. Er hatte gerade meine Personalien aufgenommen und gefragt, was sich hier abgespielt hatte, als Marquardt auf einer Bahre an uns vorbei getragen wurde. Ich hätte ihn fast nicht wieder erkannt. Sein Gesicht war blutüberströmt und voller Platzwunden und der Rest seines Körpers sah vermutlich ganz ähnlich aus. Jemand hatte Marquardt ziemlich übel mitgespielt, oder um es bildhafter auszudrücken, jemand hatte ihn zu Brei geschlagen.

»Waren das Ihre Leute?«, fragte ich.

»Sicher nicht!«, protestierte der Polizist empört. »Das sind nicht unsere Methoden! Wir fanden ihn so zugerichtet neben seinem Auto drüben im Parkhaus!«

»Einem blauen BMW?«

»Wissen Sie etwas darüber?«, fragte der Polizist und musterte mich mit einem strengen Blick.

Ich schüttelte den Kopf. Aber so langsam begann ich eins und eins zusammenzuzählen.

Als der Polizist seine Befragung abgeschlossen hatte, trugen zwei Sanitäter auch Marquardts dritten Helfer, den mit dem breitkrempigen Hut, an mir vorbei. Er sah nicht viel besser als sein Chef aus.

Ich konnte mir ein stilles, zufriedenes Lächeln nicht verkneifen. Obwohl sich in den vergangenen Tagen immer deutlicher abgezeichnet hatte, dass Marquardt nicht der smarte Immobilienverwalter war, für den er sich gab, sondern ein skrupelloser Drogen- und Menschenhändler, konnte ich ihm die Ermordung von Sandrine nicht nachweisen. Mit allen Mitteln hatte ich es versucht. Aber er schmetterte jeden meiner Versuche mit einer Leichtigkeit ab, die mich fast verzweifeln ließ. Nüchtern betrachtet war ich, was Marquardts Täterschaft anbelangte, keinen Schritt weitergekommen. Schlimmer noch, ich war mir selbst nicht mehr sicher, ob er Sandrine wirklich getötet hatte. Und trotzdem, ich fühlte ich mich wie befreit. Nachdem ich Marquardt geschunden, verletzt und hilflos wie seine Opfer gesehen hatte, spielte es plötzlich keine Rolle mehr, ob er der Mörder von Sandrine war oder nicht. Ich würde sogar sagen, dass es für mich nebensächlich geworden war, ob er von einem offiziellen Gericht verurteilt wurde oder nicht.

Der Schneefall ließ nach und als ich nach Hause ging, hatte es ganz zu schneien aufgehört.

24

»In Kamerun?«, fragte Sandino. »Sandrine ist in Kamerun begraben?«
Ich nickte.
»Dann fahre ich nach Kamerun. Ich möchte Sandrines Grab sehen und Abschied von ihr nehmen.«
Wie vor gut einem Monat saß Sandino in meinem Büro, einen neuen wollenen Wintermantel sorgfältig über die Stuhllehne gelegt, und war bemüht, meinen Blicken auszuweichen. Doch damit waren die Gemeinsamkeiten mit damals schon aufgezählt. Vor allem sein Gesicht war durch Marquardts Schläge noch nicht wieder das alte. Die Schwellungen und blutunterlaufenen Stellen um die Augen waren auch nach sechs Tagen noch so groß, dass die Sonnenbrille, die Sandino aufhatte, sie nicht zu überdecken vermochte.
»Bei dieser Gelegenheit möchte ich mich für alles, was Sie für mich getan haben, bedanken.« Sandino zog die Sonnenbrille ab und schaute mich an. »Und ...« Er schien nach den richtigen Worten zu suchen. »Und ... ich möchte mich bei Ihnen für mein leichtfertiges Verhalten entschuldigen. Es war wirklich sehr naiv von mir, anzunehmen ...«
»Schon gut, Herr Sandino«, stoppte ich ihn frühzeitig. Ihm war es peinlich, darüber zu sprechen und mir war es peinlich, das mit anzuhören. Es gab also keinen Grund, weshalb wir dieses Thema nicht hätten abhaken können.
»Haben Sie noch einen Moment Zeit?«, fragte Sandino.
»Worum geht es?«
»Marquardt behauptet, Sandrine nicht umgebracht zu haben. Denken Sie, dass er lügt?«
»Ich weiß es nicht. Es gibt nicht wenige Fakten, die dafür sprechen. Aber sie reichen wohl trotzdem nicht, diese Frage schlüssig zu beantworten. Vielleicht hat Marquardt Recht, und es war ein bedauerlicher Zwischenfall. Was Sandrine in dieser Nacht an Kokain und Alkohol konsumiert hatte, hätte längstens gereicht, um sie zu vergiften. Wie es genau war, werden wir vermutlich nie erfahren.«
»Es fällt mir sehr schwer zu akzeptieren, dass Sandrine

tot ist.« Sandino stand auf und zog seinen wollenen Wintermantel an. »Geht es Ihnen nicht auch so?«

Ich nickte. Es war, als wäre Sandrine für die Zeit, in der ich nach ihr gesucht hatte, wieder lebendig geworden. Ich hätte sie gerne kennen gelernt.

Sandino hatte seinen wollenen Wintermantel gerade zugeknöpft, als die reparierte Bürotür plötzlich aufflog und Félicité wie ein Mannequin in einem kurzen, silbernen Cocktailkleid, den Mantel über dem Arm gelegt, hereintanzte und sich einmal um ihre Achse drehte.

»Ohh«, sagte sie verdutzt, als sie Sandino sah. »Ich dachte, du bist allein.«

»Sandrine!«, stammelte Sandino fassungslos. »Du lebst?«

»Es tut mir Leid, aber ich bin nicht Sandrine.« Félicité lächelte verlegen und schaute hilfesuchend zu mir herüber. Was sollte ich sagen, mir war genau der gleiche Fehler unterlaufen.

Sandino erkannte sein Versehen und versuchte ebenfalls zu lächeln. Es gelang ihm nicht. Die Verletzungen in seinem Gesicht und die Enttäuschung darüber, dass sich nicht alles doch noch zum Guten gewendet hatte, ließen es nicht zu.

»Was bin ich nur für ein Idiot!«, sagte er, rannte aus dem Büro und die Treppe hinunter.

»War das dein Klient?«, fragte Félicité, ging zum Fenster und wartete, bis Sandino aus dem Haus kam.

»Ja.«

»Und Sandrine war mit ihm befreundet?«

»Für kurze Zeit hatten sie wohl so etwas wie eine Beziehung miteinander.«

Auch ich ging zum Fenster. Sandino kam aus dem Haus gerannt und überquerte die Langstraße Richtung Kalkbreite. Ohne anzuhalten, rannte er weiter, bis wir ihn nicht mehr sahen.

Es war wieder wärmer geworden und hatte zu regnen begonnen. Von dem vielen Schnee, der am ersten Januar gefallen war, waren nur noch einige graue Haufen an den Straßenrändern übrig geblieben.

Ich drehte mich zu Félicité. »Du bist früh?«

»Früh? Zu spät bin ich!«

Ich schaute auf die Uhr. Tatsächlich, es war schon zwanzig nach sieben Uhr. »Schreckliches Wetter heute!«, sagte ich mit besorgtem Ton. »Wollen wir wirklich ausgehen? Wir könnten uns doch auch hier einen gemütlichen Abend machen. Wie wäre es zum Beispiel mit ...«

»... einer Pizza? Genau, wir könnten uns eine Jumbo-Pizza ins Haus liefern lassen und sie mit den Händen direkt aus dem Karton verzehren. Das kommt nicht in Frage!« Mit einer eleganten Handbewegung fuhr Félicité über das enge, silberne Cocktailkleid. »Dafür habe ich dieses Kleid ganz bestimmt nicht gekauft?«

»Das ist ja mein Problem. Du siehst umwerfend aus. Da kann ich nicht mithalten!«

»Du hast es versprochen und überhaupt: Heute ist mein Geburtstag!«

»Dein Geburtstag? Davon hast mir gar nichts gesagt.« Ich nahm Félicité in den Arm und gratulierte ihr. »Das ist ein Argument, dem ich mich nicht widersetzen kann. Dann werde ich mich wohl oder übel auf die Suche nach einer geeigneten Kleidung machen.«

»Das ist eine ausgezeichnete Idee.«

Ich ließ Sandrine los, ging ins Schlafzimmer und öffnete den Kleiderschrank. Nachdem ich einige Minuten mit mir gerungen hatte, entschied ich mich für einen Anzug aus meiner Zeit bei der Bank. Soweit, dass ich dazu auch eine Krawatte getragen hätte, ging ich dann allerdings doch nicht. Ich war gerade in die Hose geschlüpft, als Félicité den Kopf ins Schlafzimmer streckte. »Darf ich?«

»Klar, komm herein.«

Félicité setzte sich auf das Bett. »Weißt du, wer Marquardt diese Visage verpasst hat?«

Ich drehte mich zu ihr. »Ich habe eine Vermutung. Weißt du es?«

Ein breites und geheimnisvolles Lächeln umspielte Félicités Mund.

»Es war Fabrice, nicht?«

Ihr Lächeln wurde noch breiter und bestätigte damit meine Vermutung.

»War Fabrice wirklich Sandrines Bruder?«

»Nein. Wir sagen ›meine Schwester‹ oder ›mein Bruder‹

auch zu Leuten, die wir sehr mögen, obwohl sie nicht wirklich unsere Geschwister sind.«

»Bist du auch aus Kamerun?«

»Nein, von der Elfenbeinküste. Ich habe Sandrine hier kennen gelernt.«

»Wuchsen Sandrine und Fabrice zusammen auf? Es ist doch wahr, dass ihre Mutter bei der Geburt starb?«

»Sandrines Mutter hatte Aids.« Félicité wurde ernst. »Zum Glück kam Sandrine gesund auf die Welt. Sie lebte bei ihrer Großmutter. Fabrice und seine Familie waren ihre Nachbarn. Ich glaube, sie haben sehr viel Zeit miteinander verbracht.«

»Und er kam in die Schweiz, um Sandrines Tod aufzuklären?«

»Es sieht so aus.«

»Aber vielleicht ist Marquardt gar nicht Sandrines Mörder.«

»Wie auch immer. Mitschuldig ist er auf jeden Fall. Marquardt hat seine Strafe verdient, egal ob er Sandrine getötet hat oder nicht. Fabrice lässt dich übrigens grüßen und entschuldigt sich, dass er dir nichts von seinem Vorhaben gesagt hatte. Er wollte Marquardt um jeden Preis als ersten in die Finger kriegen. Ich erhielt vor zwei Tagen ein SMS. Er ist wieder in Kamerun.«

»Ich hielt Fabrice lange für einen von Marquardts Helfern. Dass er so etwas wie Sandrines Racheengel sein könnte, darauf kam ich erst, als ich Marquardts zerschlagene Visage gesehen hatte.«

Als ich von der Bank entlassen wurde, hätte ich mir einen Racheengel wie Fabrice gewünscht. Er hätte meinem Chef einmal so richtig die Hucke vollhauen sollen.

In der Zwischenzeit hatte ich ein hellblaues Hemd mit weißem Kragen angezogen und fragte Félicité, ob es zu den Hosen passte.

»Hast du kein weißes?«

»Natürlich habe ich das.« Ich nahm eines aus dem Kleiderschrank und zog es an. »Weshalb spricht Fabrice Deutsch?«

»Er hat einige Jahr in Deutschland in einem Restaurant gearbeitet.«

»Stimmt es, dass Sandrine mit einem Piloten der Swissair in die Schweiz kam?«

»Ja. Sie hatte gehofft, er würde sie heiraten.«

»Wirklich? Soviel ich weiß, hatte er eine Frau und zwei Kinder.«

»Als Sandrine siebzehn war, wurde ihre Großmutter, die sie sehr geliebt hatte, schwer krank. Da packte Sandrine von einem Tag auf den andern ihre Sachen und ist nach Yaoundé gefahren. Dort hat sie diesen Piloten kennengelernt. Ich weiß nicht, ob sie Geld für ihre Großmutter beschaffen oder einfach ein besseres Leben wollte.«

Ich musste daran denken, wie man vor kurzem in einer Anflugschneise des Flughafens Zürich den leblosen Körper eines jungen Mannes gefunden hatte. Lange konnte man sich nicht erklären, wie er dorthin gekommen war, denn es führten weder Spuren zum Fundort noch von ihm weg. Erst nach weiteren Nachforschungen fand man heraus, dass der junge Mann aus Kamerun war und im Radschacht eines Flugzeuges in die Schweiz reisen wollte. Er war erfroren und als sich die Klappen des Radschachtes bei der Landung öffneten, fiel er auf das offene Feld.

Nachdem ich das Hemd anhatte, zog ich noch das Jackett und die Schuhe an und drehte mich zu Félicité. »Was meinst du?«

Félicité stand auf, zog noch etwas an meinem Hemdkragen herum und stellte sich neben mich. Wir betrachteten uns im Spiegel. »Wir sehen sehr gut aus!«, meinte sie lachend, »als wären wir auf dem Weg zum Standesamt.«

»... das um diese Zeit aber geschlossen ist.«

»Bist du froh?«

Unsere Blicke trafen sich für einen Moment im Spiegel.

»Ich war vor drei Tagen bereits dort«, sagte ich schnell. »Ich wollte endlich abklären, ob Sandrine wirklich tot ist.«

»Cherchez la femme!«, sagte Félicité. Es tönte bitter.

»Weißt du, was ich dabei erfahren habe?« Ich zog meinen grauen Regenmantel an und half anschließend Félicité in ihren Mantel. »Sandrine wollte wieder heiraten.«

»Heiraten?« Wie erstarrt hielt Félicité, die gerade mit dem rechten Arm in den Ärmel fahren wollte, in ihrer Bewegung inne. »Wen?«

»René Graf. Ihre Hochzeit war auf den ersten Oktober, nachmittags um vierzehn Uhr angesetzt. Könnte diese Hochzeit der Grund gewesen sein, dass Sandrine endlich gewagt hatte, gegen Marquardt vorzugehen?«

»Möglich.« Félicité zog mir ihren Mantel aus der Hand und schlüpfte selbständig hinein. »Sandrine hat mir nie davon erzählt.«

Ich löschte das Licht, und wir verließen das Büro. Stumm gingen wir nebeneinander her zu meinem Wagen und stiegen ein. Ich blieb einen Moment hinter dem Lenkrad sitzen, ohne den Motor zu starten.

»Wieso fahren wir nicht los?«

»Wenn Sandrine René Graf heiraten wollte, hätte sie keine Angst mehr haben müssen, weder vor Marquardt noch vor der Polizei. Womit hätte Marquardt sie erpressen können, wenn sie offiziell mit René Graf verheiratet war. Und aus dem gleichen Grund hätte Sandrine auch nicht ausgewiesen werden können. Ich kann nicht verstehen, weshalb sich Sandrine in dieser Nacht trotzdem bis zur Bewusstlosigkeit mit Alkohol und Kokain voll laufen ließ.«

Félicité sagte nichts. Ich ließ den Motor an und fuhr los.

»Wieso sagst du nichts?«, fragte ich auf halbem Weg zum Zürich-Horn, wo ich im noblen Restaurant Casino einen Tisch für uns reserviert hatte. »Hast du keine Lust mehr auszugehen?«

»Auszugehen schon. Aber ich mag nicht den ganzen Abend über Sandrine sprechen.«

»Das verstehe ich. Aber ich kann diese Fragen nicht einfach links liegen lassen. Das hat nichts mit Sandrine, sondern mit meinem Beruf zu tun. Ich bin Detektiv. Solche Fragen lassen mir keine Ruhe, bis ich sie geklärt habe.«

»Was Sandrine wirklich dazu getrieben hat, sich so sinnlos volllaufen zu lassen, wirst du nie erfahren.«

»Mir würde ich eine plausibel Erklärung schon genügen.«

Es gab erneut eine längere Pause. Erst als wir auf den Parkplatz vor dem Restaurant Casino fuhren, meldete sich Félicité wieder zu Wort.

»Vermutlich war Sandrine klar geworden, dass sie mit dieser Heirat erneut in ein Abhängigkeitsverhältnis geraten würde. Sie realisierte, dass sie in einem Teufelskreis gefangen war, aus dem sie niemals ausbrechen konnte.«

»So, wie ich René Graf eingeschätzt habe, hätte er Sandrine nicht ausgenutzt.« Ich parkierte und stellte den Motor ab. »Ich weiß nicht, ob er sie geliebt hat. Aber ich kann mir gut vorstellen, dass seine Hilfe aufrichtig war.«

»Was René Graf wollte, spielt absolut keine Rolle. Wer wie Sandrine jahrelang skrupellos ausgebeutet wurde, kann sich nicht einmal mehr vorstellen, wie es anders sein könnte.«

Wir gingen ins Restaurant Casino, und der Kellner führte uns an einen Tisch am Fenster.

»Hättest du Lust, mir in der Detektei zu helfen?«, fragte ich, nachdem wir uns gesetzt haben.

»Du weißt, dass ich illegal in der Schweiz bin.«

»Das sollte kein Problem sein. Möchtest du?«

»Klar. Wieso nicht!«

* * *

Andreas Haldimann

ITALIEN
Vainsteins und der Mann in der Telefonzelle

Félicité, die Freundin von Privatdetektiv Aimé Vainsteins, ist mal wieder verschwunden. Gerade als er anfängt, sich Sorgen zu machen, erhält er aus der Telefonzelle gegenüber seiner Wohnung im Zürcher Stadtkreis 4 einen Anruf von einem jungen Mann: „Félicité ist in Gefahr", erklärt der Anrufer atemlos. Weiter kommt er nicht, mit quietschenden Bremsen hält ein Auto, zwei Männer springen heraus. Dem Mann in der Telefonzelle gelingt nur knapp die Flucht. Aimé Vainsteins steckt in einem neuen Fall. Die Spuren führen in den illustren Nachtclub eines früheren Pornostars und in eine biedere Kirchengemeinde mit einem obskuren Priester. Bald erkennt Vainsteins, dass auch ein Händler für exklusive Sportwagen seine Finger im Spiel hat.

ISBN 978-3-89930-358-2

BRASILIEN
Vainsteins verliert alles

Ein Zürcher Mathematikprofessor, der lange in den USA gearbeitet hat und vor kurzem an die ETH berufen wurde, möchte, dass Privatdetektiv Aimé Vainsteins einen ehemaligen Schulkollegen ausfindig macht. Auf einen harmlosen Auftrag dieser Art hat Vainsteins nur gewartet. Er wurde vor kurzem von einem Unbekannten niedergeschlagen und ist froh, es in nächster Zeit etwas ruhiger nehmen zu können. Doch als ihm der Mathematikprofessor ein altes Foto des gesuchten Schulkollegen zeigt, fährt Vainsteins erschrocken zusammen. Der junge Mann auf dem Foto sieht seinem vor zwanzig Jahren tödlich verunfallten Jugendfreund zum Verwechseln ähnlich. Bei seinen Recherchen stößt Vainsteins auf eine Familientragödie, in die auch der Mathematikprofessor verwickelt ist. Der scheinbare Routinefall wird zu Vainsteins persönlichem Fall, in dem es am Schluss nur Verlierer gibt.

ISBN 978-3-89930-359-9
erscheint 2014

Eva Klöck

Mensch, Martha!

Kriminalkommissarin Martha Morgenstern, angehende Nichtraucherin, alleinerziehende Mutter einer siebenjährigen Tochter, mag ihren Beruf und hasst ihre Arbeit. Vergewaltigung, sexuelle Nötigung und Missbrauch, Körperverletzung, Mord und Totschlag – sie sieht die Verbrechen, verliert aber manchmal aus den Augen, dass sie mithilft, sie aufzuklären. Oft fehlt ihr einfach der Abstand – besonders bei einem Fall wie diesem, da das Opfer ein vom Leben benachteiligtes Mädchen ist. Ist der arrogante Kinderarzt Markus Radspieler tatsächlich das Schwein, für das man ihn halten muss? Martha kommen mehr und mehr Zweifel, nicht nur an der Aussage des Mädchens, sondern auch an ihrer persönlichen Einschätzung von Radspieler. Sie wird in einen Strudel hineingezogen, der sie nicht nur als Kommissarin, sondern auch als Frau und Mutter erfasst.

ISBN 978-3-89930-252-3

Martha, Martha!

Kriminalkommissarin Martha Morgenstern muss sich daran gewöhnen, plötzlich ein Privatleben zu haben, als sie ans Kommissariat für vermisste Personen ausgeliehen wird – für eine Fernsehreportage über Frauen bei der Kripo. Sie arbeitet am Fall einer verschwundenen jungen Frau und glaubt nicht, dass der Fall so einfach gestrickt ist, wie er auf den ersten Blick aussieht. Ihre Hartnäckigkeit bringt sie unfreiwillig zur Mordkommission, wo die Kollegen nicht gerade vor Begeisterung sprühen, als sie dort ihre Arbeit antritt. Hängen die anderen Geschehnisse, mit denen sich Martha herumschlagen muss, mit einem alten Fall zusammen oder steckt etwas ganz anderes dahinter?

ISBN 978-3-89930-271-4

www.schiler.de